AF236153

AFRIKA-MOMENTE

Geschichten von

Evelyn Weyhe

Impressum:

Copyright: 2020 Evelyn Weyhe
www.andalusien-individual.com
Zitat mir freundlicher Genehmigung des Karen Blixen Estate, Rungstedlund Foundation.

Herstellung und Verlag: BoD – Books on Demand, Norderstedt
Buchsatz: Melanie Stadelbauer www.myspiritdesign.net

ISBN: 9783751982153

Für meine Kinder

„Here I am, where
I thought to be"

Karen Blixen
Jenseits von Afrika (1937)

Danksagung

Die Tatsache, dass nach diesen vielen Jahren das Buch
„Afrika Momente" endlich erscheinen kann,
habe ich nicht nur meinem plötzlichen Energieschub zu verdanken,
sondern auch vielen Freunden die mit mir daran gefeilt und
gearbeitet haben. Cordula Hamann und Linda Cuir aus unserem
gemeinsamen Literaturzirkel in Marbella, sollen hier als
erstes genannt werden. Mit konstruktiver Kritik und nützlichen Rat-
schlägen ist das Manuskript erst richtig abgerundet worden!
Dank an Euch Beide!

Danke Ingrid Haag für Deine Beurteilung und Hilfe.
Dank an Melanie Stadelbauer für die grafische Aufbereitung und Vor-
bereitung für die Einstellung bei BoD.

Danke auch für die Ermunterungen meiner Familie und Freunde,
weiterzumachen. All dies zusammen hat mir Mut und Kraft gegeben.

Heike und Jörg, auch Euch ein Dankeschön für Eure Ratschläge und
Hilfestellung zu meinen zahlreichen Fragen.
Janne von „Fiverr", danke Dir für die Korrektur des Manuskripts.

Die Autorin

Zwanzig Fotos eines Sammelalbums aus den 50iger Jahren verwandeln sich in spannende Geschichten der Begegnung von Europäern und Afrikanern des heutigen Afrikas. Sarah Bergmann hat jahrzehntelang in Afrika gelebt. Obwohl sie sich geschworen hat, nie wieder einen Fuß auf diesen Kontinent zu setzen, reist sie noch einmal zurück. In Nairobi trifft sie sich mit Johnson, ihrem ehemaligen Koch und Vertrauten. Mit ihm als Zuhörer lässt sie die Bilder lebendig werden. Zu jedem Bild eine Geschichte. Eine, die ihr wirklich widerfahren ist, eine die so hätte passieren können oder eine, deren Verlauf sie sich so erhofft und gewünscht hätte. Ohne es zu merken, lässt sie so ihr eigenes afrikanisches Leben noch einmal an sich vorbeiziehen.

Doch auch Johnson hat noch eine Geschichte: Sie entspringt seinem Wunsch, wie es hätte zu Ende gehen können mit Sarahs Leben in Afrika.

Die Autorin Evelyn Weyhe

Ihre erste Heimat liegt in München, wo sie ihre Kindheit und Jugend verbringt.

1973 macht sie sich auf den Weg nach Afrika, zuerst Uganda dann Kenia, wo sie umgehend ihre zweite Heimat findet. Sie setzt neben ihrer Arbeit für eine deutsche Entwicklungshilfe-Organisation, ihre Leidenschaft zum Schreiben fort. Kurzgeschichten und Reiseberichte erscheinen in der deutschen Postille „Sundowner" in Nairobi.

Seit 1999 lebt sie in Andalusien und ist verliebt in ihre dritte Heimat. Hier findet sie die Muße ihre begonnenen Geschichten weiterzuspinnen, neue zu erstellen.

Inhalt

HEUTE

Johnsons schmales Gesicht mit den hohen Wangenknochen sieht immer noch jung aus. Nur wenige Falten zeigen sich auf seiner tiefschwarzen Haut. Wie dünn er geworden ist, denke ich.

Wir haben uns viele Jahre nicht gesehen. Ich bin zurückgekehrt nach Afrika, wenn auch nur für einen Urlaub. Längst sind wir darüber hinweg, dass Johnson mich mit „Madam" betitelt. Diese Phase, in der er meine Familie bedient hat, ist vorüber. Eine herzliche Freundschaft ist geblieben.

Wir sitzen im Karen Coffee Garden außerhalb Nairobis, essen zu Mittag und reden von alten Zeiten. Der Kellner ist noch der gleiche wie vor Jahren. Hier waren wir oft zum Mittagessen, oder haben nach einer Wanderung Kaffee getrunken.

Die Zeit scheint stehengeblieben zu sein.

Als er unsere Bestellung aufnimmt, blickt er mich lange an. „Mrs. Bergmann, you are back?" Eher eine Feststellung, als eine Frage. „Now you have to stay, we missed you." Er lächelt mich freundlich an. Ich bin gerührt.

Johnson bemerkt meine aufkommenden Tränen und will mich ablenken. Er zeigt fragend auf das Heft auf meinem Schoß. Vom tausendfachen Blättern ist es zerknittert, die Farben auf dem Einband sind verblasst.

„Afrika – lockender dunkler Kontinent" ist der Titel. Es war ein Werbegeschenk einer Margarinefirma, mit jedem gekauften Paket erhielt ich ein Foto, das ich einkleben konnte.

„Es war meine erste Begegnung mit Afrika", erkläre ich.

Die Titelseite zeigt eine Gruppe von Frauen in bunten Kleidern. Sie balancieren schlanke Tongefäße auf den Köpfen und sind nur von hinten zu sehen. Damals war mir, als bewegten sie sich fort, liefen aus dem Bild, und manchmal, wenn ich aus der Schule kam, rannte ich als erstes zu meinem Buch. Ich wollte sehen, ob die Frauen noch da waren, oder nur ein leerer Dorfplatz, bei dem ein letztes Stück Tuch, das gerade über die Einbandseite verschwand.

„Damals hast du schon gewusst, dass deine Wurzeln bis hierher reichen werden", sagt Johnson lächelnd.

„Ja, das war der Anfang", antworte ich. „Immer wieder wurden meine Gedanken hierher nach Afrika gelenkt. Zum Beispiel durch meine Tante Else, die wir „die Reisetante" nannten, weil sie immer von irgendwo abgeholt wurde, vom Flughafen, vom Bahnhof, einmal vom Busbahnhof, als sie von einer Bustour durch Skandinavien zurückkam.

Dieses Mal sollte die Tante eine Nacht bei uns bleiben. Ich stand am Fenster und wartete, bis das Auto um die Ecke bog. Sie kam direkt aus Afrika! Ich konnte es kaum erwarten, sie zu sehen. Als sie endlich aus dem Auto stieg – sie saß hinten, und mein Vater öffnete ihr den Schlag wie einer Prinzessin – war ich überwältigt. Sie sah einfach umwerfend aus! Die Tropensonne hatte ihre Haut dunkel gefärbt und die kurzen blonden Haare fast weißblond ausgebleicht. Tante Else trug eine bunte Hose aus afrikanischem Stoff und unzählige rot-blau-weiße Ketten aus winzigen Perlen. Passend dazu Armreifen über den ganzen Unterarm fast bis zum Ellenbogen. Ihre schönen langen Finger schmückte ein riesiger, in Gold gefasster Türkis. Diesen Ring vererbte sie mir Jahre später, und ich habe ihn heute noch.

Nach dem Abendessen saßen wir im Wohnzimmer. Ich hatte mich zu ihren Füßen gekauert und lauschte hingerissen ihren Erzählungen, die sie mit Hunderten von Fotos untermalte. Die African Queen war zu sehen, der alte Schaufelraddampfer, der sie über den Victoriasee gebracht hatte; der schneebedeckte Kilimandscharo; die Eisenbahn, mit der sie von Mombasa bis Kampala gefahren war; und Tiere, immer wieder Tiere. Für mich stand an diesem Abend fest: Das muss ich sehen. Eines Tages werde ich das erleben.

Vor ihrer Abreise streifte mir die Tante einige von ihren Armbändern über und schenkte mir ein großes buntes Tuch, auf dem ein Spruch in einer fremden Sprache stand: „Träume nicht dein Leben – lebe deinen Traum." Der Stoff begleitete mich viele Jahre, ohne dass ich die Übersetzung kannte. Aber ich musste noch lange warten, bis mein Traum von Afrika wahr wurde. Bis dahin hatte ich nur die Erinnerungen an meine Tante und die Bilder in meinem Album. Sie hielten meinen Traum wach.

Eines Tages war es soweit.

Die zwanzig schönsten Margarinebilder verwandelten sich in bunte Geschichten. Ich kam hierher und blieb fünfundzwanzig Jahre."

„Und du hast die Bilder zum Leben erweckt", stellt Johnson fest, und ein wenig ist es auch eine Frage.

„Einige Geschichten sind so geschehen, andere haben sich mit der Zeit verändert", sage ich. „Die Wahrheit geht manchmal eigene Wege."

„Dein Mund kann gut erzählen. Ich möchte diese Geschichten hören."

Johnson sieht mich erwartungsvoll an.

Ich nehme seine Hände, die über die Jahre so viel für uns gearbeitet haben, in meine. „Du wirst einiges wiedererkennen, auch dich selbst. Aber es wird dauern. Lass uns noch einen Tee bestellen."

Johnson strahlt mich an.

„Wann fangen wir an?"
„Jetzt", sage ich.

***

Safarilaune – Die erste Safari

Halbnackte Bantufrauen an der Wasserstelle

Die erste Safari sei immer die schönste, heißt es. Als wir aufbrachen, hatte ich das Gefühl den ostafrikanischen Spruch „Für jeden kommt der für ihn bestimmte Augenblick", unmittelbar zu erleben. Die Sonne war soeben aufgegangen. Wir hatten den alten Armee-Kübelwagen „Mungo" vollgepackt, und fuhren durch die noch leeren Straßen Kampalas in Richtung Norden. Das Fahrzeug hatte kein Dach, und die frische Luft machte uns richtig wach. Wir lachten uns an, Bernd zog meine Hand an seinen Mund und küsste sie. Wir waren jung und verliebt und bereit, alle anfallenden Abenteuer zu genießen.

Lange hatten wir überlegt, wohin unsere erste Safari gehen sollte und uns dann für die abenteuerlichste Variante entschieden: Den Kidepo National Park, ganz im Norden an der sudanesischen Grenze. Die Fahrt würde uns durch Karamojong-Gebiet führen, eine für Touristen nicht ungefährliche Route. Über die Karamojong hatten wir gehört, das halbnomadische Hirtenvolk nilotischer Herkunft, könne durchaus als kriegerisch eingestuft werden. Diebesfeldzüge über die Grenzen des benachbarten Kenias waren an der Tagesordnung. Aber da es sich bei dem Diebesgut meist um Rinder und Ziegen handelte, machten wir uns keine allzu großen Sorgen.

Die Sonne stand fast im Zenit und brannte erbarmungslos auf das ausgedörrte Land. Längst hatten wir die fruchtbare Ebene um den Victoriasee hinter uns gelassen und befanden uns auf einer ockerfarbenen Sandpiste, die schnurgerade nach Norden führte. Akazienbäume und Dornbüsche waren bald die einzige Vegetation. Magere Rinder und Esel drängten sich, von der Hitze erschöpft, auf den spärlichen Schattenplätzen aneinander. Hin und wieder passierten wir ein Dorf. Menschen winkten und Kinder schrien immer das gleiche Wort: „pen, pen!". Wir lernten später, dass Stifte wie eine eigene Währung in den armen ländlichen Gebieten waren.

Wir hatten vergessen, eine Kopfbedeckung mitzunehmen. Trotz des Fahrtwindes setzte die Sonne unseren Köpfen zu. Deshalb banden wir uns Hemden um und verknoteten sie am Hinterkopf. Die Beine schützten wir mit Tüchern. Wir konnten uns nur schreiend unterhalten, da der Wind die Worte davontrug.

Kleine Windhosen wirbelten roten Staub auf und fegten einmal direkt durch das offene Auto. Als wir anhalten wollten, um uns von dem feinen Sand zu säubern, merkte Bernd, dass die Bremsen nicht richtig funktionierten. Das Fahrzeug rollte aus, und er testete nochmals Fuß-

14

und Handbremse. Der Mechaniker in Kampala hatte geschworen, dass das Auto hundertprozentig einsatzbereit sei. Ratlos sahen wir uns an. Umkehren? Das kam nicht infrage, wir waren schon zu weit gefahren und hofften, in zwei bis drei Stunden am Ziel zu sein.

„Die Straße hat keinerlei Steigungen verzeichnet." Bernd deutete auf die Straßenkarte. „Wir fahren eben langsam. Komm, das wird schon gut gehen! In der Lodge haben sie bestimmt einen Mechaniker."

Ich war sofort einverstanden.

„Lass uns was trinken und weiterfahren", schlug ich vor und sah mich suchend im Auto um. „Wo ist denn die Kühltasche?"

Es gab keine Kühltasche, obwohl Bernd sicher war, sie in das Auto gepackt zu haben. Wir hatten brennenden Durst, aber nicht das kleinste bisschen Flüssigkeit war zu finden. Wir beruhigten uns, und beschlossen in der nächsten Ortschaft etwas zu trinken zu kaufen.

In der Ferne sahen wir in der flimmernden Hitze Menschen auf der Straße, wie eine Fata Morgana. Als wir näher kamen, erkannten wir eine bunte Menschenmenge und ein paar strohgedeckte Behausungen. Da musste es ein Restaurant geben, oder zumindest einen Kiosk. Bernd fing rechtzeitig an, die Handbremse zu ziehen, und der Jeep kam langsam zum Stehen. Im Nu waren wir umringt von halbnackten Eingeborenen, die ins Auto griffen und alles anfassten. Die Männer trugen bunte Federbüsche auf dem Kopf, und ihre Gesichter waren in Mustern vernarbt und weiß bemalt. Die Frauen waren bis auf bunten Perlenschmuck und einen kleinen Lederschurz nackt. Ihre Haut war trocken und grau vom Staub, ihre Köpfe waren geschoren. Sie hingen halb im Auto, wollten uns berühren und schubsten sich gegenseitig weg, um unsere Haare anfassen zu können und über unsere Arme zu streichen. Es war ein ununterbrochenes Geschnatter um uns herum. Keiner reagierte, als wir eine trinkende Geste andeuteten. Die vermeintlichen Behausungen waren lediglich riesige Lagersilos, in denen wohl Mais und Hirse aufbewahrt wurde. Hier würden wir unseren Durst nicht stillen können. Wir konnten uns nur befreien, indem wir ein paar Münzen warfen, denen die Frauen kreischend hinterherrannten. Bernd startete, gab Gas und wir fuhren weiter. Vor uns lag unendliche Weite.

Es war fast dunkel, als wir im Nationalpark ankamen. Wir waren erschöpft, hungrig und müde, und erkannten, wie unbedacht wir gepackt hatten. Nichts zu essen, nichts zu trinken, und jetzt, wo es auch noch empfindlich kühl wurde, fehlte eine warme Jacke. Ich wickelte mich fröstelnd in ein Tuch und hoffte, dass die Autofahrt bald zu Ende sein würde. Wir mussten die Scheinwerfer einschalten, um die holperige Piste in der Dämmerung zu finden, orientierten uns an der untergehenden Sonne, da die Lodge westlich lag. Bald erkannten wir Lichter in der Ferne und atmeten auf. Das erste wilde Tier, ein Leopard, der in der einbrechenden Dunkelheit auf der Pirsch war, nahm keine Notiz von uns. Kurz sahen wir seine Augen aufleuchten, dann war er im Busch verschwunden.

Endlich sahen wir Hinweisschilder, fuhren kurz danach auf den Parkplatz der Lodge, wurden herzlich begrüßt und zu unserer kleinen Hütte geleitet. Wie himmlisch, nach den Strapazen der Fahrt auf der kleinen Veranda zu sitzen und ein kühles Glas Wein zu trinken! Es war so still, wie nur eine afrikanische Nacht sein kann. Nur die Sprache der Wildnis war zu hören. Das heisere Husten eines Löwen, das hohe Kichern einer Hyäne, das Bellen eines Zebras, Ochsenfrösche, und Zikaden. Zum Abendessen saßen wir an einem weiß gedeckten Tisch mit Kerzen und den typischen Öllampen, denn es gab keinen Strom. Ein einfaches, aber schmackhaftes Mahl wurde uns serviert. Wir waren die einzigen Gäste und wurden von sämtlichen Angestellten fast königlich betreut und verwöhnt.

„Auf unsere erste gemeinsame Reise, auf dass noch viele folgen!", sagte Bernd und hob sein Glas. Ich nahm seine Hand, legte sie an mein Gesicht und schloss die Augen.

Am nächsten Morgen wachten wir auf, als es an der Tür klopfte. „Early Morning Tea!", rief jemand und wir hörten, wie ein Tablett auf den Verandatisch gestellt wurde. Bernd servierte mir Tee, wir blieben im Bett und beobachteten durch die offene Tür, wie Zebras und Antilopen vorbeizogen. Den Rest des Tages erkundeten wir zu Fuß die Gegend um die Lodge. Gegen Abend brachen wir zu einem „game drive" auf, einer Rundfahrt durch das Gelände der Lodge. Der Fahrer war bewandert, konnte viel über die einzelnen Tierarten erzählen und kannte die besten Plätze, um sie zu beobachten. Das erste Mal sahen wir afrikanische Tiere in freier Wildbahn. Sogar Löwen entdeckten wir, die sich direkt neben dem Landrover in der Abendsonne räkelten, genüsslich und satt.

Später tranken wir auf unserer Terrasse den typisch kolonialen „Sundowner", Gin und Tonic mit einer Zitronenscheibe und Eiswürfeln. Wir genossen den Sonnenuntergang, der rasch und ohne vorherige Dämmerung eintrat. Als der Steward uns zum Abendessen abholte, waren wir beschwipst und glücklich.

Am nächsten Morgen lief Bernd hinüber zur Werkstatt und kam mit der guten Neuigkeit zurück, dass der „Mungo" wieder fahrtüchtig war.

Schweren Herzens verließen wir diesen wunderschönen, verzauberten Ort und machten uns auf den Weg. Da die Bremsen wieder funktionieren, beschlossen wir, einen anderen Rückweg zu nehmen, nämlich durch das wilde Kadam-Gebirge, und von dort hinunter in die Ebene von Mbarara. Es war eine ergreifende Landschaft, wie ich sie sonst nur von Fotos oder aus Filmen kannte. Wir fuhren hinauf in die zerklüfteten Gebirgszüge auf einer ungeteerten Passstraße, auf eine Höhe von über dreitausend Meter. Unter uns breitete sich die Felslandschaft wie eine endlose Steinwüste aus, die letzten Abendsonnenstrahlen tauchten alles in ein zartes Rosa. Wir wollten bis zur nächsten kleinen Ortschaft weiterfahren und dort eine Übernachtungsmöglichkeit suchen. Die letzten Straßenschilder lagen schon eine Weile zurück, und wir hofften, den Ort mit dem lustig klingenden Namen „Nakapiripirit" bald zu erreichen. Als Wegzehrung hatten wir uns nur Sandwiches, Obst und ein paar Flaschen Cola mitgenommen. Der Vorrat war längst verzehrt und langsam machten sich Hunger und Durst bemerkbar. Seit Stunden waren wir keiner Menschenseele begegnet. Ich schloss die Augen und gab mich meinen Gedanken hin. Mein Traum, in Afrika zu sein, hatte sich erfüllt, mit diesem Mann, den ich von ganzem Herzen liebte. Bei nächster Gelegenheit wollte ich Bernd von dem Margarine-Album erzählen. Als das Album fast voll war, fehlte mir nur noch das Bild mit dem verheißungsvollen Titel: „Halbnackte Bantufrau an der Wasserstelle." Ich hatte damals all mein Taschengeld für den Kauf von Margarine eingesetzt, um an dieses Bild heranzukommen. Als ich es endlich hatte, war ich fasziniert. Die junge, fast schwarze Frau auf dem Foto, lachte mit schneeweißen Zähnen in die Kamera. Mit beiden Händen hielt sie eine Kalebasse auf dem Kopf fest, ihre Arme waren anmutig zu einem Bogen geschlossen. Durch die Ohren waren große silberne Ringe gezogen, die Haare mit einem roten Tuch lässig umschlungen. Ihr Oberkörper war nackt, ihre Brustwarzen zeigten keck nach oben, ihr Bauch war flach und schweiß-glänzend. Lose um die Hüfte gewickelt, trug sie ein gelb-rotes Tuch, das die schmalen Fesseln und Füße frei ließ. Ich lächelte, als ich mich daran erinnerte.

Das Erste, was ich wahrnahm, war die unglaubliche Stille. Über mir stand ein grünlicher Abendhimmel mit rosa Wolkenfetzen. Mein Kopf schmerzte, als ich ihn suchend drehte. Das Auto lag mit den Rädern nach oben hart am Abgrund, die Reifen drehten sich noch ganz langsam. Ich rief nach Bernd und mein Herz klopfte wild. Er antwortete unter dem Auto hervor. Gott sei Dank! Er war unverletzt und konnte sich kriechend selbst befreien. Wir hielten uns umfangen, waren froh, dass wir lebten. Ein kleines Stück weiter, und wir wären mehrere hundert Meter in den Abgrund gestürzt. Die Bremsen hatten nicht gehalten, Bernd konnte den Wagen bergab nur noch gegen den Hang fahren, um ihn anzuhalten.

Wir sammelten unser Gepäck ein. Wieder rächte sich unsere unbedachte Reiseplanung: kein Wasser, kein Verbandszeug, keine warmen Sachen, keine Decke, nichts zu essen. Meine modischen Plateausandalen waren verschwunden, auf Nimmerwiedersehen im afrikanischen Busch untergetaucht. Meine Jeans war bis oben aufgerissen, mein Trägerhemd war blutverschmiert. Aus einer klaffenden Kopfwunde lief mir Blut ins Gesicht. Der Rücken war aufgeschürft, winzige Steinchen steckten in meiner Haut. Aber noch hielten sich die Schmerzen in Grenzen.

Wir saßen am Straßenrand, zitternd vom Schock, und warteten in der hereinbrechenden Nacht auf ein Wunder. Dieses geschah eine Stunde später in Form eines „Matatus", eines überladenen Sammeltaxis, das sich mühsam den Berg hinauf quälte. Gepäck und Käfige mit lebenden Hühnern türmten sich auf dem Dach, Leute hingen in Trauben an den offenen Türen und schauten neugierig in unsere Richtung. Das Fahrzeug hielt an, und der Fahrer war bereit, uns mitzunehmen. Irgendwie schafften wir es, uns mit dazu zu quetschen, und wurden nach etwa halbstündiger Fahrt in einem völlig verlassenen Dorf abgesetzt. Die Schlusslichter verschwanden in der Dunkelheit, und wir liefen auf eine Grashütte zu, wollten einfach nur liegen und schlafen und irgendetwas trinken. Bernd kramte in seiner Tasche, fand eine Tüte mit Erdnüssen, die wir gierig verschlangen, deren Inhalt uns aber nur noch durstiger machte. Viel später kam ein Mann, erklärte uns in gebrochenem Englisch, dass wir uns in einem sudanesischen Flüchtlingscamp befänden, das augenblicklich unbewohnt sei. Leider könne er uns gar nichts anbieten. Ein Wächter mit Pfeil und Bogen würde vor unserer Hütte sitzen und uns beschützen. In der Hütte fanden wir lediglich eine Holzpritsche ohne Matratze. Ich legte mich auf den Bauch und versuchte, die Schmerzen zu verdrängen. An Schlaf war nicht zu denken. Ein scharfer Wind pfiff zudem die ganze Nacht ums Haus, und es war empfindlich kalt. Mein Mund war trocken, ich musste immer an die Reklame denken, in der ein übergroßes Glas Bier zu sehen war. Der Schaum lief seitlich hinunter, das Glas war beschlagen. Ich konnte förmlich den Geschmack auf der Zunge spüren, sehnte den Morgen herbei.

Als die erste Dämmerung durch die Ritzen der Hütte drang, stand ich mühsam auf und trat ins Freie. Bernd war in einen erschöpften Tiefschlaf gesunken und hörte nicht, wie ich hinausging. Der Wächter hatte sich erhoben. Ich deutete eine Trinkbewegung an, und er ging vor und führte mich durch den dichten Eukalyptus-Wald. Wir betraten eine Lichtung, auf der es einen Brunnen gab, an dem sich bereits zu früher Stunde eine Gruppe Frauen eingefunden hatte. Sie starrten mich an, tuschelten und plapperten, machten Platz, als ich mich mit dem Mann näherte.

Und dann sah ich sie: die schöne Schwarze aus dem Margarine-Album! Die Arme anmutig angewinkelt, um den schweren Tontopf auf dem Kopf zu halten, das bunte gelb-rote Tuch, selbst die großen Ohrringe stimmten. Sie lachte mich an und winkte mich zu sich. Wir standen uns gegenüber und sahen uns an. Die Afrikanerin reichte mir ein Tongefäß mit Wasser, und ich trank lange und gierig. Mit den Händen bedeutete ich ihr, dass ich mehr Wasser brauchte und das auch bezahlen wollte, aber die schwarze Frau winkte ab und reichte mir das neu gefüllte Gefäß. Fieberhaft überlegte ich, was ich ihr geben könnte. Ich hatte nichts mit, nur ein Lederband mit silbernen Anhängern, das ich vom Arm nahm und der Frau reichte. Sie lächelte mich an und legte es um ihr Handgelenk.

Später am Tage warteten wir am Straßenrand auf ein weiteres Wunder. Es war still und schon vormittags unglaublich heiß. Kein Mensch weit und breit war zu sehen. Ich döste vor mich hin, der Rücken brannte wie Feuer, um den Kopf hatte ich mir ein zerrissenes T-Shirt gewickelt, das bereits wieder blutgetränkt war.

Endlich – nachmittags – hielt ein Lieferwagen, und wir stiegen dankbar ein. Unterwegs erzählte ich Bernd die Geschichte mit dem Margarine-Album und der Begegnung mit der schönen Schwarzen. Hatte ich das nur geträumt? Nein, mein Armband fehlte, und wir hatten das Tongefäß mit dem Wasser bei uns, das sich darin wunderbar kühl hielt. Wir kamen an der Unfallstelle vorbei, das Auto lag noch da, nur fehlten sämtliche Reifen. In der nächsten größeren Stadt suchten wir eine Garage auf und gaben in Auftrag, das Auto abzuholen und repariert nach Kampala zu bringen.

Monate später, wir hatten die Hoffnung schon aufge-geben, unseren „Mungo" wiederzusehen, hupte es draußen. Der Fahrer stand vor dem Tor und zeigte lachend auf das geparkte Fahrzeug. „Wie neu! Ihr werdet noch viele Safaris damit unternehmen!"

***

HEUTE

„Und? Habt ihr noch viele Safaris in Uganda unternommen?", will Johnson wissen.

„Das war in dieser Zeit nicht so einfach, es war zu unsicher. Aber wir haben das Auto weiter benutzt. Leider war die Reparatur letztlich doch nicht so erfolgreich, die Bremsen blieben ein Schwachpunkt. Wir haben unseren „Mungo" dann einem Kindergarten geschenkt, wo er auf dem Spielplatz stand und sämtliche Schaukeln und Rutschen in den Schatten stellte."

Ich muss lachen, als ich daran denke.

„Aber weißt du, was wirklich unheimlich ist? Ich habe viele Jahre später alte Fotos und Unterlagen sortiert und einen Kalender aus dem Jahre 1973 gefunden. Am 5. September war da ein Eintrag zu lesen: ‚Unfall Kadam Gebirge'. Das war auf den Tag zehn Jahre vor Bernds Tod!"

Johnson seufzt. „Er war ein guter Bwana. Ich bin gerne mit euch gereist, ihr konntet lange fahren und nicht sprechen. Das hat mir gefallen. Meine Augen haben viel gesehen. Viele merkwürdige Menschen und Tiere. Dinge, die mein Herz erfüllt oder erschreckt haben."

„Tatsächlich? Welches Tier findest du denn merkwürdig?"

„Krokodile!", ruft Johnson. „Sie sind so falsch und böse wie manche Menschen. Einmal waren wir im Mara Camp. Wir waren dort Wasser für unser Zeltlager holen. Der Fluss war voll von Krokodilen! Da war auch so ein Mzungu Paar, die fand ich auch genauso merkwürdig."

„Du meinst dort, wo der schreckliche Unfall passiert ist?"

Johnson nickt.

***

Krokodilstränen

Nilkrokodile werden bis zu sechs Meter lang

Der Bootsmann schöpfte das brackige Wasser aus dem kleinen Boot und zog es an den Landungssteg. Er wischte mit einem alten Lappen über die nassen Sitzbänke, während er auf die von der Lodge angekündigten Touristen wartete. Die afrikanische Sonne stand im Zenit, und er konnte nicht verstehen, wie jemand freiwillig jetzt eine Flusstour unternehmen mochte. Es war die Zeit, um im Schatten unter dem Mangobaum zu dösen. Er liebte diesen Platz, weil er dort seine Gedanken auf Safari schicken konnte.

Heute aber blickte er ungeduldig in die Richtung der Lodge. Er hoffte auf ein gutes Trinkgeld, das er dringend brauchte. Seine kleine Tochter benötigte Medizin gegen Malaria. Im Dorf gab es nicht einmal eine Krankenstation, die Stadt Narok war weit entfernt. Seit fast einer Woche lag die Kleine schon mit hohem Fieber in der Hütte. Er wusste, dass dieses Fieber sie auffressen würde, wenn nicht schnell Hilfe kam.

Das Geld, das er heute hoffentlich bekommen würde, wollte er gleich morgen früh dem Fahrer der Safari-Firma mitgeben, der dann in der Stadt die Medizin holen und mit nächster Möglichkeit zur Lodge zurückbringen sollte. Mit viel Glück konnte das Päckchen bis zum nächsten Abend bei ihm eintreffen.

Sein Chef in der Lodge wollte ihm nichts aus seinem Medizinschrank geben. Er hatte nur mit verkniffenem Gesicht den Kopf geschüttelt. Das sei nicht erlaubt und er glaubte, dass Leute wie er die Medizin doch nur verkaufen würden.

Der Bootsmann seufzte und dachte an seine Familie. Er stammte nicht aus der Gegend, sondern kam aus dem kenianischen Hochland. Den Job hatte er bekommen, weil er ganz gut Englisch sprach und über Tiere Bescheid wusste. Das kam noch aus der Zeit, als er zur Schule ging und ein indischer Geschäftsmann, bei dem sein Vater damals arbeitete, das Schulgeld bezahlt hatte. Als der Mann plötzlich gestorben war, hatte das Geld für seine Ausbildung gefehlt, und er musste sich mit verschiedenen Aushilfsjobs durchschlagen. Jetzt war er schon das dritte Jahr im Massaigebiet und hatte vor zwei Jahren eine junge Massai geheiratet. Seit knapp einem Jahr hatten sie eine wunderhübsche Tochter, die die schmalen Gesichtszüge der Mutter und die hellbraune Haut des Vaters geerbt hatte. In Gedanken versunken malte er mit einem Stock Muster in den Sand. Wenn er weiter zur Schule gegangen wäre, vielleicht wäre er heute ein richtiger Tour-Guide, hätte einen Führerschein und einen Land Rover. „David´s Tours and Safa-ris" hätte auf den Türen gestanden und er würde viel Geld verdienen. Stattdessen saß er in diesem elenden Dorf fest, und vielleicht musste seine Tochter sterben, und …

„Hallo, sind Sie derjenige, der uns auf die Flusstour nimmt?"
Er fuhr aus seinen Gedanken hoch und sprang auf.
„Ja, das bin ich", sagte er. Vor ihm stand ein weißes Paar, das misstrauisch das kleine Boot musterte. Er wischte sich die Hand an seiner Hose ab und reichte sie zum Gruß. Die beiden ignorierten ihn.
„Ist das Ding auch sicher? Es sieht so klein aus. Hat es einen Motor? Können uns die Hippos nicht umwerfen?"
Der junge Mann sah ängstlich aus. Er wischte sich mit einem weißen Taschentuch über das rot verbrannte Gesicht, sein Blick huschte umher. Die Frau kaute auf einem Kaugummi, kramte in ihrer goldfarbenen Handtasche, aus der sie Handspiegel und Lippenstift herausholte und sich die Lippen nachzog. Sie musterte den Bootsmann, ihr Blick wanderte langsam an seinem Körper entlang, blieb an den Muskeln seiner Oberarme hängen.
„Wie heißen Sie?", fragte sie den Bootsmann mit rauchiger Stimme und fuhr sich mit der Zunge leicht über die Lippen.
„David, David Ngecha", antwortete er.
„Okay, David, ich bin Lola und das ist mein Mann Jack. Wir haben vor drei Monaten geheiratet." Letzteres sagte sie mit einem anzüglichen Blick in Davids Richtung.
Sie war eine auffallende Erscheinung. Hochgewachsen, mit langem, über die Schulter fallendem Haar und einem rosa glänzenden Mund, dessen Lippen sie ständig mit der Zunge befeuchtete. Die kurzen safarigrünen Shorts bedeckten nur knapp ihr rundes Hinterteil. Die bunte Bluse mit Leopardenmuster war bis auf einen Knopf geöffnet und über dem Bauch geknotet. Als sie sich bückte, um an ihrem modischen, ebenfalls goldfarbenen Turnschuh herumzufummeln, konnte David die üppigen Brüste deutlich sehen. Er drehte sich weg und schluckte den Speichel, der sich plötzlich in seinem Mund angesammelt hatte, hinunter. Dann reichte er der Frau die Hand, um ihr beim Einsteigen behilflich zu sein. Sie sprang auf die Bootsbank, und als das Boot gefährlich ins Wanken geriet, stieß sie einen spitzen Schrei aus und klammerte sich an Davids Hemd fest. Für einen Augenblick nahm er ihren Duft wahr.
Der Mann, Jack, war unter seinem Sonnenbrand ein blasser Typ mit wässerigen Augen, die jetzt ängstlich das Ufer absuchten.
„Gibt es hier Krokodile?", fragte er, seine Hände umklammerten den Bootsrand.

„Oh ja, viele, viele", antwortete der Bootsmann. „Wir werden sie gleich sehen. Es sind Nilkrokodile. Sie können bis zu sechs Meter lang werden."

Sie legten ab und glitten hinaus auf den ruhigen Fluss. Die Hitze war jetzt in der Mittagszeit fast unerträglich. Die Frau hob die Arme und band ihre blonden Haare umständlich zu einem Pferdeschwanz zusammen. Anschließend überprüfte sie das Ergebnis in ihrem kleinen Spiegel. Sie saß auf der Bank, die Knie gespreizt, und spielte mit dem Knopf an ihrer Bluse. Dabei ließ sie den Bootsmann nicht aus den Augen. Ihr Mann beschäftigte sich mit seiner Kamera und begann das Teleobjektiv in Richtung Flussufer auszuprobieren.

„Mach ein paar Fotos von mir, Liebling, zur Erinnerung." Sie warf ihren Kopf zurück, wobei sich ihr Haar wieder löste, machte einen Schmollmund, lachte, schaute in die Ferne, wechselte die Positionen, während die Kamera ununterbrochen klickte.

„Jetzt von uns beiden!" Sie reichte David die Kamera, und der Mann erklärte ihm kurz die Funktionen. David sah sie jetzt durch das Objektiv und sein Blick konnte ungestört zwischen ihren Beinen ruhen. Diese Frau beunruhigte ihn zutiefst. Er begehrte sie und gleichzeitig verachtete er sie, denn die Frauen seines Stammes würden sich niemals so schamlos kleiden und benehmen.

„Sind Krokodile eigentlich Säugetiere?" Ihre Kulleraugen erschienen noch größer, dabei legte sie die Stirn in Falten. Jack hasste es, wenn sie sich dumm stellte, wobei er sich inzwischen nicht mehr sicher war, ob sie es wirklich nur spielte.

Das Boot schaukelte leicht, und Jack fühlte sich nicht gut. Er schloss die Augen, hörte nebenbei, wie David zu ausschweifenden Erklärungen über die Fortpflanzung von Krokodilen ausholte. Seine Gedanken wanderten. Er hatte diese Reise nach Afrika nicht gewollt, er war kein Abenteuer-Typ, und ein Aufenthalt in einem Hotel am Strand hätte ihm durchaus genügt. Lola hatte jedoch darauf bestanden und Jack hatte wie immer nachgegeben. Sie hatten damals nach ihrer ersten gemeinsamen Nacht umgehend geheiratet. Jack erinnerte sich, wie seine Kollegen die Augenbrauen hochgezogen hatten, als er sie ihnen vorstellte.

Er seufzte und öffnete die Augen. Lola rieb sich gerade ihre Beine und Arme mit Sonnenöl ein und fuhr mit der Hand in ihren Ausschnitt, wobei sie genüsslich die Augen schloss und ihre Zunge spielen ließ. Jack beobachtete, wie der Bootsmann ihr gebannt zusah. Jack erkannte in seinen Augen zwar Lust, jedoch auch einen anderen Ausdruck, der ihm nicht gefiel.

Jack kletterte über den Sitz, packte seine Frau an den Schultern und sagte etwas zu ihr, wobei er sie leicht schüttelte.

„Au, du tust mir weh!" Sie machte sich frei, rieb sich die Schultern, und warf ihm einen ärgerlichen Blick zu. Dann lehnte sie sich zurück und ließ ihre Hand über die Bootskante ins Wasser hängen.

„Vorsichtig!", ermahnte David sie. „Die Krokodile schwimmen manchmal unter dem Boot mit. Sie sind unheimlich schnell. Es wäre schade um Ihre Hand."

„Würden Sie mich denn retten, wenn ich ins Wasser falle?" Lola legte den Kopf schief, machte wieder ihren Schmollmund und riss die blauen Augen weit auf.

„Ja, ich würde Sie retten, aber das wollen wir nicht ausprobieren", erwiderte David mit einem Blick zum Ufer, wo die Krokodile wie aufgereiht ruhten. „Außerdem hat es hier Flusspferde, mit denen ist auch nicht zu spaßen."

„Und wenn meine Handtasche ins Wasser fällt, würden Sie diese retten?"

Jack stöhnte auf.

„Nein", David schüttelte den Kopf. „Wegen einer Tasche würde ich nicht mein Leben riskieren."

„Und wenn ich Ihnen hundert Dollar geben würde?" Lola ließ nicht locker und sah ihn herausfordernd an.

„Hör auf, Lola, das ist widerlich!" Jack sah sie voller Abscheu an. Sie lachte nur, warf den Kopf zurück und sagte: „Lass mich doch, das ist spannend. Für ihn ist das viel Geld, für dich gar nichts. Wenn er sich ein bisschen was dazuverdienen will, warum nicht." Jack seufzte und schloss erneut die Augen.

David antwortete nicht. Warum konnte sie ihn nicht einfach zufriedenlassen. Sich ein Tuch über den verführerischen Körper werfen und sich wie andere Touristen benehmen, dachte er. Er hasste sich dafür, dass er sie begehrte. Er hasste sie und den schwachen Mann, und er hasste sein Leben. Aber er musste freundlich bleiben, musste seine Rolle zu Ende spielen, um das erwartete Trinkgeld zu bekommen. Hundert Dollar! Wenn sie das ernst meinte, wäre er auf einen Schlag seine Sorgen los. Es würde reichen, um die Medizin für seine Tochter zu kaufen und vielleicht wäre es sogar genug, um mit seiner kleinen Familie das verfluchte Dorf zu verlassen und irgendwo ein besseres Leben zu beginnen. Auf der anderen Seite wusste er, wie schnell Krokodile sein konnten. Er hatte schon gesehen, wie ein Fischer in Sekundenschnelle von einem großen Exemplar unter Wasser gezogen worden war. Er würde sein Leben riskieren. War es das wert?

„Jetzt hast du doch Angst, habe ich Recht? Soll ich erhöhen? Zweihundert Dollar?" Sie nestelte ihr Portemonnaie heraus und zeigte ihm die Scheine. Dann steckte sie es zurück in die Tasche und warf diese in einem hohen Bogen über Bord.

David sprang in einem gestreckten Kopfsprung ins Wasser. Die Tasche wurde von den kleinen, kurzen Wellen getragen, jedoch in der Strömung rasch fortgetrieben. David folgte in schnellen, gekonnten Kraulzügen.

„Bist du wahnsinnig geworden?", schrie Jack seine Frau an. „Das ist widerlich! Weißt du was du da getan hast?"

In diesem Augenblick ließen sich vom Ufer mehrere Krokodile sanft ins Wasser gleiten. Lola kreischte auf und weinte hysterisch, als sich die Tiere lautlos näherten. Jack nahm das Ruder und schlug damit wild auf die Wasseroberfläche, um sie zu vertreiben. Sie ließen sich jedoch nicht in ihrer Bahn stören und hielten auf das Boot zu. David hatte inzwischen die Tasche erreicht und war damit auf dem Rückweg. Er zog seine Bahn, hatte die Krokodile noch nicht bemerkt.

„Vorsicht!", schrie Jack, und David kraulte schneller, blickte sich um. Er schwamm um sein Leben. Sie konnten sein vor Angst verzerrtes Gesicht erkennen, als er sich näherte. Die Krokodile erreichten fast gleichzeitig mit ihm das Boot. David warf die Tasche hinein, zog sich hoch. Jack reichte ihm die Hand, und es sah für einen Augenblick so aus, als hätte er es geschafft. Sein Körper hing noch halb im Wasser, als er wild aufschrie. Jack merkte, wie der Körper schwerer wurde. Eines der Biester versuchte, David unter Wasser zu ziehen. Das Wasser färbte sich rot und David schrie in Todesangst.

„Gib mir das Ruder!", schrie Jack.

Der Kopf des Krokodils erschien für einen Augenblick über der Wasseroberfläche und er stieß ihm mit aller Kraft das schwere Ruder in das linke Auge. Das Tier ließ sofort los, und er konnte den bewusstlosen David ganz ins Boot ziehen. Das Hosenbein gab gerade noch einen kurzen Blick auf den zerfleischten Unterschenkel frei, bevor es sich in Sekundenschnelle rot färbte. Lola schrie auf und presste sich ihre Faust in den Mund. Jack riss sich sein Hemd vom Leib und fertigte um die riesige, klaffende Wunde einen festen Verband, der sofort vom Blut durchweicht wurde. Dann ruderte er mit kräftigen Schlägen ans Ufer. Die Insassen mehrerer Touristenbusse standen neugierig wartend am Steg. Jack schob die Leute auseinander, sprach mit dem Fahrer des Busses, organisierte und gab Anweisungen. David wurde vorsichtig aus dem Boot gehoben und zum Auto getragen.

In der ganzen Zeit hatte Lola kein Wort gesagt. Sie saß noch immer im Boot und weinte stumm vor sich hin. Die Tasche lag in einer Pfütze aus Wasser und Blut auf dem Boden des Bootes. Jack kam zurück. „Ich hole nur meine Sachen, denn ich fahre mit ihm ins Krankenhaus." Jetzt blickte Lola auf. Ihre Tränen hatten sich mit der Wimperntusche vermischt und zeigten unschöne graue Linien in ihrem Gesicht. „Und übrigens: Ich komme nicht mehr zurück." Er drehte sich um und ging.

***

HEUTE

Johnson schmunzelt. „Keine gute Frau", sagt er. „Armer Mann. Aber weißt du, welche Safaris mir am besten gefallen haben? Die ans große Wasser! Das war ein bisschen wie zuhause am Lake Victoria, nur noch schöner."

„Ich weiß noch, wie du beim ersten Mal am Strand standest und es nicht fassen konntest. Immer wieder hast du den Kopf geschüttelt und so komische Schnalzgeräusche gemacht." Wir lachen, bis uns die Tränen kommen.

„Da war ich jung und wusste noch gar nichts." Johnson richtet sich auf. „Da wusste ich noch nicht einmal, wo das Wasser hingeht, wenn es weg ist."

„Na, und weißt du es jetzt?"

„Ich bin ein weiser Mann, ein Mzee. Und ich weiß, dass es dann in Indien ist!"

„Soso, in Indien", antworte ich schmunzelnd.

„Kannst du dich noch an das hübsche Haus an der Südküste erinnern? Wir waren ein paar Mal mit meiner Mutter in den Ferien dort."

Johnson nickt. „Ich habe für euch immer schlimmes Essen kochen müssen. Wie hießen die großen Dudus noch?"

Ich lache. „Hummer meinst du? Ja, heute esse ich die auch nicht mehr so gerne, aber damals schon. Alles wurde direkt ans Haus gebracht, der Fisch und all die vielen Früchte und Gemüse. Es waren schöne Urlaube in Mombasa."

Ich bin ein bisschen wehmütig.

„Einmal war da eine deutsche Frau, die mit einem Afrikaner zusammen war", sagt er. „Sie wohnte genau neben uns. Sie war sehr nett, aber
26

plötzlich war sie weg."
Johnson hat ein gutes Gedächtnis. Das hatte ich längst vergessen, ob-
wohl ich einige Male mit ihr am Strand gesprochen hatte.
„Sie hat irgendwie traurig ausgesehen", sagt Johnson.

***

Beachboy

Ein herrliches Riff bietet dem Taucher Einblicke in die bunte Welt der Meeresbewohner

Ganz in Gedanken versunken wanderte Karen, beflügelt von ihren Vorsätzen, den weißen Strand entlang. Es waren diese frühen Morgenstunden, die sie liebte, bevor Strandverkäufer und Touristen ihn für sich beanspruchten. Die leichte, noch frische Brise, streichelte ihren Körper und ließ die Blätter der Kokospalmen rascheln. Sie hatte beschlossen, sobald sie wieder in Deutschland sein würde, wollte sie ihrem Leben neue Impulse geben. Kurse an der Volkshochschule besuchen, um ihr Englisch zu verbessern, Sport treiben und alte Freundschaften wiederaufleben lassen. Vielleicht würde der getrennte Urlaub auch einen Neuanfang ihrer festgefahrenen Ehe herbeiführen.

Sie lief mit geschlossenen Augen weiter, um die Geräusche des Meeres ganz in sich aufnehmen zu können. Sie schreckte zusammen, als plötzlich eine wohlklingende Männerstimme „Jambo!", grüßte.

Als sie aufblickte, stand dieser schöne, tiefschwarze Mensch, nur mit einem Tuch um die Hüfte bekleidet, vor ihr und sah sie mit strahlendem Lächeln an.

Sie verbrachten den Rest des Tages zusammen am Strand. Zuerst in einer Beach Bar und später bei ihr auf der Terrasse ihres Hotel Bungalows. Vom ersten Moment an spürte sie einen wunderbaren Gleichklang zwischen ihnen, wie Zwillingsseelen, und selbst die Sprachprobleme spielten keine Rolle. Dieser Junge hätte fast ihr Sohn sein können. Trotz aller Warnungen vor den sogenannten „Beachboys", verliebte sie sich bereits an diesem ersten Tag in Tom.

Dass Tom einer von ihnen war, gab er ohne Umschweife zu. Er war aus dem kenianischen Hochland an die Küste gekommen, um Geld zu verdienen. Zuerst hatte er in einem Hotel als Kellner gearbeitet und sich dann, wegen abnehmender Touristenzahlen, als Fremdenführer durchgeschlagen. Bald hatte er bemerkt, dass die weißen Damen nicht unempfänglich für seine äußerlichen Reize waren, und so lebte er nicht schlecht von den Zuwendungen, die viel höher als der lokale Durchschnittsverdienst waren. Sein Jugendtraum, einmal ein berühmter Rechtsanwalt zu werden, war in weite Ferne gerückt.

„Ich weiß", sagte er zu Karen, „dass ich meine Chance verpasst habe. Ich bin fast dreißig! Als mein Vater gestorben ist, musste ich als Hauptverdiener einspringen, um meine Mutter und die Geschwister zu ernähren."

Noch heute schickte er regelmäßig Geld nach Hause, war aber nie mehr in seinem Dorf gewesen. Die Enge dort war für ihn das Sinnbild einer Tradition, die ihm nichts mehr bedeutete, und der Inbegriff der Schuld an seinem verpfuschten Leben. Karen lauschte betroffen, und legte ihre Hand auf seine.

„Was hältst du davon, wenn ich dir ein Boot kaufe? Damit kannst du Touristen zum Riff bringen, oder Schnorchel- und Tauchtouren organisieren und dir eine Existenz aufbauen."

„Das würdest du tun?" Tom hatte sie ungläubig angesehen. „Ich fahre gleich die nächsten Tage nach Lamu, ich kenne da einen Bootsbauer, der uns helfen kann." Tom nahm sie in den Arm und sie schmiedeten Pläne für seine Zukunft. Auch, als sie nach Deutschland zurückgekehrt war, unterstützte sie ihn weiter mit regelmäßigen Überweisungen.

Die Trennung von ihrem Mann verlief wenig spektakulär. Sie hatte das Gefühl gehabt, dass er froh gewesen war, dass sie diesen Schritt getan hatte. Selbst ihre beiden Töchter hatten Verständnis gezeigt und ihre Entscheidung toleriert. Verwundert hatte sie festgestellt, dass es weniger als zwei Stunden dauerte, bis ihre persönlichen Dinge aus neunundzwanzig Ehejahren in drei Koffern verstaut waren. Von diesem Moment an hatte sie nicht mehr gewollt, als fortan in der Gegenwart zu leben, und zwar mit Tom.

Mit klopfendem Herzen saß sie im Taxi auf der Rückbank und versuchte, sich durch das Fächeln mit einer Zeitung Kühle zu verschaffen. Die Hitze der Küste überraschte sie immer aufs Neue und sie brauchte jedes Mal ein paar Tage, um sich an den heißen, feuchten Wind zu gewöhnen, der sich wie ein Saunatuch um den Körper schmiegte. Sie genoss den Geruch von Afrika, die Schäbigkeit der Hafenstadt im gleißenden Sonnenlicht, die gemildert durch die üppige Blütenpracht und die bunte Menschenmenge, eine eigenwillige Schönheit ausstrahlte. Sie wippte mit dem Fuß im Takt der Musik. Sie freute sich auf die bevorstehende Zeit und auf Tom, den sie mit ihrem Besuch überraschen wollte. Sie konnte seine Umarmung, seine Stimme, seinen Geruch und sein Gesicht kaum erwarten. Und natürlich seine Reaktion, wenn er die Neuigkeit erfuhr, die sie für ihn bereithielt: Sie würde jetzt, nach vier Jahren ständiger Flugreisen zwischen Deutschland und Kenia, für immer bei ihm bleiben. Ein neuer Lebensabschnitt würde beginnen. Sie lächelte, malte sich die kommenden Stunden aus und schloss genüsslich die Augen.

Das Taxi fuhr im Schritttempo, denn sie näherten sich der Likoni Fähre. Durch die bunten Ketten und Bänder, die am Innenspiegel baumelten, konnte Karen sehen, wie die Rampe heruntergelassen wurde. Die Autos rollten langsam vom Frachtdeck und Fußgänger drängten nach draußen. Ohne den kühlenden Fahrtwind war es unerträglich heiß im Auto. Sie stieg aus, um sich wenigstens im Seewind Kühlung zu verschaffen. Um sie herum herrschte buntes Treiben, das sie fasziniert beobachtete. Schwarz verschleierte Suaheli-Frauen, ein blinder Bettler, der an der Hand eines Jungen um eine Gabe bat, ein Krüppel, der sich nur auf einem speckigen Kissen rutschend fortbewegen konnte. Unzählige Verkäufer von Nüssen, Getränken und Eis nutzten die Zeit, um ihre Waren anzubieten. Karen kaufte eine Flasche Limonade, die – obwohl aus einer tragbaren Eistasche – nur mäßig gekühlt und klebrig süß war.

Es ging weiter. Sie stieg wieder in das Taxi, das sich, eingezwängt von der vorwärtsstrebenden Menschenmenge, seinen Weg auf die Fähre suchte. Sie sah zum Fenster hinaus, konnte jedoch außer Menschenleibern nichts sehen, nicht einmal einen Blick auf das Meer erhaschen. Direkt neben ihr sah sie die schlanke Hand eines Mannes, mit der er sich am Fahrzeug abstützte. Ihr Blick blieb an seiner Armbanduhr haften. Eine teure Sportuhr mit dunklem Ziffernblatt, silbernem Gliederarmband und einer kleinen Gravur auf dem obersten Glied. Ohne es lesen zu können, wusste sie, was darauf stand: „Tom-Karin 1995".

Ihr Herz machte einen Satz. Ihr Geschenk für Tom im vorigen Sommer. Er hatte sie damals in den Arm genommen und gesagt: „Weißt Du, das ist meine erste Armbanduhr. Ich werde sie niemals mehr ablegen!"

Da stand er nun direkt neben ihr, und sie überlegte, ob sie die Vorfreude noch etwas auskosten, oder gleich das Fenster herunter kurbeln sollte. Doch in diesem Augenblick sah sie, wie sich die Hand vom Auto fortbewegte und Platz auf der Hüfte einer Frau in Jeans fand. Da beide ihr den Rücken zudrehten, konnte sie nicht mehr erkennen als diesen Ausschnitt der beiden Hinterteile und des knappen weißen T-Shirts. Das Mädchen hob den Arm, und legte ihn um den Mann. Karin sah glatte gebräunte Haut und ein winziges Tattoo in Form eines Schmetterlings. Sie drehte sich weg, legte den Kopf nach hinten auf die schmierige Kopfstütze und schloss die Augen. Sie wollte das nicht sehen und fühlte, wie ihr die Tränen in die Augen schossen. Ihr Herz klopfte und ihre Hände zitterten, als sie in ihrer Handtasche nach Zigaretten kramte.

„Alles okay, Ma'am?", fragte der Taxifahrer, der sie besorgt aus dem Rückspiegel musterte.

Sie konnte nur nicken und setzte sich die Sonnenbrille auf.

30

Die Fähre erreichte das andere Ufer, und die Menschen begannen in Richtung des Ausgangs zu drängen. Auch Tom und seine Begleiterin schoben sich vorwärts und waren jetzt direkt vor dem Taxi. Das Mädchen hatte noch immer den Arm um ihn gelegt, seine Hand lag jetzt auf ihrer Pobacke. Ihr langes, blondes Haar glänzte in der Sonne und der seichte Wind ließ es ihren Rücken umspielen. Sie schlenderten ohne Eile die Rampe hinunter und wurden von der Menge verschluckt. Karen kniff die Augen zusammen und versuchte die Tränen zu bezwingen, die jetzt fließen wollten.

Das Taxi hatte seinen Weg auf die Straße gefunden und schaukelte durch die Schlaglöcher Richtung Diani Beach. Bald hatten sie die Ausläufer der Stadt hinter sich gelassen und erreichten den kühlen Kokospalmenhain, durch den die Nachmittagssonne die allerschönsten Schattenmuster zog. Das kleine schilfgedeckte Haus, das sie ganzjährig gemietet hatte, lag zwischen zwei Touristenhotels versteckt zwischen Palmen und blühenden tropischen Bäumen, sodass sich selten jemand vom Strand herauf verirrte. Die Veranda war dicht umwachsen von tiefvioletten Bougainvilleas. Karen liebte dieses Haus. Sie hatte ihr ganzes Geschick hineingesteckt, um es mit einfachen Mitteln und Farben geschmackvoll zu gestalten. Das Schlafzimmer mit Blick durch den Palmenhain auf den Indischen Ozean war ihr Lieblingsraum, vor allem in der Regenzeit, wenn die Wassermassen vom Dach wie ein Perlenvorhang herabfielen. Dann verströmte die nasse Erde einen herrlichen satten Duft, der durch das offene Fenster ins Zimmer wehte und ihre Sinne berauschte.

Sie ging langsam auf das Haus zu. Süßes und langgezogenes Vogelgezwitscher erfüllte die Abenddämmerung. Ihr Hausangestellter Zawadi kam verschlafen und überrascht aus seinem kleinen Häuschen und nahm ihr nach der Begrüßung das Gepäck ab.

„Jambo Memsahib! Habari ya safari?"Wie war die Reise?

„Jambo Zawadi, salama. Ist Tom da?"Guten Tag Zawadi, gut.

„Nein, Memsahib, ich habe ihn schon einige Tage nicht gesehen. Weiß er nicht, dass Sie kommen?"

„Ist schon gut, Zawadi. Nein, es sollte eine Überraschung werden."

War da nicht ein Flackern in seinem Blick gewesen? Im Zweifelsfall würde Zawadi wohl zu Tom halten. Sie entließ ihn für heute, wollte nur noch ihre Ruhe.

Die Nacht war voller wirrer Träume, und sie wachte sehr früh mit Kopfschmerzen auf. Während sie auf der Veranda frühstückte, kamen ihr schmerzvoll die Bilder des vergangenen Tages in den Sinn. Sie verbrachte den Tag am Strand und fuhr mit einem kleinen Boot ans Riff zum Schnorcheln. Die stille Unterwasserwelt ließ sie vorübergehend ihren Kummer vergessen. Wieder zuhause, spülte sie unter der Gartendusche den Sand vom Körper, ließ sich in die Hängematte fallen und schlief sofort ein.

Sie fühlte eine Hand über ihr Gesicht streicheln. „Karen", hörte sie Toms Stimme flüstern. Sie hielt die Augen geschlossen und wollte sich noch einen Augenblick in dem Traum wiegen, dass alles wie immer war. Jetzt glitt er neben sie in die Hängematte und bedeckte ihr Gesicht mit Küssen.

„Ich habe dich auf der Fähre gesehen", sagte sie statt einer Begrüßung.

„Wann?", fragte er erstaunt und setzte sich auf.

„Als ich gestern ankam, warst du in Begleitung einer sehr attraktiven jungen Dame", antwortete sie kalt und stand auf.

„Ich war überhaupt nicht in Mombasa, ich war an der Nordküste, um nach unserem Boot zu schauen", verteidigte sich Tom.

Er stand auf und ging auf sie zu.

„Das warst aber du. Ich habe deine Armbanduhr gesehen. Lüg mich nicht so dumm an!", schrie sie und schob ihn von sich.

Er hob den Arm und zeigte sein leeres Handgelenk. „Siehst du - ich trage deine Uhr gar nicht!", sagte er und zog sie aufs Sofa. Sie zitterte und setzte sich neben ihn.

„Schau mich an", fuhr Tom fort, „Ich glaube, ich weiß, wen du gesehen hast. Ich habe dir niemals erzählt, dass ich einen Zwillingsbruder habe. George. Er ist hier in Mombasa mit seiner Freundin zu Besuch. Ihm habe ich die Uhr geliehen, weil seine beim Tauchen kaputt gegangen ist. So einfach ist das. Jetzt beruhige dich doch!"

Er versuchte Karen an sich zu ziehen, aber sie schüttelte nur den Kopf und sagte: „Lass mich, diese Geschichte ist einfach absurd. Ich kenne deine ganze Lebensgeschichte und ausgerechnet deinen Zwillingsbruder lässt du aus? Nein Tom, ich glaube dir kein Wort!" Nur mühsam konnte sie die Tränen zurückhalten, ihr Herz klopfte wild. Enttäuschung, Trauer und Wut wühlten in ihr. Sie stand von der Hängematte auf und lief ins Haus, Tom folgte ihr.

„Ich habe dir nicht von ihm erzählt, da er es geschafft hat. Er ist Arzt geworden. Das verdankt er der Frau, die du auf der Fähre gesehen hast. Sie waren Schulkameraden, und Jane hat ihre Eltern, reiche Farmer aus Nyeri, überredet, ihm das Schulgeld zu bezahlen. Weil er so gute Noten hatte, bekam er ein Stipendium und studierte in England, während ich mich als Beachboy in Mombasa herumtrieb. Ich habe mich geschämt, dir das zu erzählen, Karen. Das musst du mir glauben."

„Dann ruf ihn an und hol ihn her!", schrie Karen, während sie im Zimmer auf und ab lief.

„Das kann ich nicht. George hat sein Handy ausgestellt. Er will während seines Urlaubs nicht gestört werden. Ich weiß nicht einmal, wo er ist."

„Verschwinde! Du widerst mich an mit all deinen Lügen. Die Uhr hast du wahrscheinlich bei dieser Frau liegengelassen, als du dich wieder angezogen hast, und das Geld für das Boot hast du auch mit ihr durchgebracht. Ich hasse dich!"

Tränen liefen ihr über das Gesicht. Sie griff nach dem nächstbesten Gegenstand und warf ihn in Toms Richtung. Er duckte sich, die Vase zerschellte am Türstock. Er nahm seine Jacke und verließ, ohne sich umzusehen, den Raum. Sie wollte ihm nachlaufen, entschloss sich aber dagegen und lehnte sich gegen die Wand. Und wenn die Geschichte doch stimmte? Dann hätte sie ihn zutiefst verletzt. Andererseits war die Geschichte so haarsträubend, dass sie einfach nicht stimmen konnte. Und dann hätte sie ihn ebenso verloren. Nie wieder in ihrem Leben wollte Karen eine derartige Enttäuschung erfahren, wie damals mit ihrer ersten großen Liebe. Die Geschichten waren fast identisch: Hier der Zwillingsbruder, damals eine angebliche Halbschwester. Zweifel und Misstrauen vergifteten ihre Gedanken in diesem Moment. Sie dachte an das Boot. Sie hatte ihm einen größeren Geldbetrag geschickt, aber bis heute das Boot noch nie zu Gesicht bekommen. Tom hatte sie von Mal zu Mal vertröstet. Hatte er das Geld für etwas Anderes verwendet und sie die ganze Zeit belogen?

In dieser Nacht konnte sie keinen klaren Gedanken mehr fassen. An Schlaf war nicht zu denken. Sie saß zusammengekauert in der Hängematte und bemerkte nicht einmal, wie die Moskitos über sie herfielen, bis sie dann gegen Morgen in einen Erschöpfungsschlaf fiel.

„Memsahib, der Tee ist fertig", Zawadi berührte sanft ihre Schulter. Karen richtete sich verschlafen auf.

„Warte!", rief sie, als er sich diskret entfernen wollte. „Ich muss dich etwas fragen. Glaubst du, ich bin zu alt für Bwana Tom?"

Diese Frage hatte sie in ihren Träumen verfolgt. Zawadi sah sie an und sie fühlte Sympathie, die er ihr entgegenbrachte.

„Bei uns sind die Frauen schnell alt, selbst wenn sie noch viele Regenzeiten zu leben haben. Aber du bist jung und schön." Er zögerte einen Moment und fügte hinzu: „Auch wenn du keine Kinder mehr haben kannst."

Karen spürte, dass er sie trösten wollte, und lächelte ihn an. Sie wusste sehr wohl, dass Zawadi niemals verstehen würde, warum ein junger

Mann so eine alte Frau haben wollte. In Afrika suchten sich die Männer junge Frauen, um viele Kinder zu haben.

Ihre Knochen schmerzten nach der Nacht in der unbequemen Stellung. Sie stand auf, legte für einen Augenblick ihren Arm um Zawadis Schulter, und sagte: „Danke".

Die Tage vergingen, Tom blieb verschwunden und Karen versuchte zu vergessen. Ab und zu gesellte sie sich unter Menschen im benachbarten Hotel, führte Gespräche mit Touristen, ohne am Ende zu wissen, worüber sie sich unterhalten hatten. Sie las, spazierte den Strand entlang, schwamm und schlief viel. Sie wusste nicht, welcher Tag, welches Datum war, ihr Bewusstsein war wie in Watte gepackt, und sie verbot sich, an Tom zu denken. Doch jedes Mal, wenn sie zum Haus zurückkam, hoffte sie, er möge da sein, alles wäre vergessen und sie könnten nochmals von vorne beginnen. Sein Fernbleiben bedeutete für sie ein Schuldanerkenntnis, und sie vermutete, er war längst mit seiner jungen Freundin zusammen und dachte nicht mehr an Karen. Dieser Gedanke schmerzte.

Als die Regenzeit anbrach und die Gewitterstürme einsetzten, beschloss sie abzureisen.

Die Koffer waren gepackt. Sie ging nochmals durch alle Räume, nahm Abschied von den liebgewonnenen Ecken. Ein letzter Blick über das Meer. Am Horizont türmten sich Wolkenberge auf und kündigten neuen Regen an. Sturmgepeitscht rauschten die hohen Palmen und die Wellen brachen sich mit ungewohnter Gewalt. Die ersten Tropfen fielen.

Sie hörte das Taxi hupen. Zawadi trug die Koffer zum Auto und stieg hinten ein. „Ich komme bis Likoni mit", sagte er in einem Ton, der keinen Widerspruch duldete. Karin setzte sich neben ihn und schaute nicht mehr zurück, als der Wagen um die letzte Kurve vor der Hauptstraße bog.

Sie sprachen den ganzen Weg kein Wort, aber Karen spürte eine starke Vertrautheit und Verbundenheit zu dem alten Mann.

Als sie die Fähre erreichten, gaben sie sich die Hand. „Kwaheri Memsahib, safari salama, auf Wiedersehen und gute Reise", sagte Zawadi und wandte sich zum Gehen.

Als Karen am Bug der Fähre stand, fühlte sie einen merkwürdigen Zwang, sich umzudrehen. Ihre Augen brannten von zurückgehaltenen Tränen. Trotzdem schaute sie zurück zu der Menschenmenge am Ufer und hob grüßend den Arm, obwohl ihr klar war, dass Zawadi sie bestimmt nicht erkennen konnte. Kwaheri, dachte sie und Tränen liefen über ihr Gesicht.

Karen sah den Postboten kommen. Er öffnete das Gartentor, stapfte durch den Schnee auf das Haus zu und warf die Briefe durch den Türschlitz. Die kenianische Briefmarke fiel ihr sofort ins Auge und ihr Herzschlag setzte für einen Augenblick aus. Die Handschrift war ihr nicht bekannt. Mit zitternden Händen riss sie den Umschlag auf und las:

„Memsahib Karen,
viele Male ist die Sonne aus dem Meer gestiegen und viele Regen und Winde hat der Strand gesehen, seit du fort bist. Heute ist ein Tag, den du lieben würdest. Der Wind schläft und hat das Meer wie ein silbernes Tuch gelassen. Ich sehe Bwana Tom auf einem Stein sitzen, sein Kopf ruht in seinen Händen. Bwana Tom ist fast immer traurig heutzutage. Neben ihm am Strand liegt sein Boot, das deinen Namen trägt und die Farbe des Meerwassers am Riff hat. Er hat es noch nie benutzt. Er und sein Spiegel-Bruder haben es gebracht, gerade an dem Tag, als du auf Safari gegangen bist. Wenn du gleich noch einmal zurück geschaut hättest, vielleicht hättest du sie sehen können, wie sie von der anderen Fähre gekommen sind. Aber du hast dich erst ganz zum Schluss umgedreht und deinen Arm gehoben. Ich habe es gesehen, auch wenn meine Augen trübe sind. Ein Suaheli Sprichwort sagt: Wer auf seiner Safari zurück schaut, kommt wieder zurück. Kwaheri Memsahib!"

***

HEUTE

Wir schweigen und jeder hängt seinen Erinnerungen nach. Die Sonne ist hinter den Jacaranda Bäumen verschwunden und es wird kühl im Garten.
„Hast du noch Zeit?", frage ich meinen alten Freund.
„Du weißt doch: Wer langsam geht, kommt weit! Deine Geschichten werden mich durch die Zeit begleiten, wenn ich zuhause bin und meine Gedanken den heutigen Tag wieder zurückholen", schmunzelt Johnson.
„Dann lass uns reingehen. Die Nairobi Wintertage sind kühl. Warum setzen wir uns nicht an den Kamin?"
Wir machen uns auf den Weg zum Haus. Wir hören lautes Lachen und drehen uns um. Auf der Straße, die an dem Grundstück vorbeiführt,

rennt eine Gruppe barfüßiger Straßenkinder in Richtung des Stadtteils Karen. Wir sehen ihnen hinterher, bis sie um die Ecke verschwinden.

„Früher gab es so viele Straßenkinder in Nairobi, dieses Mal ist mir aufgefallen, dass es deutlich weniger sind", bemerke ich beim Hineingehen.

„Sie werden von der Polizei aufgelesen und in Heime gebracht, manchmal auch einfach ins Gefängnis gesteckt", antwortet Johnson und schüttelt dabei missbilligend den Kopf.

Wir machen es uns in den ausladenden Sesseln vor dem Kamin bequem. Das Feuer hüllt den Raum in ein gemütliches Licht.

„Erinnerst du dich an den kleinen Jungen aus dem Kinderheim in Dagoretti, wo ich manchmal mitgearbeitet habe? Ich habe ihn so oft dort hingebracht, doch er kam immer wieder nach Lavington Green zurück! Er war etwas ganz Besonderes."

Ich sehe ihn genau vor mir. Alle Mütter, die auf ihre Kinder warteten, waren fasziniert von ihm und wollten ihm helfen. Er machte so einen schutzbedürftigen Eindruck. Auf seiner Stirn trug er ein Geburtsmal. Ein bildhübscher kleiner Kerl mit großen, samtenen Augen und langen Wimpern. Seine Haut war milchkaffeebraun, seine Haare leicht gewellt und seine Zähne schneeweiß und ebenmäßig. Er war klein und zierlich und er wurde deswegen jünger als seine neun Jahre geschätzt.

„Ja, ich habe ihn oft gesehen, wenn ich unseren kleinen Bwana zum Schulbus gebracht habe. Er war immer da, wenn die Busse abfuhren oder ankamen. Dann stand er ganz still und nur sein Körper war da. Sein Geist war bei den Kindern. Am liebsten saß er auf einem großen Stein neben der Tankstelle." Johnson lehnt sich genüsslich in die Kissen. „Ich glaube, es ist Zeit für eine Geschichte. Was ist wohl aus ihm geworden?"

***

Kunstvoll

In Afrika leben viele Kinder auf der Straße

Er saß am liebsten auf dem großen, abgerundeten Stein neben der Tankstelle. Immer wenn es im benachbarten Einkaufszentrum etwas ruhiger zuging, und er wenig Chancen hatte, ein paar Schillinge zu erbetteln, lief er hierher und genoss den Überblick, den er von diesem Punkt aus hatte. Er konnte die ganze Straße einsehen, beobachten, was an der Tankstelle vor sich ging, und gleichzeitig die Auffahrt zum Parkplatz der Geschäfte im Auge behalten, um abzuwägen, ob es sich lohnte, hinüberzugehen.

Das Beste aber an diesem Aussichtsposten war die Abfahrt und Ankunft der verschiedenen Schulbusse. Er kannte alle Kinder vom Sehen, wusste wer in welchen Bus einstieg. Er wusste auch, welche Autos die Eltern fuhren. Viele von ihnen, meist die Mütter, kannten ihn auch, und schenkten ihm so manches Kleidungsstück oder etwas zu essen. Dann steckte er seine Leimtube weg, an der er sonst schnüffelte, um sich das Leben auf der Straße leichter zu machen. Jeder der ihn darauf ansprach, versuchte ihm zu erklären, wie schädlich und giftig das sei. Darüber machte er sich keine Gedanken. Alle auf der Straße schnüffelten. Er war so aufgewachsen und inzwischen war er abhängig und sparte jeden Schilling dafür. Deshalb gaben ihm die meisten Erwachsenen, hauptsächlich die Weißen, nie Geld, sondern Lebensmittel. Aber auch die konnte man verkaufen, um so immer ein paar Münzen in der Tasche zu haben.

Er streichelte sein kreisrundes, großes Geburtsmal auf der Stirn, das ganz und gar mit braunen, weichen Haaren, die sich wie ein Fell anfühlten, bewachsen war. Es zu berühren beruhigte ihn. Dieses Mal war ein wichtiges Teil von ihm, sein Markenzeichen, an dem ihn die netten weißen Frauen erkennen konnten. Das war von großem Vorteil für ihn, denn es schien, dass sie sonst Probleme hatten, die vielen kleinen, schwarzen Gesichter zu unterscheiden, so wie es für ihn schwierig war, sich an die unzähligen blonden Köpfe und hellen Gesichter zu erinnern. Es war sein Glückszeichen, so dachte er, und um nichts in der Welt wollte er es missen. Einmal hatte ihn ein weißer Mann angesprochen und gefragt, ob er es ihm wegoperieren solle; hatte ihm erklärt, dass er Arzt sei und es auch bestimmt nicht wehtun würde. Er war entsetzt davongelaufen und hatte sich lange nicht mehr zu seinem Platz getraut. Vielleicht war das ein böser Mann, der ihm das herausschneiden wollte, um sein Fell für sich selbst zu benutzen, so dachte er, denn er war überzeugt, dass es große Zauberkraft besaß.

Er bekam reichlich Geschenke und Geld von den vielen Müttern, sodass die anderen Straßenkinder neidisch wurden. Aber er teilte immer, oder besser, er musste teilen, sonst würde er dort nicht überleben. Die Gesetze der Straße waren hart. So profitierten sie von seiner Beliebtheit und benutzten ihn als Lockvogel, saßen selbst im Schatten des Mangobaumes, schnüffelten, oder spielten Backgammon mit Kronenkorken und warteten darauf, dass er ablieferte. Sie wussten nicht, dass er einen Freund bei der Tankstelle hatte, bei dem er Einiges verstecken durfte. Diesem Freund musste er natürlich auch etwas abgeben, aber es war nicht viel und er machte es gerne. Nachts, wenn die großen Kinder in die Stadt zogen, versteckte er sich hinter einem aufgetürmten Berg Reifen, die zur Reparatur abgegeben worden waren und erfreute sich an seinen Schätzen. Dann dachte er auch an seine Mutter, die ihn, sowie er alt genug gewesen war, auf die Straße zum Betteln geschickt hatte. Abends war er dann den langen Weg nach Hause in den Slum gelaufen und hatte alles abgeliefert, was der Tag gebracht hatte. Die Mutter war nur am Geld interessiert und reagierte ärgerlich, als er immer öfter Lebensmittel und Kleidung mit nach Hause brachte. Eine Kampagne hatte die Reichen der Stadt aufgefordert, lieber kein Geld mehr zu geben. Die Mutter hatte ihm nicht geglaubt und ihn geschlagen, bis er schluchzend und zitternd liegen blieb. Eines Morgens war er unter den Be-schimpfungen aufgebrochen und nie mehr zurückgekehrt.

Schlimm war es während der Schulferien. Die täglichen Zuwendungen fehlten und auch im Einkaufszentrum ging es viel ruhiger zu. Manchmal gab es so wenig, dass er freiwillig in eines der Straßenkinderheime lief, um wenigstens eine warme Mahlzeit und eine Schlafstelle zu bekommen. Dort war er in den Tagesablauf eingebunden, der im-mer mit Beten begann, was er nicht mochte. Er konnte nicht an diesen Gott glauben, der es zuließ, dass es so viele arme Kinder gab. Manchmal dauerten die Gebete bis zu einer Stunde, dann gab es Frühstück, gefolgt von Schulunterricht, später Spiele und wieder Gebete. Doch auf diese Weise erwarb er wenigstens die fundamentalsten Kenntnisse in Lesen und Schreiben. Trotzdem blieb er ein Außenseiter. Misstrauisch, verschlossen, traute er weder den Heimleitern noch den anderen Kindern. Seine Erfahrungen mit Menschen seiner eigenen Rasse waren meist negativ. Sie gaben den Straßenkindern nichts, beschimpften sie stattdessen. Genauso war es mit der Polizei, die ab und zu auf Razzia ging und streunende Kinder aufgriff. Sie waren brutal und warfen sie in dunkle Zellen, bis diese so voll waren, dass sie sie wieder rauslassen mussten.

Niemals hielt es ihn lange in den Heimen. Er hatte es im Gefühl, wann er wieder zu seinem Stein zurückmusste, verschwand so lautlos, wie er gekommen war, als zöge ihn ein Magnet zurück. Dann rannte er fast, bis er endlich die Tankstelle sah. Oft bog gerade in diesem Augenblick der erste Schulbus um die Ecke. Er bezog wieder Stellung auf seinem Platz und beobachtete, wie die Türen sich öffneten, die Kinder lachend und schwatzend heraussprangen, noch zusammenstanden, um dann in die jeweiligen Autos zu steigen und davonzufahren. Das Farbenspiel der verschiedenen Schuluniformen faszinierte ihn am meisten. Morgens warteten alle wie ein bunter Haufen auf die Busse. Dieser löste sich dann nach und nach in einzelne Farben auf, wenn die einzelnen Gruppen den offenen Bustüren entgegenströmten. Ihn durchfuhr jedes Mal ein ehrfürchtiger Schauer vor so viel Schönheit. Von allen Schuluniformen gefiel ihm die dunkelblaue am besten. Die gebügelten grauen Hosen, je nach Jahreszeit lang oder kurz, dazu die blütenweißen Hemden und die schräg gestreiften, blau-roten Krawatten, das nahm ihm einfach den Atem. Am schönsten aber war der dunkelblaue Blazer mit dem Schulwappen auf der Brusttasche. Nichts wünschte er sich sehnlicher, als einmal eine solche Uniform zu besitzen. In seinem Träumen sah er sich als Schüler dieser Schule. Die Jacke lässig über die Schulter gehängt, seinen Ranzen schräg geschultert und umringt von Freunden, stieg er in den Schulbus. Weiter ging sein Traum nie, denn er hatte absolut keine, auch nicht die geringste Vorstellung, wo dieser Bus hinfuhr und wie so eine Schule aussehen könnte. Wenn der Bus, eine schwarze Rauchwolke hinter sich lassend, im morgendlichen Dunst verschwand, nahm er auch seine Phantasie mit.

„Washington", rief der Tankwart, „hilf mir mal eben, die Autoscheiben zu waschen."
Das mochte er besonders gerne, seine Hände in das Seifenwasser einzutauchen und danach mit dem Schlauch die Fenster blank zu waschen. Meist gaben ihm die Leute ein kleines Trinkgeld, das er dann schnell in die Innentasche seiner ausgefransten, kurzen Hose schob. Er nahm noch schnell einen tiefen Zug aus der Leimflasche und lief zur Tankstelle hinüber. Dort stand eine silbergraue Limousine. Er hatte sie gerade an der Bushaltestelle gesehen. Wenn ihn nicht alles täuschte, gehörte sie zu einem kleinen Jungen mit seiner Lieblingsuniform.
„Guten Morgen, Madam", sagte er freundlich und sah die Frau am Steuer offen an. „Bitte machen Sie das Fenster zu, sonst werden Sie nass!"
Er grinste, als die Frau sich an die Stirn schlug und schnell die Schei-

ben hochdrehte. Jetzt stieg sie aus und stellte sich neben ihn.
„Prima machst du das, ich möchte ab jetzt immer von dir die Fenster gewaschen bekommen!", sagte sie und strich ihm über den Kopf. Sie kramte in ihrer Tasche nach einer Münze und gab sie ihm. „Ich habe aber noch etwas für dich, was dir vielleicht Spaß macht. Wir haben es dir aus Europa mitgebracht. Ich vergesse jeden Morgen, es mitzunehmen. Willst Du nicht schnell mit mir mitfahren? Du kannst dann zurücklaufen, es sind höchstens zehn Minuten."
Washington traute seinen Ohren nicht. Er sollte in diesem herrlichen Auto fahren dürfen? Noch nie hatte er in einem Auto gesessen, nur einmal heimlich an der Tankstelle, als jemand ein Auto geparkt hatte und die Tür offen gewesen war. Da hatte er sich hinter das Steuer gesetzt und war in Gedanken auf Safari gegangen. Bis ans Meer war er gefahren und unterwegs hatte er Elefanten und Löwen gesehen. Der Besitzer war zurückgekommen und hatte ihn äußerst unsanft aus seinen Träumen gerissen und ihn am Arm aus dem Auto gezogen.
„Verdammter Bengel!", hatte er gebrüllt und Washington war davongerannt.
„Komm", holte ihn die Stimme der Frau in die Gegenwart zurück, „oder willst du nicht?" Natürlich wollte er, und als er die Tür aufmachte, hatte ihn seine Phantasie wieder gepackt. Er war jetzt der Sohn und gerade aus der Schule gekommen. Genüsslich lehnte er sich zurück und schloss die Augen. Gleich würden sie zu Hause ankommen und ein Mittagessen wäre angerichtet. Danach ...
„Pass auf, wo wir fahren", unterbrach die Frau seine Gedanken, „damit du nachher zurückfindest."
Sie bogen in eine wunderschöne Allee ein, an der links und rechts riesige Prachtvillen standen. Solche Häuser hatte er noch nie von nahem gesehen, da die Privatstraßen aus Sicherheitsgründen mit Schranken abge-sperrt waren. Sie passierten jetzt eine solche Schranke, der Wächter hob die Hand zum Gruß und öffnete. Das Auto fuhr in die Allee hinein und kam vor einem schwarzen, schmiedeeisernen Tor zum Stehen. Wieder öffnete ein Wächter und sie rollten vor das Haus. Drei große Hunde liefen auf sie zu und Washington klammerte sich ängstlich am Türgriff fest. Niemals würde er aussteigen, die Hunde waren so riesig wie die Löwen in seinem Traum.
„Komm raus, mein Junge", die Frau öffnete seine Tür, „die tun dir nichts, sie sind ganz lieb und verspielt."
Er holte tief Luft und stieg aus. Angst wollte er auf keinen Fall zeigen. Schnell berührte er mit der Hand sein Fellmal an der Stirn. Jetzt konnten sie ihm nichts mehr tun. Und wirklich: Die Hunde schnüffelten

freundlich an ihm und liefen voraus. Die Frau nahm seine Hand und gemeinsam betraten sie ein Haus, das ihn sofort in einen weiteren Tagtraum versetzte. Er sah sich in seiner Lieblingsuniform die lange Treppe heruntergehen und in die Küche einbiegen. Die Sonne hatte helle Kringel auf den Boden gemalt und er blinzelte in die Helligkeit. Der üppig gedeckte Tisch nahm ihm den Atem und er spürte den Hunger jetzt wie eine Kralle in seinem Bauch.

„Hallo – träumst du, Kleiner?" Anscheinend hatte die Frau schon eine Weile mit ihm gesprochen. „Ich habe dich gefragt, ob du etwas essen möchtest. Ich habe auch noch nicht gefrühstückt!"

Das Hausmädchen nahm in freundlich an der Hand. „Aber erst einmal waschen wir uns die Hände!"

Nach dem Essen (er hatte zum ersten Mal in seinem Leben Cornflakes gegessen, und diese würden für den Rest seines Lebens sein Lieblingsessen bleiben) wurde der Tisch abgeräumt. Die Frau brachte ein Paket herein und legte es vor ihn hin. „Das ist für dich, pack mal aus!"

Aufmunternd lächelte sie ihm zu. Aufgeregt versuchte Washington die Verpackung zu lösen. Er stellte sich vor, was in dem Karton wohl sein könnte. Falls es etwas zum Anziehen war, würde er es sofort verkaufen. Er brauchte dringend Leim, denn er war süchtig nach seinen Tagträumen, ohne die er nicht mehr leben wollte. Es sei denn, es wären Fußballschuhe, die würde er behalten. Er malte sich bereits die Gesichter der anderen aus, wenn er damit über die Wiese marschieren würde. Falls es ein Spielzeug sein sollte, kam es darauf an, welches. Von einem Fußball würde er sich nur schwer trennen, aber da die anderen ihn sowieso stehlen würden, könnte er ihn ebenso verkaufen und trotzdem damit spielen. Jetzt waren die Schnüre entwirrt und vorsichtig löste er das Papier von der Schachtel. Ein tiefer Atemzug – und er hob den Deckel ab.

An alles hatte er gedacht, nur nicht an das. Ein großer Malkasten lag darin, bunte Stifte und Kreiden, Blöcke und Pinsel. Das würde nicht viel einbringen. Vielleicht könnte er alles beim dicken Inder in dem kleinen Schreibwarenladen loswerden. Aber falls die Frau dort einmal einkaufte und die Sachen sehen würde, wäre sie bestimmt böse und würde ihm nie wieder etwas schenken. Während er angestrengt nachdachte, nahm er Stück für Stück heraus und breitete alles auf dem Tisch aus. Er zwang sich ein Lächeln auf das Gesicht und überlegte fieberhaft, was er sagen sollte. Falls die Frau ihm seine Enttäuschung ansah, ließ sie es sich nicht anmerken.

„Du kannst gleich hier ein wenig malen, wenn du möchtest", sagte sie und holte einen Becher Wasser. Er wollte nichts davon gebraucht erscheinen lassen und hob abwehrend die Hand. Er könnte die Sachen dann nicht mehr verkaufen. Aber die Frau schien nichts zu bemerken und strich ihm nur sanft über den Kopf. Er hätte am liebsten angefangen zu weinen, denn er konnte sich nicht erinnern, jemals solch sanfte Berührung gespürt zu haben. Er wollte die Frau auf keinen Fall enttäuschen und so beschloss er, nun doch die Wasserfarben auszuprobieren. Vorsichtig tauchte er den Pinsel in das Wasserglas. Sein Blick fiel auf den aufgeklappten Malkasten. Er starrte auf die runden Farbtöpfchen, die Hand mit dem tropfenden Pinsel noch erhoben und konnte sich nicht entscheiden. Die Farben verschwammen vor seinen Augen, die Blautöne vermischten sich mit dem gelb, grüne Wellen zogen vorbei, wurden durchzogen von Rot und Orange, silbernen und goldenen Fäden und explodierten endlich in einem bunten Kaleidoskop. Er fühlte sich schwindelig aber glücklich und schloss die Augen.

Als er die Augen wieder öffnete, tauchte er den Pinsel zielgerichtet ins Aquamarinblau und versank in einen Malrausch, von dem er nicht wusste, wie lange er dauerte. Mit heißem Kopf und trockenem Mund kam er wieder zu sich. Die Frau stand neben ihm und starrte auf das bemalte Papier. Es war still im Raum, die Sonne stand hoch am Himmel und er fühlte die Sommerhitze. Die Sonnenstrahlen spiegelten einen Lichterkranz um den Kopf der Frau, sodass der Junge ehrfürchtig die Hände faltete. Ihm war klar, dass ihm ein Engel erschienen war, denn wie sonst hätte es geschehen können, dass er mit so großer Freude Farbe auf ein Papier verteilte und sich ganz und gar glücklich dabei fühlte? Das Einzige, das er sich in diesem Augenblick wünschte, war weiter zu malen. Sein Kopf war voll von Farben und Formen und er musste sie herauslassen.

Jetzt sprach der Engel zu ihm: „Wo hast du nur gelernt so zu malen? Das ist ein wunderbares Bild. Ich würde es dir gerne abkaufen und in mein Zimmer hängen!"

Ungläubig hob er den Kopf und sah die Frau an. Sicher machte sie sich nur lustig über ihn und vielleicht war das ganze sowieso nur einer seiner Tagträume und er würde jeden Augenblick aufwachen und auf seinem Stein sitzen. Er zwinkerte mehrmals mit den Augen und rieb die Hände aneinander, was er immer tat, wenn er wieder in die Wirklichkeit zurückkehren wollte. Aber nichts geschah. Er saß immer noch in der hellen Küche, auch die Frau stand noch neben ihm und sah ihn lächelnd und erwartungsvoll an. Er wusste nichts zu sagen. Sein Kopf war leer von Worten, aber voll mit Farben, und so griff er einfach wieder zum Pinsel, nahm ein neues Papier und versank wie vorher unvermittelt in einer Art Trance und malte ohne Unterbrechung.

Die folgenden Jahre vergingen wie ein Traum. Zuerst schickte die Frau ihn in die gleiche Schule wie ihren Sohn. Die beiden wurden im Laufe der Zeit enge Freunde. Er musste zwar, trotz seiner neun Jahre, in die erste Klasse, konnte aber im folgenden Jahr eine Klasse überspringen. Ihm war das alles einerlei. Das wichtigste war, dass sein Traum wahr geworden war, und er nun jeden Tag die wunderbare Schuluniform anziehen durfte und in den Schulbus steigen konnte. Er wohnte in dem herrlichen Haus, hatte sein eigenes Zimmer, das er nach seinen eigenen Ideen gestalten durfte. Für ihn waren Farben das Wichtigste in seinem Leben geworden, und so hatte er die Wände des Raumes in eine bunte Panoramalandschaft verwandelt. Frei nach seiner Phantasie hatte er Elemente seiner Heimat mit Dingen, die er bei den Weißen gesehen hatte, vermischt. Er ahnte, dass er gut malen konnte, weil die Frau ihre Besucher in sein Zimmer führte und diese staunend sein Werk betrachteten. Ein Journalist schrieb sogar einmal einen Artikel für eine deutsche Zeitung und machte Fotos von seinem Zimmer.

Washington war besessen von seiner Malerei. Er konnte es kaum erwarten, nach Hause zu kommen und sich seinen Farben zu widmen. Meist hatte er schon Farben und Formen im Kopf und der Pinsel bewegte sich wie von fremder Hand geführt über die Leinwand. Manchmal saß er in seinem Zimmer, rieb in alter Gewohnheit die Hände aneinander und wartete darauf, aus seinem Tagtraum aufzuwachen. Er schnüffelte nie wieder Leim und er hatte auch keine Lust mehr darauf. Es war, als hätte sein Vorleben nie existiert und sein Leben erst in der Küche dieses Hauses begonnen.

Er war mal gerade mal dreizehn Jahre alt, da entstanden Fernsehberichte der lokalen und ausländischen Fernsehsender über ihn und die Galerien hofierten ihn. Er erhielt Einladungen zu Ausstellungen und Malseminaren ins Ausland.
Mit sechzehn schaffte einen leidlich guten Schulaschluss. Er galt als Sonderling, aber durch sein freundliches Wesen schaffte er sich nur Freunde und keine Feinde.
Mit achtzehn Jahren war er ein wohlhabender junger Mann. Seine Managerin blieb die Frau, die sein Talent entdeckt hatte. Sie hatte damals sein erstes Bild einrahmen lassen und ins Wohnzimmer gehängt, woraufhin alle ihre Freunde und Bekannten auch unbedingt so etwas Ähnliches haben wollten. So hatte alles angefangen. Dann kaufte der Leiter des lokalen Goethe-Instituts ein Bild, und räumte ihm gleichzeitig die Möglichkeit einer Ausstellung ein. Das war der Durchbruch

gewesen. Er malte in jeder freien Minute und die Garage wurde zum Ausstellungs- und Verkaufsraum.

Die Frau, inzwischen durfte er sie Maria nennen, hatte ein Konto für ihn angelegt und zahlte auch den geringsten verdienten Betrag darauf ein. Außerdem fertigte sie von jedem verkauften Bild ein Foto an und schrieb daneben den Namen des Käufers und das Datum. So war im Laufe der Jahre eine ansehnliche Sammlung von Alben entstanden und Washington blätterte gerne darin. Maria beriet ihn bezüglich seiner Reisen und Ausstellungen, und er konnte sich keinen besseren Manager wünschen. In späteren Jahren, als sie keine familiären Pflichten mehr hatte, begleitete sie ihn oft auf seinen Reisen, und er konnte sie nicht mehr aus seinem Leben wegdenken. Eine tiefe Freundschaft war entstanden, der auch seine spätere Heirat nichts anhaben konnte. Im Gegenteil, seine Frau, seine Kinder und Enkel waren wie selbstverständlich der Familie eingemeindet worden, und Maria übernahm in späteren Jahren die Stelle der Großmutter.

Maria war es auch, die ihn überredet hatte, wieder Kontakt zu seiner Familie aufzunehmen. Er hatte sich lange gesträubt und immer nur das wutverzerrte Gesicht seiner Mutter vor Augen gehabt, als sie zum Schlage ausgeholt hatte. Eines Tages hatte er eingewilligt. Er war ungefähr sechzehn Jahre alt gewesen, erinnerte er sich. Er war gemeinsam mit Maria ins Dorf gefahren und sie hatten sein Haus gesucht. Der Slum war zwischenzeitlich so enorm gewachsen, dass das gar nicht so einfach war. Es hatte geregnet und die Wege hatten sich in eine Schlammwüste verwandelt. Sie kamen kaum vorwärts. Das Auto war bis oben mit braunem Dreck bespritzt, als sie endlich vor einer elenden Hütte standen.

„Hier ist es, glaube ich", hatte Washington gemurmelt. Er schämte sich zutiefst über den Schmutz und die Armut. Als sie die Decke am Eingang zur Seite schoben, konnten sie zuerst nichts erkennen, die Augen mussten sich zuerst an das Dämmerlicht gewöhnen. Sie sahen ein schäbiges Sofa, auf dem eine Gestalt zusammengerollt lag. Er hatte sich hinunter gebeugt und einen scharfen Geruch nach lokal gebranntem Alkohol wahrgenommen. Er drehte die Person vorsichtig auf den Rücken und erstarrte. Dies war ohne Zweifel seine Mutter, aber er hätte sie so auf der Straße nicht mehr erkannt. Der Zerfall ihres Gesichtes erschreckte ihn zutiefst. Er rechnete nach; sie war noch keine vierzig Jahre alt. Er hatte sich auf den Sessel gesetzt und geweint. Geweint über die Ungerechtigkeiten im Leben, über verpasste Chancen und auch aus Scham, dass er jahrelang seine Mutter nicht hatte sehen wollen. Vielleicht hätte er zu einem früheren Zeitpunkt noch helfen können.

Maria hatte ihn in den Arm genommen und tröstende Worte gefunden. Plötzlich war sein Bruder aufgetaucht. Er kam aus einer hinteren Ecke des Raumes hervor, wo er wohl geschlafen hatte. Die Brüder standen sich gegenüber und starrten sich an. Sie schlossen sich schweigend in die Arme. Sie hatten dann zu dritt in einem nahe gelegenen Café gesessen und Washington hatte erfahren, dass die Mutter seit drei Jahren nicht mehr zurechnungsfähig war. Der Fusel hatte ihr Gehirn unwiederbringlich zerstört. Es gab keine Hilfe. Die letzten Jahre davor hatte sie als Prostituierte ihren Lebensunterhalt verdient, jetzt trank sie nur noch. Der Bruder selbst war im Augenblick arbeitslos, hoffte aber auf eine Stelle als Wächter bei der Deutschen Botschaft, wo er sich beworben hatte. Maria versprach ein Wort für ihn einzulegen, und so trennten sie sich. Washington vereinbarte eine monatliche Summe, die er ab sofort auf ein Konto für seine Familie einzahlen wollte. Er hinterließ seine Telefonnummer, falls die Mutter ihn zu sehen wünsche, aber sie hatte sich nie gemeldet. Wahrscheinlich hatte sie längst vergessen, dass sie noch einen Sohn hatte.

Seitdem waren so viele Jahre vergangen. Washington saß auf der kleinen Steinbank und unzählige schöne Erinnerungen mit Maria gingen ihm durch den Kopf. Er war durch sie so berühmt geworden, dass sein Name ein Begriff in der internationalen Künstlerwelt geworden war. Er fühlte eine so tiefe Dankbarkeit und Liebe der Frau gegenüber, die heute zu Grabe getragen wurde. Sie hatte ein biblisch hohes Alter erreicht und auch er selbst war bereits ein alter Mann. Ein „Mzee", wie man in seiner Sprache einen alten, ehrenwerten Mann titulierte. „Ja, ich bin ein Mzee", dachte er, „und sie war meine Mama." Er wischte sich über die Augen und stand auf, als er in der Ferne den Trauerzug näherkommen sah. Er berührte kurz sein Fellmal auf der Stirn und ging hoch erhobenen Hauptes auf die offene Grabstelle zu, während ihm die Tränen die faltigen Wangen herunterliefen.

***

HEUTE

„Eine gute Geschichte. Ich würde gerne wissen, ob der kleine Washington wirklich so einen Weg gegangen ist. Du kannst schöne Shauris erzählen. Bei dir weiß man nie, ob sie in deinem Kopf leben oder in der Wirklichkeit".

45

Johnson hat es immer schon geliebt, wenn ich ihm Geschichten erzählt habe. Seine Wissbegierde kannte keine Grenzen. Es freut mich zu sehen, dass er sich auch in diesem Punkt nicht verändert hat.

„Manchmal kann ich selbst kaum Wahrheit von Fiktion unterscheiden. In meinem Kopf stapeln sich ganze Berge von Geschichten! Komm, lass uns einen „Sundowner" bestellen, die Sonne ist tatsächlich gleich weg. Wir haben uns so richtig verplaudert! Für mich einen Gin und Tonic, und für dich? Ein Tusker Bier?"

Johnson nickt begeistert und winkt den Keller heran. Wir rücken näher ans Feuer.

„Ich habe auch eine Geschichte zu erzählen, aber ich kann das nicht so gut wie du. Ich versuche meine Worte zu finden, hör zu:

Immer wenn ich am Flughafen war, um euch abzuholen, habe ich eine Frau gesehen. Eine Mzungu. Sie stand jedes Mal am gleichen Platz. Ihr Gesicht war nahe am Fenster und sie hat die Leute, die auf ihre Koffer gewartet haben, beobachtet. Ich habe nie gesehen, dass sie jemanden abgeholt hätte. Später, als der Flughafen umgebaut wurde, wurden auch die Fenster gestrichen, sodass man nicht mehr hineinschauen konnte. Die Frau habe ich dann nie wieder gesehen."

„Das klingt spannend. Lass uns eine Geschichte dazu erfinden. Also, ich fange an: Die Frau wohnt auf einer einsamen Farm außerhalb von Nairobi. Sie hat niemanden, mit dem sie sprechen kann und keinen Ort, wo sie Leute treffen kann. Also macht sie sich jeden Freitag auf den Weg zum Flughafen ..."

„Aber sie soll jemanden treffen", wirft Johnson ein.

„Wart´s ab!"

***

Ich habe auf Sie gewartet
Der Tourismus ist die wichtigste Einnahmequelle für die meisten afrikanischen Länder

Der Freitagabend war ein Festtag im eintönigen Leben von Agnes Turner. Sie bereitete sich jedes Mal sorgfältig darauf vor, verwendete den Nachmittag auf die Auswahl ihrer Garderobe, drehte sich Lockenwickler ins lange blonde Haar, zog sich mit einem Stift die Augenbrauen nach, legte Rouge auf und malte die Lippen mit einem kräftigen Rot an. Die restliche Zeit bis zur Abfahrt zum Flughafen verbrachte sie vor dem Spiegel, änderte hier und dort noch etwas an ihrem Äußeren, zupfte eine Locke in die Stirn, oder probierte andere Schuhe zum Kleid.

Heute gefiel sie sich und genoss die Verwandlung, die sich da langsam mit ihr vollzogen hatte.

Nur ihre Hände bereiteten ihr Sorgen. Die harte Arbeit auf der Farm machte sich bemerkbar. Die Haut war rissig und die Fingernägel brüchig. Obwohl Nganga, der Koch, Felicitas das Hausmädchen, der alte Askari und vier Landarbeiter rund um die Uhr die Farm bewirtschafteten, fasste sie jeden Tag mit an. Von den anderen weißen Frauen wurde sie dafür belächelt. Wenn Agnes unter der Woche die Einkäufe für die Farm tätigte, saßen sie auf der schattigen Terrasse des Norfolk Hotels, wo sie mit zarten Händen geziert ihre Gin-Tonic-Gläser hielten und die Blicke wandern ließen. Sobald Agnes zurück zur Farm kam, weichte sie die Hände bis zu den Ellenbogen hinauf in Seifenwasser ein, dem sie den Saft einer ganzen Zitrone zufügte. Trotz anschließender Massage mit Melkfett, blieb die Haut immer ein wenig rau und schrundig. So auch heute. Als sie sich abschließend im Spiegel betrachtete, versteckte sie ihre Hände hinter dem Rücken.

Sie drehte sich immer wieder hin und her. Sie hatte heute einen einfachen schwarzen Rock gewählt, mit einem kleinen Schlitz an der Seite, dazu eine kurze rote Jacke, die gut zu ihrer gebräunten Haut und den blonden Haaren passte. Sie war groß und schlank und, von hinten gesehen, eine ansehnliche Erscheinung. Leider stimmte irgendetwas in ihrem Gesicht nicht, es wirkte unproportioniert. Die weit auseinanderstehenden, dunklen Augen waren ungleich geschnitten, die Brauen und Wimpern kräftig. Die Nase war fleischig und wies an der vorgewölbten Spitze eine kleine Delle auf, was sie oft an eine Schweinenase denken ließ. Der Mund war sehr schmal, sie kniff ihn bei innerer Anspannung zusammen, so dass man meinen könnte, ihre Lippen seien nur nicht mehr als Strich. An den Freitagen malte sie sie jedoch farblich passend zur Garderobe an, wobei sie an den Konturen schwindelte. Bei näherem Hinsehen sah man die Farbe in die winzigen Hautfalten laufen, was ihre Lippen faltiger aussehen ließ, als sie tatsächlich waren. Sie holte den alten Landrover aus der Garage, jedoch nicht, bevor sie sich von den Hunden verabschiedet hatte, die erwartungsvoll mit zum Auto gekommen waren. Der alte Askari öffnete das Tor und sie fuhr den staubigen, holperigen Weg Richtung Hauptstraße, die zum Nairobi-Flughafen führte. Im Rückspiegel sah sie noch, wie die Hunde sich um den weißhaarigen Koch Nganga scharten, der gerade mit den Futterschüsseln aus dem Haus trat. Sie hatte noch viel Zeit und lenkte das Fahrzeug langsam durch die Schlaglöcher, um dem Staub, der sich durch alle Ritzen des Autos drängte, zu entgehen. Im Westen ging bereits die Sonne unter und die letzten Strahlen beleuchteten die Ngong Berge, die heute besonders klar zu sehen waren. Vor ihr kreuzte eine Zebraherde den Weg und vorne rechts konnte sie ein paar Giraffen erkennen, die an den großen Dornbäumen zupften. Sie hielten inne, als sie vorbeifuhr, bevor sie weiter fraßen.

Als Agnes die Hauptstraße erreichte, musste sie bereits das Licht anschalten. Die afrikanische Nacht war wie immer sehr plötzlich gekommen, nur ein schmaler roter Streifen im Westen erinnerte noch an den soeben vergangenen Tag.

Die Fahrt zum Flughafen dauerte fast eine Stunde, und als sie in die Zufahrt einbog, sah sie die Maschine bereits im Anflug. Ihr Herz begann schneller zu schlagen. Sie beschleunigte das Fahrzeug. Nach einer halben Ewigkeit fand sie endlich einen Parkplatz. Sie eilte in die Empfangshalle, die wie jeden Freitagabend voll war.

Agnes suchte ihren Stammplatz, doch der Fahrer eines Reiseunternehmens hatte sich mit einem Schild, auf dem „Mr. and Mrs. Soerensen" stand, in ihre Ecke gelehnt. Er blickte gelangweilt auf die große Glasschiebetür, die in diesem Augenblick aufging und eine bleiche, vierköpfige Familie entließ. Sie blickten sich suchend um und wurden augenblicklich von einem Schwarm Taxifahrer umringt, die ihre Fahrdienste verkaufen wollten, und sich dabei gegenseitig lautstark unterboten.

Agnes beobachtete amüsiert, wie der Familienvater versuchte, sich durchzusetzen, aber es half ihm nichts. Schon war das Gepäck in den Händen des aufdringlichsten Fahrers, und die ganze Gruppe zog lamentierend aus dem Flughafengebäude. Ein perfekt gekleideter Safari-Reisender kam durch die Tür - mit knöchelhohen Schlangen-stiefeln, grüner Weste und Tropenhelm, als beginne gleich am Flughafen der Busch. Er wurde von dem Vertreter eines Safari-Unternehmens erwartet. Bald gesellten sich weitere Reisende dazu, ihre Kamerataschen schon bereit, um die erhofften Abenteuer für ewig festzuhalten. Agnes hörte sie lachen und scherzen.

Das Ehepaar Soerensen war zwischenzeitlich auch erschienen und strebte bereits mit seinem Fahrer dem Ausgang entgegen, sodass Agnes sich in ihre Ecke kuscheln konnte. Von hier sah sie durch das kleine Fenster bis zur Gepäckausgabe. Eine auffällig hübsche junge Frau trat durch die Glastür und sah sich suchend um, ohne zu bemerken, dass ihr Freund oder Mann leise von hinten an sie herangetreten war und sie nun fest umarmte und zu sich herumdrehte. So standen sie eine Weile aneinandergeklammert, ihr Kopf ruhte an seiner Brust. Sie sprachen nicht. Dann gingen sie hinaus, die Gesichter einander zugewendet. Agnes' Augen füllten sich mit Tränen. Sie lehnte die Stirn an das Glas, sodass ihr niemand direkt ins Gesicht sehen konnte. Die Tränen liefen ihre Wangen hinunter. Sie konnte sie nicht zurückhalten. Immer mehr Leute gingen, nur vereinzelt standen noch einige am Gepäckband und warteten auf ihre Koffer. Ein dicker Herr diskutierte mit dem Zollbeamten und eine Frau versuchte vergeblich einen verrosteten Gepäckwagen in die gewünschte Richtung zu zwingen.

Agnes drehte sich wieder um. Die Empfangshalle hatte sich geleert und zeigte nun ihre ganze Schäbigkeit. Papiere und Zigarettenkippen, Zeitungen und Bierdosen waren alles, was von diesem Freitagabend-Flug übrig geblieben war. Eine Putzfrau schob lustlos einen breiten Besen vor sich her; an den Hotel- und Autovermietungsschaltern wurden die Rollos bereits herunter gelassen.

Agnes wendete sich schweren Herzens zum Gehen. Da öffnete sich noch einmal die Tür. Sie blieb stehen und sah hinüber.

Der hochgewachsene Afrikaner, europäisch gekleidet, der jetzt langsam seinen Wagen durch die Halle in ihre Richtung schob und sich suchend umblickte, zog all ihre Aufmerksamkeit auf sich. Seine Haut war tiefschwarz und glatt, seine gepflegten Haare glänzten, und sie konnte die langen, feinen Hände erkennen, als er ein Notizbuch aus der Jackentasche nahm und darin anscheinend eine Adresse suchte. Hier bin ich, wollte sie rufen – hier. Hier.

Immer noch in sein Buch vertieft, kam er jetzt geradewegs auf sie zu. Sie stand wie festgewachsen, die Hände auf dem Rücken und schloss vor Aufregung für einen kurzen Moment die Augen.

„Haben Sie auf mich gewartet?"

„Ja", sagte sie. „Ja, das habe ich."

„Wie schön, ich dachte schon, ich sei zu spät. Mein Gepäck kam als letztes heraus."

Agnes antwortete nicht. Sie lief in Richtung Ausgang und er folgte ihr über den Parkplatz bis zum Auto.

Die Hecktür vom Land Rover wollte nicht aufgehen. Agnes riss an dem Griff und verfluchte leise den Mechaniker, der ihr gerade gestern versichert hatte, dass alles in Ordnung sei.

„Ich habe mich noch gar nicht vorgestellt", sagte der Mann. „Mein Name ist Jack Graham – einfach Jack. Und Sie?"

„Agnes Turner, Agnes – einfach!", antwortete sie und strahlte ihn an.

„Gut Agnes, wissen Sie was, wir stellen mein Gepäck einfach auf den Rücksitz." Und lachend setzte er hinzu: „Oder geht die Tür auch nicht auf?"

Agnes fummelte an dem Türschloss herum, doch der Schlüssel passte einfach nicht. Als sie einen Blick in das Innere des Wagens warf und dort ein unbekanntes Hemd sah, erkannte sie, dass sie sich an einem fremden Auto zu schaffen gemacht hatte. Als sie Jack hilflos ansah, mussten plötzlich beide lachen und konnten nicht aufhören, bis ihr wieder die Tränen kamen, aber diesmal aus Fröhlichkeit.

Endlich war das Gepäck im richtigen Land Rover verstaut. Agnes startete den Wagen und sie bogen auf die Hauptstraße ein. Jack erzählte ihr von seiner Heimat Ghana, und dass er das erste Mal in Ostafrika sei. Agnes überwand ihre Scheu und berichtete, wie sie vor Jahren hier nach Kenia gekommen war. Das war kurz nach der Unabhängigkeit des Landes gewesen. Sie war noch ein Kind. Ihre Eltern waren lange tot und nun bewirtschaftete sie die Farm alleine. Was sie nicht erzählte, war, wie einsam sie sich manchmal fühlte in diesem Land, in dem sie ihr ganzes Leben verbracht hatte.

Inzwischen waren sie schon fast eine Stunde gefahren. Bald musste die Abzweigung kommen.

„Es ist weit vom Flughafen in die Stadt", sagte Jack jetzt. „Man kann noch nicht einmal die Lichter sehen."

„Wir fahren nicht in die Stadt", antwortete Agnes. „Wir fahren auf meine Farm."

Falls Jack sich wunderte, ließ er sich nichts anmerken. Er sagte nur: „Wie originell, das ist sicher viel romantischer als ein Stadthotel."

Agnes antwortete nicht und bog links ab. Während der halben Stunde, in der sie über die holprige Piste fuhren, wechselten sie nicht viele Worte. Agnes machte Jack aufmerksam auf die grünen Augen, die hier und da im Dunkeln aufblitzten, und wusste jedes Mal zu sagen, welches Tier sich dahinter verbarg. Gerade als sie die Farm erreichten, sahen sie flüchtig einen Leoparden die Straße überqueren.

„Das ist schon eine halbe Safari", scherzte Jack und legte ihr für einen Moment seine Hand auf den Arm. „Das ist wirklich nett, dass Sie den weiten Weg zum Flughafen selbst gekommen sind."

„Ich habe auf Sie gewartet", antwortete Agnes.

Sie fuhr das Auto in die Garage. Sie stiegen aus und Agnes nahm die Petroleumlampe vom Haken. „Wir haben hier keinen Strom", erklärte sie und schloss die Tür zum Haus auf. Die Hunde stürzten auf sie zu und sprangen an ihr hoch. Sie scheuchte sie weg und leuchtete Jack den Weg ins Wohnzimmer. Agnes bemerkte in diesem Augenblick, wie schäbig ihm die Einrichtung vorkommen musste. Das durchgesessene Sofa mit der Wolldecke für die Hunde, der Sessel dessen viertes Bein aus übereinander gestapelten Büchern bestand, der fleckige Teppich – sie schämte sich plötzlich.

„Warten Sie, ich mache uns ein Feuer", sagte sie schnell, und zündete den vorbereiteten Holzhaufen im Kamin an. Der Schein verbreitete ein warmes Licht und ließ den Raum gemütlich erscheinen. Sie setzten sich einander gegenüber in die alten Sofas. Ihre Blicke trafen sich.

„Ich mache Ihnen etwas zu essen. Und was möchten Sie trinken?" Agnes war schon aufgestanden und mit der Lampe auf dem Weg in die Küche.

Jack folgte ihr, versicherte, dass er nur etwas zu trinken wünschte, und hielt ihr die Lampe, als sie den Gaskühlschrank öffnete und ein Bier herausholte. Als sie sich reckte, um den Gläserschrank zu öffnen, trat er hinter sie und legte ihr die Arme um den Körper. Wie vorher die Frau am Flughafen, drehte sie sich jetzt zu ihm um und legte ihren Kopf an seine Brust. Er roch nach ein bisschen Schweiß, Parfum und langer Reise. Sie wehrte sich nicht, als er sie zurück ins Wohnzimmer auf das Sofa drängte.

Bedächtig bereitete er ein Lager aus Kissen und Schaffellen vor dem Kamin, kam zurück zu ihr und kniete nieder. Er begann, sie langsam auszuziehen. Zuerst die Schuhe, dann wanderten seine Hände an ihren Beinen hoch. Er fand die Knöpfe des Rocks, ohne suchen zu müssen. Die Jacke streifte er zart nach hinten weg. Behutsam zog er Agnes auf das vorbereitete Lager. Bedächtig küsste er erst ihre Hände, dann ihren ganzen Körper. Sie spürte die Wärme des Feuers und die Hitze des anderen Körpers. Unendliches Glück durchfuhr sie, als sie ihn sagen hörte, dass er sie nie mehr verlassen würde.

Als sie endlich die Augen wieder öffnete, erschrak sie, denn der schöne schwarze Mann mit seinem Gepäckwagen hatte sie fast erreicht. Er nickte ihr freundlich zu und steckte sein Notizbuch in die Jackentasche. Kaum hatte er die Tür durchschritten, winkte er ein Taxi heran. Als er ihrem Blick entschwunden war, ging sie langsam in Richtung Parkplatz. Sie machte sich am Schloss ihres Land Rovers zu schaffen, bis sie bemerkte, dass es das falsche Auto war.

***

HEUTE

„Das war schön! Obwohl ich es besser gefunden hätte, wenn Agnes wirklich glücklich geworden wäre. So ist sie wieder einsam. Vielleicht ist sie deshalb nicht mehr zum Flughafen gekommen?", überlegt Johnson, während er sich mit traurigem Blick in die Flammen Bier nachschenkt.

„Irgendwann machen wir eine „Happy-End-Geschichte" für sie", tröste ich ihn.

Eine ältere Dame kommt herein und nimmt in einem Sessel Platz. Die Art, wie sie den Kellner heranwinkt und dann etwas bestellt, wie sie ihre Handtasche aufmacht und den Taschenspiegel herausholt, erinnert mich an meine Mutter. Ich beobachte sie weiter verstohlen und hänge meinen Gedanken nach. Plötzlich habe ich Tränen in den Augen.

„Wo sind deine Gedanken hingereist? Du bist traurig."

„Ich musste gerade an meine Mutter denken."

„Sie war wie meine eigene Mutter. Sie hat uns eine Wohnung im Dorf bezahlt und sie hat immer was für meine Kinder mitgebracht. Ich spreche in Gedanken oft mit ihr", antwortet Johnson. Auch er sieht jetzt wehmütig aus.

„Sie war eine gute Frau, allerdings manchmal sehr streng und herb. Aber ein goldenes Herz, das hatte sie!"

„Ich habe ihre Gedanken lesen können, was nicht schwer war, weil sie sie auf der Zunge trug".

Johnson lehnt sich zurück und lacht. „Jetzt redest du wie eine Afrikanerin. Das Herz auf der Zunge! Ja, ja, das hatte sie wirklich!"

„Einmal bin ich abends weg gewesen und ziemlich spät wieder gekommen. Meine Mutter schlief nicht wenn ich nicht zu Hause war, was sie aber niemals zugab. Ich sah dann immer noch Licht, das plötzlich ausging, wenn sie mein Auto hörte. Sie tat sogar so, als ob sie schnarchte, während ich leise an ihrer Tür vorbei in mein Schlafzimmer schlich."

Johnson kann sich vor Lachen nicht beruhigen. Er wischt sich mit einer Serviette die Augen ab.

„Und da kam mir die Idee, ihre Gedanken aufzuschreiben, die sie in solch einer schlaflosen Nacht wohl hatte, und ich glaube, ich bin gar nicht so weit weg von der Wahrheit ...“

***

Dunkle Gedanken

Afrikanische Nächte sind still und geheimnisvoll – selbst der Masaikrieger steckt seinen Speer in die Erde und schläft in seiner Manyatta

Die Stille war qualvoll, die Dunkelheit eine Bedrohung und die Angst war wieder da, wie ein unsichtbarer Riesenvogel. Der Schlaf wollte nicht kommen, obwohl eine tiefe Müdigkeit auf ihre Augenlider drückte und sie in einem Dämmerzustand liegen ließ. Der Schmerz im Knie pochte unaufhörlich, das Herz raste und der alte Körper sehnte sich nach Ruhe. Sie lag und hörte den einsetzenden afrikanischen Nachtgeräuschen zu. Käuzchen und Zikaden fast gleichzeitig, das dumpfe Grollen eines noch fernen Gewitters. Die Hunde begannen wolfsartig zu heulen. Wie im Kanon setzten die anderen aus der Nachbarschaft ein. Ein unsichtbarer Dirigent schien dieses Konzert zu leiten. Schlagartig war es wieder still, dann folgte der Einsatz der Frösche unten am Teich. Durch das Fenster kam ein Hauch regenträchtigen Windes, der stärker wurde und die Vorhänge bauschte. Der Maestro gebot den Fröschen Einhalt und plötzlich tobte der Regen und ließ Bäume und Büsche rauschen.

Die alte Frau genoss diese abwechselnde Geräuschkulisse. Alles besser als die bedrückende Stille und Schwüle. Und die Frische belebte ihre Sinne.

„Wo sie nur bleibt?", dachte sie, „Es ist doch bestimmt lange nach Mitternacht. Jetzt muss sie bei diesem Wetter durch die Dunkelheit den weiten Weg fahren, bei den schlechten Straßen und der Unsicherheit in diesem Land. Wenn bloß nichts passiert, aber warum musste sie auch zu dieser Einladung? Es ist ihr wohl wichtiger, als bei der Mutter zu bleiben. Aber ich will mich nicht beklagen. Sie ist doch meistens zu Hause, und nach dem harten Arbeitstag soll sie auch ihr Vergnügen und ihre Abwechslung haben. Da wird sie ganz schön ausgenutzt. Sie hätte längst nach einer Gehaltserhöhung fragen sollen. Sie könnte den ganzen Laden alleine schmeißen bei ihrer Intelligenz. Wie sie überhaupt bei ihrem Lebensstil mit dem Geld auskommt, ist mir ein Rätsel. Immer geben und schenken und kaufen, ohne auf die Preise zu achten. Sie weiß auch nie, was die Dinge kosten. Von mir hat sie das nicht, ich kann mir Zahlen merken. Ich erinnere mich sogar noch an unsere Telefonnummer in der Beblostrasse: 827364. Mir kann da keiner was vormachen. Ihr Junge kommt da ganz nach ihr. Immer braucht er Geld für alles Mögliche und sie gibt und gibt. Ich habe ihm neulich allerdings auch ein Scheinchen zugesteckt. Er ist ja so ein hübsches und liebes Kind, mein Enkelchen. Dem werden die Mädels mal die Tür einrennen. Aber ihm fehlt der Vater. Der hätte ihn schon gebremst. So eine starke Hand ist manchmal gar nicht schlecht. Würde ihm nicht schaden. Aber davon will sie nichts wissen. Ich war auch nur streng, wenn es sein musste. Und so mit dem Kochlöffel ein bisschen hinten drauf, wem schadet das schon? Meinen Kindern hat es jedenfalls gut getan. Wer weiß, was sonst aus ihnen geworden wäre. Sie war ja wahnsinnig aufsässig und frech als Kind und wollte von mir gar nichts wissen, immer nur Papi, Papi. Der hat sie mir entfremdet, jawohl, das hat er. Die beiden haben immer zusammen gesteckt und gegen mich intrigiert. Und die Jungs! Mit vierzehn kam sie damals schon mit Knutschflecken nach Hause, na, da hat es was gesetzt! Ich war ja auch kein Kind von Traurigkeit, aber da war ich viel älter gewesen. Mein Vater hätte mich umgebracht, wenn ich es gewagt hätte in dem Alter – ne, der war streng aber gerecht. Wenn wir doch bloß noch die Häuser in Berlin hätten, die Wasservilla direkt am See. Herrlich mit dem Boot im Sommer und dann im Winter Schlittschuhlaufen. Kätchen und ich waren jeden Samstag zum Tanztee bei Kranzler. War eine herrliche Zeit – wenn der Krieg nicht gekommen wäre.

Ich musste nach Kriegsende damals das Zepter führen. Ihr Vater war ja viel zu schwach und nachgiebig. Und er hat mich belogen und betrogen, wo ich es doch immer nur gut gemeint habe. Die ganzen Finanzen habe ich geregelt, sonst wären wir am Bettelstab geendet. Aber ich will da gar nicht dran denken, da rege ich mich nur wieder auf.

Hoffentlich ist nichts passiert. Wenn ich doch nur die Uhr erkennen könnte. Ist schon eine Strafe, wenn man nichts mehr sehen kann, wo ich doch immer so gerne gelesen habe. Aber ich will mich wirklich nicht beklagen, wenn ich so an die anderen Alten im Heim denke, wann kommen die schon mal raus. Und dann die vielen Zipperlein, die dauernd besprochen werden müssen. Wenn ich zurückkomme, werden die mich alle beneiden. Wie sind Sie so schön braun, und dass Sie sich das noch zutrauen, ganz alleine nach Afrika zu reisen! Da fällt mir ein, ich muss noch ein paar Mitbringsel kaufen, nichts Teures, so kleine Specksteintiere. Die kosten jetzt auch schon über hundert Schillinge, vor ein paar Jahren habe ich noch vierzig bezahlt. Aber vielleicht betrügt Nancy mich auch. Wenn die auf den Markt geht, bekommt sie sie als Einheimische bestimmt billiger und berechnet mir dann mehr. Lügen tun sie hier sowieso alle und dumm sind sie auch. Verstehen so vieles nicht, was doch ganz selbstverständlich ist. Selbst Johnson; der ist zwar auch nicht der hellste, aber nicht so berechnend wie Julia. Die denkt ja nur an Geld und wie sie schnell mit Saubermachen fertig wird und wieder verschwinden kann. Ich merke das, weil ich den ganzen

Tag hier bin, aber ich sage denen schon meine Meinung. Sie sagt ja nie was, alles ist recht und schön und sie lässt sich ausnutzen. Ich bringe die schon auf Trab! Dabei verdienen alle gut, umgerechnet fast 200 Mark im Monat. Davon können die ganz gut leben, haben ja auch ganz andere Ansprüche als wir.

Und dann die Geschichte mit Sidi. Ich habe ihr immer gesagt, das kann nicht gut gehen, ein schwarzes Kind bei dir im Haus, die sind ganz anders, das liegt schon in der Erbmasse. Wo Sidi und Alexander noch klein waren, ging es ja noch. Mein Gott, wie oft sind die beiden in Mombasa fotografiert worden! Waren ja auch süß anzusehen, die kleine Kohlrabenschwarze und der Hellblonde, Hand in Hand am Strand. Aber dann fing Sidi an zu klauen, da war sie gerade mal sechs oder so – die schönen Perlenohrringe mit den Brillanten sind einfach so ins Dorf gewandert und ihre Großmutter Julia hat das alles gewusst. Und weiter ging es mit Geld und Schmuck und wieder Geld und was alles noch, wovon wir gar nichts wissen. Meine liebe Tochter musste das alles noch verteidigen: Das arme Kind, die Mutter an Aids gestorben, kein Vater und da ist es ganz normal. Stehlen bedeutet Suche nach Aufmerksamkeit und so weiter und so weiter. Aber ich habe dieses durchtriebene Kind durchschaut, von Anfang an. Ich habe gesagt, die muss aus dem Haus, sonst komme ich nicht mehr nach Kenia. Das hat dann gewirkt. Jetzt ist Ruhe, sie wohnt im Dorf und ich habe mal wieder Recht gehabt! Sie zahlt immer noch das Schulgeld und Taschengeld für das Mädel, und die dankt es ihr nicht einmal mit guten Noten. Na, ich misch mich da nicht ein, das habe ich mir schon lange abgewöhnt. Jetzt gießt es draußen und sie ist immer noch nicht hier. Rücksichtslos eigentlich, und außerdem muss sie morgen früh raus. Aber das muss sie selbst wissen mit fünfzig. Dafür sieht sie ja noch phantastisch aus und hält ihre Figur. Wenig essen, wenig Alkohol, Yoga, na ja. Und was sie nebenbei noch so macht; Straßenkinderprojekte, Kunstausstellungen organisieren, immer Gäste um sich. Sie soll bloß mit ihrer Gesundheit aufpassen. Und das Haus hat sie wunderschön eingerichtet, neulich wurde es sogar für ein Buch fotografiert und ein Film ist hier auch schon gedreht worden. Bin auch ganz stolz auf sie. Als ihr Bruder Peter noch lebte, habe ich mich gar nicht so auf sie konzentriert. Seine Familie war mir auch ehrlich gesagt näher damals. Sie ist so kapriziös und eigen, und manchmal habe ich das Gefühl sie ist froh, wenn ich wieder weg bin. Wo ich ihr doch auch immer Geld zustecke und den Einkauf und die Massage bezahle. Kühl war sie schon immer zu mir, das tut mir schon weh. Andererseits ist sie immer da, wenn ich sie brauche. Ich weiß gar nicht so viel von ihr. Sie hätte doch auch noch einmal heiraten können, so wie sie aussieht, und damals, als Bernd starb, war sie erst sechsunddreißig. Aber ihre Freunde waren immer komische Typen. Sie hätte einen richtig reichen Mann verdient, dann müsste sie jetzt nicht arbeiten, aber immer hatte sie arme Schlucker, die sie auch noch durchbringen musste. Den Michael hätte sie damals auch nicht heiraten sollen, aus dem ist auch nichts geworden. Aber wenigstens ist daraus mein Goldkind Birgit entstanden, so ein liebes Mädel, und ihr Mann, einmalig. Von wem sie wohl die Herzlichkeit hat? Von ihren Eltern bestimmt nicht, dann schon eher von mir. Ich bin ja auch ein guter Mensch und helfe, wo ich kann, und bin immer gut gelaunt und im Heim sehr beliebt.

Und die kleine Paula – jetzt bin ich ihre Uroma und sie will mich nicht mal umarmen. Dabei hat sie schon ein Sparbuch von mir. Die hat die Kühle ihrer Großmutter.

War da nicht ein Auto am Tor? Wahrscheinlich schläft der Nachtwächter wieder, faul sind eigentlich auch alle hier. Nein, ist vorbei gefahren. Jetzt mache ich doch mal Licht und sehe nach der Uhr, wo ist denn die Lupe? Fast eins. Die ist ja verrückt, viel zu wenig Schlaf. Marion dagegen geht nie so lange aus, die hat nette, solide Freunde. Margot zum Beispiel. Da wird im Sommer am Wochenende gegrillt und ein Glas Wein getrunken, da bin ich dann immer dabei. Sie ist eine gute Schwiegertochter. Aber sonst kümmert sie sich auch nicht viel um mich. Ich sitze und warte auf eine Einladung zum Kaffee. Ist doch nicht mehr viel, was ich erwarte. Dafür, dass ich so viel gebe. Immer bezahle ich für Benzin und den Kindern stecke ich was zu. Sie sind ja beide bildhübsch. Jessica manchmal ein richtiger Skorpion, Niko immer schick und charmant. Der weiß, wie er mir die Scheinchen entlocken kann! Haben sie mir alle verschwiegen, dass er seine Lehrstelle aufgegeben hat. Mir erzählt man ja so etwas nicht, wo ich doch die Letzte wäre, ihnen Vorwürfe oder Vorschriften zu machen. Ich habe zwar schon meinen Kommentar gegeben, aber ganz ruhig und lieb. Na ja, man gehört eben zum alten Eisen.

War schön, als die Kinder noch klein waren, Peter und Bernd noch lebten und wir uns alle hier in Kenia getroffen haben. Safaris, Mombasa, das waren gute Zeiten. Ist ganz anders hierheute. Ich kann ja auch gar nicht mehr so rumfahren auf den schrecklichen Straßen, und gesehen habe ich auch schon alles an Tieren. Das Meer wäre wieder mal schön, aber ich habe Angst, dass mir da was passiert, und dann kein richtiges Krankenhaus in der Nähe ist. Bloß nicht noch einen Schlaganfall, das war furchtbar. Aber da ist sie dann auch sofort gekommen,

aus Singapur damals, mit einem Riesenstrauß weißer Orchideen. Ich habe sie am Schritt erkannt, als sie den Krankenhausflur entlang kam. Alt werden ist eine Qual. Wenn man so ein altes Gesicht im Spiegel jeden Morgen sieht kann man eigentlich froh sein, wenn die Augen nachlassen. Und das Laufen strengt mich auch so an. Neulich war ich nur zum Einkaufen und Friseur, da war ich hinterher ganz schön erledigt. Aber ich rede nicht über meine Schmerzen. Manchmal ist mir zum Heulen zumute, aber ich lasse mir nichts anmerken. Man macht sich so viele Gedanken übers Sterben, aber ich kann das nicht so recht glauben mit dem Weiterleben nach dem Tod. Wie soll denn das gehen? Obwohl, damals beim Gläserrücken hat Peter ja zu mir gesprochen. Ich möchte es so furchtbar gerne glauben. Einfach einschlafen, aber nicht so in die Pflegeabteilung kommen, um Himmels Willen! Sie hat mir versprochen, dass sie das nicht zulassen würde, aber wie will sie das machen? Ach, jetzt will ich da nicht dran denken, da wird man ja ganz trübsinnig. Morgen werde ich mal aufpassen, wie lange Julia eigentlich im Haus arbeitet. Die nutzt ja jede Gelegenheit, um in den Garten zu verschwinden. Wäsche aufhängen, hat sie heute gesagt, die halten mich wohl schon für verblödet. Als ich heute im Gästehaus war, ist mir aufgefallen, dass das Shampoo weg ist, sei alle gewesen, sagt sie. Dann zeig mir die leere Flasche, habe ich erwidert. Konnte sie natürlich nicht, immer müssen die lügen und klauen.
Aber Johnson ist wirklich unbezahlbar. Der Junge dirigiert ihn überall an, Johnson hol mich hier ab und bring mich da hin, und dann muss er noch einkaufen und kochen. Er schmeckt wunderbar ab, die Tomatensuppe, einmalig. So was gibt es im Heim natürlich nicht.
Jetzt ist es schon fast zwei. Sie muss doch endlich nachhause kommen. Ich werde ihr nicht sagen, dass ich noch wach bin.“

Der Regen rauschte gleichmäßig dahin, das Froschkonzert hatte wieder eingesetzt. Die alte Frau lag im Bett und wartete wieder und hing ihren Gedanken nach, nickte zwischendurch ein, schreckte hoch, träumte, wachte.

Als sie das Auto am Tor und das Freudengewinsel der Hunde hörte, und die Scheinwerfer über die Zimmerdecke streiften, hörte ihr Herzklopfen schlagartig auf.

***

HEUTE

Jetzt holen wir beide die Taschentücher hervor.

„Ich brauch noch einen Drink, lass uns noch eine Runde bestellen und dann könnten wir etwas essen."

Johnson nickt und schnäuzt sich. „Ich wusste, dass sie mich mag, dass sie so über mich denkt! Die gute Oma!"

Er kann sich gar nicht beruhigen und scheint so in der Handlung gefangen, dass ich ihn nicht daran erinnern möchte, dass es nur eine meiner Geschichten war.

„Und mit Sidi hat sie auch Recht. Ich wusste viel mehr, als ich dir damals sagen wollte. Auch, dass Sidis Mutter immer Geld brauchte und Julia alles, was sie im Haus gestohlen hat, zu ihr ins Dorf gebracht hat. Dann ist Sidis Mutter so jung gestorben. Schrecklich diese Krankheit. Ich habe immer geglaubt, dass die Mzungus uns die Krankheit gebracht haben, das haben alle damals geglaubt."

„Ja, ja, immer haben die Mzungus schuld!" Wir lachen.

„Ich hatte damals eine nette Freundin, Rebecca. Sie arbeitete in der Deutschen Botschaft. Wir haben viel zusammen unternommen. Sie war neu in Kenia, und ich habe sie auf Safaris mitgenommen, und ins Theater, oder sie zu uns eingeladen. Sie hatte damals schreckliche Probleme mit ihrem Hausmädchen, das HIV positiv war. Eine wahnsinnige Geschichte. Ich habe noch Kontakt zu ihr, sie ist immer noch in Afrika, aber nicht mehr in Kenia."

Johnson nickt, aber ich merke, dass er müde wird. Der Kellner bringt uns die Speisekarte und legt noch ein großes Holzstück auf die Glut.

„Ich glaube, wir essen und setzen die Erzählstunde ein andermal fort, was meinst du, Johnson?"

„Mein Herz will nicht, aber mein Kopf bestimmt über mich. Erst einmal chakula, dann geht es mir wieder gut. Ob es hier sukuma wiki gibt? Oder Hühnchen?"

„Und bis das Essen kommt, erzähle noch eine letzte Geschichte für heute."

***

Botschaft einer Krankheit

Unzählige Krankheiten und Seuchen müssen täglich bekämpft werden

Der Schwindel überfiel sie schnell und unvorbereitet, und sie konnte sich gerade noch an der Wand abstützen, bevor das Dunkel sie umfing. Als sie wieder zu sich kam, fand sie sich auf dem feuchten Lehmboden ihres schäbigen Zimmers wieder und kroch mit letzter Kraft auf ihr schmuddeliges Matratzenlager. Sie fühlte sich unglaublich schwach und kraftlos. Ihre Hände zitterten und ihr Hals fühlte sich beim Schlucken an wie eine offene Wunde.

„Was ist mit mir?", dachte sie. Es ging nun schon mehrere Wochen so, aber sie hatte sich immer noch aus dem Dorf ins Villenviertel schleppen können, um ihrer Arbeit nachzugehen. Krank zu sein war das Schlimmste, was ihr passieren konnte. Nicht nur, dass sie kein Geld für einen Arzt hatte, sie lief auch Gefahr, ihre Stelle als Hausmädchen zu verlieren. Woher sollte sie dann das Geld nehmen, um es nach Hause zu schicken? Sie war das einzige von sieben Geschwistern, das Arbeit in der Stadt hatte, und der Großteil ihres bescheidenen Gehalts versorgte die Familie. Schon zwei Mal hatte sie sich krankmelden müssen, und die Warnung ihrer Arbeitgeber war unmissverständlich gewesen. Sie mochte diese Leute nicht. Sie waren mürrisch und ungerecht, und es gab keine geregelten Arbeitszeiten. Überstunden wurden nicht bezahlt, selten bekam sie etwas geschenkt. Sie sehnte sich nach einem freundlichen Wort, aber nie hatte sie eines zu hören bekommen.

„Ich muss aufstehen", dachte sie, „Wie spät ist es? Oh Gott, lieber Gott, hilf mir." Sie weinte, als sie versuchte, sich aufzurichten, und ihre Beine ihr nicht gehorchen wollten. Die Schmerzen im Kopf waren so intensiv, dass sie sich setzen musste. Nach einigen Minuten fühlte sie sich etwas besser und stand auf, um sich das Gesicht zu waschen. Sie musste sich beeilen, denn die Mittagspause war vorüber und dort, wo sie arbeitete, legte man großen Wert auf Pünktlichkeit. Sie goss Wasser aus dem Krug in eine Schüssel und sah für einen Augenblick ihr Gesicht in der blinden Spiegelscherbe an der Wand. Sie erschrak. Das gesunde Milchkaffeebraun ihrer Haut war einem hässlichen Graubraun gewichen, und ihre Augen lagen weit zurück in den Höhlen. Die Lippen waren trocken und rissig, und im Mundwinkel ertastete sie mit der Zunge eine schmerzhafte Erhöhung. Sie holte mit dem Finger die letzten Vaselinereste aus der kleinen Dose, die sie immer in ihrer Tasche verstaute, und verteilte diese, so gut es ging, gleichmäßig über Gesicht und Lippen. Jetzt noch das bunte Tuch nach afrikanischer Sitte um den Kopf geschlungen, und sie war fertig. Sie verließ das Zimmer und trat in den gleißenden Tag hinaus.

Die weiße Frau stand in der Küche und bereitete den Nachmittagskaffee zu. Als sie mit dem Tablett auf die Veranda trat, sagte sie zu ihrem Mann: „Sieh dir das an! Jetzt ist es beinahe halb fünf und Grace ist immer noch nicht hier. In letzter Zeit nimmt sie sich ein bisschen viel heraus, findest du nicht? Ich mochte sie ja von Anfang an nicht, sie hat so etwas Verschlagenes und kann mir nicht in die Augen schauen. Jetzt musst du mal was sagen, wenn sie kommt. Mir hört sie sowieso nicht zu."
Der Mann blickte von seiner Zeitung hoch. „Du weißt doch, wie die Leute hier sind, du kannst ihnen unsere Werte nicht vermitteln. Bis vor kurzem haben die noch auf den Bäumen gelebt. Mach, was du willst, wirf sie raus, oder zieh ihr was vom Gehalt ab, aber lass mich mit dem ganzen Hauskram in Ruhe." Damit war die Angelegenheit für ihn erledigt. Die Frau war wütend. Immer ließ er sie alleine mit solchen Entscheidungen. Von ihren Freundinnen wusste sie, dass dort immer der Mann mit den Angestellten verhandelte. Sie hörte die Küchentür und stand auf. Als sie Grace sah, entlud sich ihr ganzer Ärger. „Weißt du eigentlich, wie spät es ist? Ich stehe hier in der Küche und muss mir selbst meinen Kaffee machen, während du deine Mittagspause verschwatzt. Du hast noch eine einzige Chance, dann fliegst du raus. Die halbe Stunde ziehe ich dir vom Gehalt ab." Grace blickte zu Boden und begann dann schweigend das gespülte Geschirr vom Mittagessen einzuräumen. „Und schau mich an, wenn ich mit dir rede!" Die Stimme der Frau überschlug sich jetzt. „Am besten du verschwindest gleich!" Sie riss ihr eine Schüssel aus der Hand und schob sie zur Tür. „Raus!"
Grace drehte sich um und sagte leise: „Madam, und mein Geld bis heute?"
„Ich höre wohl nicht richtig!", schrie die Frau, „Du hast einen Vorschuss erhalten für irgendwelche Medizin, die du angeblich gebraucht hast, du warst zwei Mal krank, und unzählige Male unpünktlich und hast mir letzte Woche noch eine kostbare Vase zerschlagen. Eigentlich bekomme ich noch Geld von dir. Und jetzt raus!" Sie knallte die Tür hinter ihr zu.
Grace stand im Garten, die Hunde schnüffelten freundlich an ihr und sie fuhr ihnen gedankenverloren über die Köpfe.
„Was soll ich jetzt machen?", dachte sie. Die Miete für das Zimmer, Essen, Familie - sie hatte gerade noch ein paar Schillinge, genug für eine Tüte Milch und Maisbrei. Damit könnte sie ein paar Tage über-

leben, aber dann? Es war so schwer, ohne Empfehlung einen Job zu finden, und die konnte sie mit Sicherheit nicht erwarten. Sie spürte Hass auf die Frau in sich aufsteigen und schloss einen Moment die Augen. Man darf nicht hassen, hatten sie in ihrer Kirche gepredigt, man soll alle Menschen lieben. Aber galt das auch für solche wie die Madam? Stand nicht auch irgendwo in der Bibel „Auge um Auge, Zahn um Zahn"? Grace lief langsam auf das Gartentor zu. Wieder wurde ihr schwindelig und sie lehnte sich kurz an das Auto der Frau. Als sie die Augen öffnete, fiel ihr Blick in das Innere des Fahrzeugs. Da lag auf dem Beifahrersitz die Handtasche. Der Reißverschluss war aufgezo-gen, Grace konnte deutlich zwischen anderen Sachen die schwarze Ledergeldbörse sehen. War das jetzt die Versuchung des Teufels oder ein gut gemeinter Hinweis des Racheengels? Du sollst nicht stehlen. Das ist eine Sünde. Dafür wird Gott dich strafen. Wie oft hatte Grace das in ihrem Leben zu hören bekommen. Aber dennoch: Die Frau war böse und ungerecht und sie, Grace, brauchte dringend Geld zum Überleben. Sie überlegte, mit der Tasche zum Haus zu gehen und auf eine Belohnung zu hoffen. Aber das war so unwahrscheinlich wie ein Wunder. Da liegt die Möglichkeit vor dir, nimm, was dir sowieso gehört, sagte eine Stimme in ihr. Sie dachte an ihre Familie und an die Schwierigkeiten, die sie erwarteten, wenn sie auch nur einen Monat ohne das Geld von ihr leben müsste. Ihre Hand fuhr blitzschnell durch das offene Fenster, sie griff das Portemonnaie, steckte es in ihren Ausschnitt und verließ eilig das Grundstück.

Rebecca blickte staunend aus ihrem Bürofenster in der zwölften Etage über die Stadt. So schön hatte sie es sich nicht vorgestellt. Sie war froh, dass sie, trotz der Einwände und Warnungen ihrer Eltern, das Jobangebot in der afrikanischen Hauptstadt angenommen hatte. Ihr Blick wanderte nach unten auf die belebte Straße mit ihrem bunten Treiben, dann über die Häuser hinweg zu den grünen, sanften Hügelketten am Horizont. Darüber wölbte sich der unendliche blaue Himmel, in dem die weißen Wolken schwebten wie kleine Segelboote auf einem See. Sie war erst eine Woche im Land, aber sie liebte es schon und wusste, dass immer ein Stück von ihr hier zurückbleiben würde, wenn sie eines Tages wieder gehen musste. So wie ihre Kollegin, die nach Djakarta versetzt worden war, und deren Arbeit und auch ihr kleines hübsches Haus in einem der Villenvororte sie nun übernehmen würde. Im Augenblick wohnten sie noch zusammen dort, und die Abende waren ausgefüllt mit Abschiedseinladungen, die für sie, als neue Botschaftssekretärin, gleichzeitig eine gute Einführung in die

Gesellschaft darstellten.

Das Klingeln des Telefons riss sie aus ihren Gedanken.

„Frau Cramer, kommen Sie doch bitte mal zum Botschafter", hörte sie eine Kollegin sagen. Rebecca hatte den Botschafter noch nicht kennengelernt. Bei ihrer Ankunft war er auf einer Dienstreise gewesen, und so war sie nun sehr gespannt auf ihren neuen Chef.

Er stand auf, sobald sie den Raum betrat. „Ganz herzlich willkommen liebe Frau Cramer, bitte nehmen Sie doch Platz." Er machte eine einladende Geste in Richtung Sitzecke und setzte sich ihr gegenüber. „Erzählen Sie mal. Wie ist Ihr erster Eindruck? Wie gefällt es Ihnen in Afrika?" Rebecca erzählte begeistert von ihren Erlebnissen, und es entstand ein entspanntes, angenehmes Gespräch. Er war ein guter Zuhörer und vermittelte gekonnt den Eindruck, als befände er sich in einem wichtigen Termin. Sie fand ihn auf Anhieb sympathisch und freute sich auf die Arbeit mit ihm.

„Noch etwas, Frau Cramer", bat er sie, „bitte denken Sie in allen Lebenslagen daran, dass Sie immer die Bundesrepublik Deutschland repräsentieren. Die Community hier ist klein, man kennt sich, und eine Botschaftsange stellte sollte diese Tatsache berücksichtigen. Sie stehen im Rampenlicht. In jedem Restaurant, in jeder Bar oder Disco, ja selbst zuhause, wenn Sie Gäste haben, werden Sie bemerken, dass man Sie beobachtet. Es gibt für manche Leute eben nichts Schöneres, als Schwächen bei anderen zu finden und dann in ausgeschmückter Form weiter zu tratschen. Also: seien Sie vorsichtig bei der Wahl Ihrer Freunde. Wenn Sie Probleme haben, ich bin immer für Sie da." Damit war die Audienz beendet und Rebecca ging nachdenklich in ihr Büro zurück.

Grace schlief in dieser Nacht sehr schlecht. Das erste Mal in ihrem Leben hatte sie gestohlen. Sie erwartete jeden Augenblick, dass die Polizei bei ihr anklopfte. Die Schuldgefühle machten ihr zu schaffen, doch die Ausbeute war groß gewesen. Noch nie zuvor hatte sie so viel Geld gesehen, geschweige denn besessen. Sie hatte die Scheine und Münzen herausgenommen und den Geldbeutel auf einen vorbeifahrenden Müllwagen geworfen. Grace beschloss, ihr Zimmer aufzugeben, bezahlte die restliche Miete und packte ihre spärlichen Besitztümer in den kleinen Pappkoffer, den sie von ihrer Mutter bekommen hatte. Sie nahm den Bus zur anderen Seite der Stadt. Dort wollte sie versuchen, ein Zimmer zu mieten und Arbeit zu finden. Sie fühlte sich noch schwach, aber die Kopfschmerzen waren verschwunden. Das Geld hatte sie am Körper versteckt und nur die Münzen für den Bus in ihrer

Jackentasche gelassen. Gegen Abend erreichte sie Westlands und stieg aus. Sie kannte sich nicht besonders gut aus in dieser Gegend, wusste aber von anderen Hausmädchen aus dem Dorf, dass dort viele Weiße lebten. Sie fragte sich durch, und hatte auch bald ein kleines Zimmer gefunden. Sie ging noch einmal los, um eine Schaumgummimatratze, Tasse, Teller und Besteck, sowie Holzkohle zu kaufen. Sie besaß noch eine Tüte Maismehl, Tee und Zucker, und konnte so den ersten Abend überstehen. Ihr gefiel das Viertel und ihr Zimmer war direkt über einem Supermarkt gelegen, was die Essensbeschaffung vereinfachte. Sie nahm sich vor, am nächsten Morgen erst einmal die nähere Umgebung zu erforschen.

Die Nacht war laut und sie schlief unruhig. Anscheinend befand sich eine Bar in nächster Nähe und Grace musste sich erst an die neue Geräuschkulisse gewöhnen. Sie hatte einen Albtraum, in dem sie ständig vor der Polizei davonlief, aber nicht vorankam. Als sich der Abstand so verringerte, dass sie meinte, jeden Moment die Hand des Polizisten auf ihrer Schulter spüren zu müssen, wachte sie schweißnass auf. Am Morgen ging sie als erstes zur Post, um Geld an ihre Familie zu senden. Obwohl sie mehr als sonst geschickt hatte, blieb ihr immer noch eine beträchtliche Summe übrig, die sie wieder sorgfältig am Körper versteckte. Am Nachmittag wollte sie sich auf den Weg in das Villenviertel machen, um nach Arbeit zu fragen.

Als sie an einem großen Spiegel in einem Schaufenster vorbeikam, blieb sie stehen. Das bin ich, dachte sie, Grace Kanyaga, sechsundzwanzig Jahre alt, eine Diebin und ohne Arbeit. Sie sah, dass sie etwas tun musste, bevor sie sich irgendwo vorstellte, denn ihr Haar war schmutzig und verfilzt, ihre Kleidung abgerissen und die Haut in ihrem Gesicht trocken. Bald entdeckte sie den „African Beauty Salon" und verbrachte den Rest des Tages dort. Es war das erste Mal in ihrem Leben, dass sie sich solch einen Luxus erlaubte. Sie konnte sich nicht vorstellen, dass es Frauen geben sollte, die sich eine solche Behandlung wöchentlich leisten konnten. Sie beobachtete im Spiegel ihre Verwandlung und merkte, wie ihre alte Kraft langsam zurückkehrte. Sie sah nun nicht mehr wie das Mädchen vom Dorf aus, sondern wie eine junge, gepflegte Frau aus der Stadt. Ihre Haare waren gewaschen, zu Zöpfen verlängert und geflochten. Mit einem bunten Band wurden sie zu einem Pferdeschwanz zusammengehalten. Das Gesicht war gereinigt und mit Ölen zu seinem ehemaligen Glanz massiert worden. Die Lippen waren dezent gemalt und die dichten Augenbrauen gezupft, die Fingernägel sauber gefeilt. Grace bezahlte, ging hinaus ins Sonnenlicht und fühlte sich so gut, wie schon lange nicht mehr. Jetzt noch ein neues Kleid und Sandalen, dann konnte sie morgen früh gleich mit der Arbeitssuche beginnen. Sie fand ein einfaches, hellblaues Trägerkleid mit passendem Tuch und dazu hübsche Lederschuhe. Mit Tüten beladen kam sie zurück in ihr kleines Zimmer und wollte sich erst einmal einen Tee kochen.

Als sie sich bückte, um den kleinen Holzkohleofen anzuzünden, wurde ihr wieder schwarz vor Augen und sie ließ sich auf die Matratze sinken. Ein trockener Husten überfiel sie, der die Halsschmerzen wieder neu aufflammen ließ. Erschöpft blieb sie liegen, bis der Hustenreiz vorüber war. Sie beschloss, einen Teil des Geldes auch für einen Arztbesuch einzuplanen.

Rebecca hielt vor ihrem Tor und hupte. Sie konnte sich nur schwer an die Tatsache gewöhnen, dass man in Afrika scheinbar keinen Finger rühren durfte. Es war ihr zuerst peinlich gewesen, den ganzen Tag so bedient zu werden, aber jetzt begann sie langsam es zu genießen. Im Supermarkt wurde die Tüte gepackt und zum Auto getragen, zu Hause holte der Koch die Einkäufe wieder heraus und trug sie in die Küche, das Tor wurde vom Wächter geöffnet, Essen wurde zubereitet, es wurde geputzt, gewaschen und gebügelt, ein Gärtner kümmerte sich um ihren kleinen Garten und den Pool - es war wie im Märchen, und sie war die Prinzessin. Sie lächelte, als sie sich die Reaktion ihrer Mutter ausmalte, wenn sie das sehen würde. Sie stammte aus einfachen Verhältnissen. Ihre Eltern waren nie viel gereist und lebten ein bescheidenes Leben. Das hatte auch sie geprägt, und sie hatte sich bisher von offen zur Schau getragenem Luxus abgestoßen gefühlt.

Eine junge Afrikanerin lief geradewegs auf ihr Auto zu und grüßte sie höflich. Nach den landesüblichen Höflichkeitsfloskeln, die Rebecca auch schon beherrschte, fragte die Frau nach Arbeit im Haus. Rebecca zögerte. Sie brauchte jemanden, aber konnte sie sich nach so kurzer Zeit zutrauen, die richtige Wahl zu treffen? Sie hatte auf den Partys so viele Geschichten gehört; von Trickbetrügern, Räubern und sonstigen Kriminellen. Dabei war ihr die Frau auf Anhieb sympathisch. Sie sah frisch und sauber aus in ihrem hellblauen Kleid, und hatte einen offenen, freundlichen Blick. Sie entschloss sich, sie hereinzubitten, und sie setzten sich an den runden Gartentisch auf der schattigen Veranda. Rebecca gefiel es, wie die junge Frau ihr beim Tee Zubereiten sofort zur Hand ging und ihr zeigte, wie die Afrikaner den Tee lieben: Die Teeblätter werden mit viel Zucker und Milch aufgekocht, dann durch ein Sieb abgeschüttet und der Tee sehr heiß getrunken. Die beiden Frauen saßen sich gegenüber und erzählten sich aus ihren Leben.

Grace berichtete von ihrer Familie und ihrer letzten Arbeitsstelle, den Diebstahl der Geldbörse verschwieg sie. Am Ende des Gesprächs war Rebecca überzeugt, mit Grace die richtige Wahl getroffen zu haben und bot ihr an, gleich am nächsten Tag - zuerst einmal auf Probe - bei ihr anzufangen. Morgen war Samstag und sie könnte sich die Zeit nehmen, Grace alles Notwendige zu zeigen. Am Abend telefonierte sie mit ihrer Kollegin und berichtete ihr erfreut von ihrer Entscheidung. Diese zeigte jedoch Bedenken über die rasche Wahl.

„Hat sie denn Referenzen vorzuweisen? Das musst du immer erfragen, erzählen können die einem viel. Lass dir auch die Adresse geben, wo sie wohnt und mach dir eine Kopie von ihrer ID Karte. Falls mal was fehlen sollte im Haus, kannst du sie anzeigen." Sie lachte und fügte noch überheblich hinzu: „Du musst hier noch Einiges lernen."

Rebecca war entsetzt über die Verachtung gegenüber den Einheimischen, die aus diesen Sätzen sprach. Dachte so etwa auch der Botschafter? Diesen Gedanken verwarf sie sofort wieder. Er hatte einen sehr menschlichen Eindruck hinterlassen und er würde solche Aussagen nicht billigen, davon war sie überzeugt. Sie bedankte sich bei ihrer Kollegin knapp für die Ratschläge und legte auf.

Grace lief den schmalen Fußpfad entlang, der, als Abkürzung nach Westlands durch einen kleinen Eukalyptuswald führte. Sie war glücklich und wollte alles tun, um ihre neue Arbeitgeberin zufriedenzustellen. Sie mochte sie schon jetzt und dachte dankbar an die respektvolle Behandlung, die sie von ihr erfahren hatte. Das war neu für Grace und sie schrieb es Rebeccas Jugend zu. Oder war es, weil Rebecca neu im Land war? Aber was geschah dann im Laufe der Zeit, dass die Leute so wurden, wie ihre letzte Arbeitgeberin? Grace hing ihren Gedanken nach und wäre beinahe über einen kleinen Hund gestolpert, der bewegungslos im Gras lag. Sie bückte sich und sah, dass der winzige Kerl noch lebte. Sein Bauch war aufgedunsen, ein sicheres Zeichen, dass er fast verhungert war. Seine Augen waren verklebt, nur mühsam konnte er sie öffnen. Als Grace ihn vorsichtig anhob, winselte er leise und zitter-te am ganzen Körper. Sie wickelte ihn in ihre Strickjacke und sprach leise mit ihm, bis er sich beruhigt hatte und keine Angst mehr zeigte. Grace erinnerte sich, neben dem Supermarkt eine Veterinärklinik gesehen zu haben, und diese steuerte sie mit ihrem kleinen Findling an.

„Ich werde ihn gesund machen lassen, das ist mein Dankeschön für die neue Arbeit", dachte sie, als sie die Klinik betrat. Ein wenig war es auch Buße für den Diebstahl des Portemonnaies, der ihr noch sehr nachging.

Die indische Rezeptionistin beachtete Grace nicht und fuhr mit ihrem, offensichtlich privaten, Telefonat fort. Jetzt drehte sie sich mit ihrem Sessel in Richtung Fenster und wandte Grace den Rücken zu. Dabei sprach sie schnell in ihrer Heimatsprache, kicherte dazwischen und wippte mit ihrem Fuß, den ein reichlich verzierter Leder-pantoffel schmückte. Mit ihrer freien Hand wickelte sie ständig eine ihrer langen seidigen Locken um den Finger. Graces Blick fiel auf die funkelnden Ringe an der Hand der Rezeptionistin, die Goldreifen, die leise klimperten und die überlangen, krallenartigen, blutrot bemalten Fingernägel, mit denen sie immer mal wieder gedankenverloren auf die Theke vor sich trommelte.

Sie überlegte, wie sie sich bemerkbar machen sollte, doch da nahm ihr der kleine Hund die Entscheidung ab. Er stieß einen lang anhaltenden Winselton aus, als wüsste er, wie wichtig für eine sofortige Behandlung ihn sei. Das Mädchen wirbelte auf ihrem Stuhl herum, murmelte ein paar abschließende Worte ins Telefon und wandte sich Grace zu. „Oh, ich wusste nicht, dass du ein Tier dabei hast, ich dachte, du wolltest betteln oder Geld für irgendwas sammeln! Gehört der Hund deinen Arbeitgebern?" Sie sah Grace abschätzend an.

„Ich habe ihn gerade auf der Straße gefunden, er ist krank und braucht Hilfe", antwortete Grace und hielt ihr das kleine Bündel hin.

„Wir können leider keine Straßenhunde ohne Bezahlung behandeln, da hätten wir viel zu tun und könnten die Praxis gleich zu machen", erwiderte die Rezeptionistin schnippisch. Für sie war das Gespräch beendet und sie wollte wieder nach dem Telefonhörer greifen. Grace, die sonst eher ruhig und zurückhaltend blieb, überkam eine Welle von Ärger und Wut. Ihr gesamter Körper spiegelte diese Gefühle wieder und, als sie ein Bündel Banknoten auf den Tisch warf und schrie: „Wer sagt, dass ich nicht bezahlen kann!", rannte die Rezeptionistin endlich los und klopfte an die Tür zum Sprechzimmer.

„Geld öffnet alle Türen", dachte Grace. Selbst gestohlenes.

Die indische Tierärztin bat sie herein. Sie wickelte das kleine Bündel aus und legte den Hund auf den Behandlungstisch. Jetzt erst erkannte Grace die hübsche Zeichnung des Tierchens. Das rotbraune Fell war von Dreck und Kot verschmutzt, nur die Pfoten waren weiß. Grace strich vorsichtig über seinen winzigen Kopf. Sie fühlte heftiges Mitleid mit dem kleinen Kerl. Sie wollte ihn behalten und er sollte Nakupenda heißen. Noch zu niemanden hatte sie zuvor dieses „Ich liebe dich" gesagt, doch in diesem Moment spürte sie, dass sie im Begriff war, diese Worte für das kleine Wesen vor sich zu empfinden.

„Mein Gott, was haben wir denn da?", fragte die Tierärztin entsetzt, „Der arme Kleine! Noch ein paar Stunden und er wäre gestorben!" Mit geübten Griffen untersuchte sie den winzigen Körper und reinigte seine Augen. „Er ist höchstens drei Wochen alt, ich weiß nicht, ob wir ihn durchbringen. Jetzt kommt er erst einmal an den Tropf. Wenn es ihm besser geht, werde ich ihn impfen, entwurmen und sauber machen. Kommen Sie doch bitte morgen Nachmittag nochmals vorbei, da wissen wir dann schon mehr." Sie sah Grace freundlich an und brachte sie zur Tür. Das Mädchen aus dem Vorzimmer war verschwunden. Grace trat in den heißen Nachmittag hinaus und wanderte langsam nach Hause. In ihrem Kopf hämmerte es, und es kündigte sich wieder ein Schwächeanfall an. Sie kannte inzwischen die Anzeichen und wollte nur nicht auf offener Straße zusammenbrechen. Das letzte Stück Weg rannte sie und erreichte ihr Zimmer gerade noch rechtzeitig. Sie drehte den Schlüssel herum, stieß die Tür auf und fiel auf ihre Matratze.

Bis elf Uhr wartete Rebecca am nächsten Morgen. Sie war enttäuscht und wollte trotzdem nicht, dass ihre Kollegin mit ihren Vermutungen Recht behielt. Und wenn Grace doch schon etwas gestohlen hatte, in der kurzen Zeit, in der sie hier im Haus gewesen war? Rebecca wanderte durchs Wohnzimmer, konnte aber nichts entdecken, was fehlte. Sie fühlte sich schlecht wegen ihrer Verdächtigungen, aber warum war Grace nicht wie vereinbart zur Arbeit erschienen? Vielleicht war etwas passiert und Grace lag im Krankenhaus, oder sie konnte das Haus nicht mehr finden? Dummes Zeug, schalt Rebecca sich. Grace hatte es sich einfach anders überlegt, oder ein besseres Angebot erhalten. Doch instinktiv wusste sie, dass dies nicht so war. Was sollte sie am Montag ihrer Kollegin sagen? „Siehst du", würde die triumphierend sagen, „so sind die Leute hier eben, man kann sich auf nichts verlassen!" Rebecca wartete nicht länger und beschloss, einen Einkaufsbummel zu unternehmen. Westlands lag so nah, und sie wollte einfach mal sehen, welche Geschäfte es dort gab.
Sie wurde von einem kleinen Straßenjungen in eine Parklücke gewinkt, und er versprach für ein paar Schillinge, auf ihr Auto aufzupassen. Rebecca schlenderte über die Märkte, tauchte ein in indische Stoffläden, ließ sich traditionellen Schmuck umlegen, probierte von unbekannten Früchten und Gewürzen und ließ sich endlich berauscht von all den Eindrücken in einem Café nieder.
„Passen Sie auf Ihre Handtasche auf!" Ein freundlich aussehender Inder klopfte ihr auf die Schulter, als sie die Tasche auf den Stuhl neben

sich stellte. „So schnell können Sie nicht schauen, wie die weg ist!" Er lachte, als hätte er einen guten Witz gemacht und verschwand in der Menge. Sie hatte schon ihre erste Lektion in Fragen Sicherheit in der Botschaft gehabt und wusste, dass es eine Menge Dinge gab, die in diesem Zusammenhang zu beachten waren. Ihr erster Fehler waren schon die goldenen Ohrringe, die sie trug. Niemals mit teurem oder teuer aussehendem Schmuck auf die Straße gehen. Dann waren Gräuelgeschichten von abgehackten Händen gefolgt, nur damit die Diebe an Ringe oder Uhren herankamen.

In diesem Augenblick sah sie Grace. Aber das war nicht die gleiche, strahlende, selbstbewusste Person von gestern. Sondern sie schien wie ein Häuflein Elend, das Gesicht grau und eingefallen, der Gang schleppend. Rebecca stand auf und folgte ihr langsam. Jetzt blieb Grace an einem Schaufenster stehen und lehnte ihren Kopf gegen die Scheibe. Was gab es da so Interessantes zu sehen? Rebecca war jetzt nahe genug, um zu erkennen, dass die junge Afrikanerin gar nicht in das Schaufenster sah, sondern die Augen geschlossen hielt. Es war ohne Zweifel Grace, und Rebecca trat näher und legte ihr die Hand auf die Schulter. Grace schrie und fiel auf die Knie und vergrub ihren Kopf in den Armen. Rebecca erschrak zutiefst und wollte fortlaufen. Menschen blieben stehen, ein Sicherheitsbeamter mit erhobenem Gummiknüppel bahnte sich einen Weg durch die Menge. Sie ging in die Knie und sagte leise: „Grace, ich bin es, Rebecca. Du wolltest doch heute Morgen zu mir kommen!"

Die Afrikanerin blickte auf und stammelte Unverständliches, wobei ihr die Tränen über das Gesicht liefen. Rebecca zog sie mit sich fort, noch bevor die Menschenmenge oder der Sicherheitsbeamte reagieren konnten. Das hatte sie auch schon gelernt: Vorsicht vor dem Mob! Schnell ist eine Meinung gebildet, und dann Gnade dem Opfer, ob schuldig oder unschuldig. Sie rannten, so schnell Grace mithalten konnte, durch die Gassen, bis sie keuchend bei Rebeccas Auto angelangt waren. Der kleine Straßenjunge freute sich über die Schillingnote und machte sich pfeifend davon. Sie fuhren schweigend zu Rebeccas Haus.

„Machst du mir noch einmal so einen leckeren Tee wie gestern?", fragte Rebecca betont fröhlich, um die gedrückte Stimmung aufzulockern. Aber Grace war wie verwandelt, sie benahm sich unterwürfig wie ein Hausmädchen und ließ keine Vertrautheit aufkommen. Sie wollte sich auch nicht mit Rebecca an den gleichen Tisch setzen und hockte sich mit ihrer Tasse auf die Küchentreppe.

„Grace, was ist heute los mit dir? Gestern hatte ich den Eindruck, du freust dich auf die Arbeit bei mir und wir haben so schön geredet. Heute kommst du einfach nicht, benimmst dich sehr merkwürdig und jetzt willst du nicht einmal mehr mit mir an einem Tisch sitzen!", wollte Rebecca wissen und hoffte, dass die junge Afrikanerin ihr endlich erklären würde, was geschehen war.

Grace wusste nicht, was sie antworten sollte. Sie würde so gerne sagen: „Ja, ich habe mich auch auf dich gefreut, ich wollte auch ganz früh hier sein und dir von meinem Hund erzählen. Ich wollte so hart arbeiten, dass du mich nie mehr wegschicken würdest. Aber du weißt nicht, was in der Zwischenzeit passiert ist."

Wieder hatte sie einen dieser schlimmen Anfälle gehabt, wo ihr alles weh tat und ihr Kopf fast zersprang. Sie hatte die ganze Nacht gehustet und sich übergeben und kaum geschlafen. Ganz früh am Morgen war sie zu einem Medizinmann losgelaufen, der am Rand des Karura Waldes wohnte. Sie wollte nur eine Medizin von ihm, damit sie gesund war, wenn sie bei Rebecca arbeitete. Aber als sie bei ihm war, hatte er sie so merkwürdig angesehen und gesagt, dass sie die Krankheit des Teufels in sich trüge und nicht mehr lange zu leben habe. Es gab keine Heilung, hatte er gesagt, nur Linderung ihrer Schmerzen, und dann ihr eine Hand voll Kräuter gegeben, die sie zu einem Tee auskochen sollte.

Das alles würde sie Rebecca gerne erzählen, auch von dem Portemonnaie. Als sie ihre Hand auf der Schulter gespürt hatte, hatte sie gedacht: „Jetzt sind sie da, jetzt haben sie mich!" Vielleicht war die Krankheit die Strafe dafür, dass sie das Geld gestohlen hatte.

Sie senkte nur den Kopf und schwieg. Aber plötzlich fiel der Hustenreiz über sie her wie ein wildes Tier. Er kroch langsam die Kehle hinauf, kitzelte mit einem dicken Federbusch ihren Rachen. Ihr schossen die Tränen in die Augen, bei dem erfolglosen Versuch den aufsteigenden Husten zu unterdrücken. Grace war aufgestanden und in den Garten gelaufen, um Rebecca den Anblick zu ersparen, aber Rebecca folgte ihr. Grace setzte sich auf eine Bank. Sie atmete schwer und stütze ihren schweißnassen Kopf in die Hände.

Rebecca setzte sich neben sie und legte den Arm um ihre Schulter. „Grace, was ist los mit dir? Komm, lass uns gleich ins Krankenhaus fahren. Du brauchst Medikamente. Wir lassen dich gleich mal richtig von Kopf bis Fuß untersuchen, ganz bestimmt kann dir geholfen werden. Komm." Sie stand auf und reichte Grace die Hand. „Du musst mir nur den Weg zeigen, so ganz kenne ich die Stadt noch nicht".

Rebecca war aufgewühlt und voller Angst um einen Menschen, den sie gerade einmal einen Tag kannte. Einem ersten Impuls folgend, wollte sie ihre Kollegin anrufen und um Rat bitten, aber sie dachte an das vorherige unerfreuliche Gespräch und unterließ es.

Sie ließ sich von Grace durch die Innenstadt zu einem privaten Krankenhaus dirigieren. Bei ihren unzähligen Einweisungsgesprächen in der Botschaft hatte sie erfahren, dass man niemals das staatliche Krankenhaus aufsuchen sollte, das angeblich in einem desolaten Zustand war.

Bald saßen sie im Wartezimmer der Notaufnahme. Rebecca stellte sich auf einige Stunden ein, sie zählte zweiundzwanzig wartende Patienten. Selbst wenn jeder von ihnen nur fünfzehn Minuten Behandlungsdauer benötigte, würde es ewig dauern. Überrascht hörte sie schon nach kurzer Zeit, wie ihr Name aufgerufen wurde. Grace, die die ganze Zeit schweigsam neben ihr gesessen hatte, flüsterte: „Das geht so schnell, weil du eine Mzungu, eine Weiße, bist!"

Rebecca schüttelte ungläubig den Kopf. War so etwas über dreißig Jahre nach der Unabhängigkeit noch möglich? Sie kam nicht dazu, den Gedanken weiter zu verfolgen, denn schon wurden sie von der Schwester in ein Behandlungszimmer geschoben. Der Arzt bat sie, Platz zu nehmen. Die Krankheitsgeschichte war schnell erzählt, und Grace wurde in einen angrenzenden Raum, der mit einem Vorhang abgetrennt war, zur Untersuchung gebeten.

Rebecca hörte die beiden in einem fremden Dialekt miteinander sprechen. Obwohl sie kein Wort verstehen konnte, spürte sie, dass es eine sehr ernste Unterhaltung war. Mit dem Schritt, Grace in die Klinik zu bringen, hatte sie eine noch nicht absehbare Verantwortung für die junge Afrikanerin übernommen. Sie hätte ihre Entscheidung so gerne mit einer Freundin oder vertrauten Person besprochen. Die Kollegin kam nicht in Frage. Rebecca konnte sie vor sich sehen, wie sie in Entrüstung über so viel „Naivität" das Gesicht verziehen würde. „Naivität" war eine ihrer Lieblingsfloskeln. Alle waren sie naiv, die auf Afrikaner hereinfielen, der Botschaftskollege, dessen Frau die Handtasche im Auto ließ und sich wunderte, dass der Geldbeutel fehlte, die Vorgängerin von Rebecca, die ihrem Hausmädchen ständig das Schulgeld für ihre Kinder gab, oder der Botschafter, der seinem Nachtwächter mehrere Male im Jahr freigab, damit dieser seine weit entfernte Familie besuchen konnte. Der Botschafter! Natürlich. Hatte er nicht zu ihr gesagt, dass sie jederzeit zu ihm kommen könnte, wenn sie ein Problem hätte? Rebecca war froh, eine Lösung vor Augen zu haben, und wollte gleich am Montagmorgen um eine Unterredung bitten.

Jetzt wurde der Vorhang zur Seite geschoben und der Arzt kam mit ernstem Gesicht zurück an seinen Schreibtisch.

„Es sieht nicht gut aus", begann er, Rebecca zugewandt. „Ich habe Ihrem Hausmädchen Blut abgenommen und sofort einen Aids-Test eingeleitet. Ich vermute, dass sie HIV positiv ist, und dass sich die Krankheit bereits in einem fortgeschrittenem Stadium befindet. Der Husten kommt von einer Lungenentzündung und eventuellem Pilzbefall der Lungen, was aufgrund der Immunschwäche normal für dieses Krankheitsbild ist. Falls sich meine Diagnose bestätigt, hat sie höchstens noch ein halbes Jahr zu leben." Den letzten Satz hatte er flüsternd ausgesprochen, da Grace in diesem Augenblick den Vorhang aufgezogen hat-te. Sie ging langsam auf ihren Stuhl zu und setzte sich.

„Ich würde Ihnen dann raten, zu einer Aids-Beratungsstelle zu gehen, wo Sie nützliche Verhaltensregeln abfragen können. Wir haben hier im Krankenhaus leider keine Behandlungsmöglichkeiten und nehmen auch keine Aids-Patienten auf. Aber jetzt wollen wir erst einmal die Blutuntersuchung abwarten", erklärte er, stand auf und schüttelte den beiden Frauen die Hand. „Kommen Sie am Montagvormittag wieder. Das Labor ist samstagnachmittags leider geschlossen. Dabei haben wir tausende solcher Fälle." Den letzten Satz hatte er wie zu sich gesprochen und zuckte resigniert die Schultern.

Das Sonnenlicht und der blaue Himmel mit den ziehenden, weißen Wolkenschiffchen, passten so gar nicht zu der Stimmung der beiden jungen Frauen, die jetzt auf dem Parkplatz des Krankenhauses standen. Schweigend gingen sie zum Auto. Rebecca hatte den Arm um Graces Schulter gelegt. Ihre Gedanken jagten sich. Sie wusste nicht, was sie der bedauernswerten Frau Tröstendes sagen sollte. Sie sehnte sich nach einer Person, die sie fragen konnte, was als Nächstes zu tun sei. Sie wusste nichts über diese Krankheit, außer, dass sie höchst ansteckend war, aber Einzelheiten darüber waren ihr nicht bekannt. Dann kam ihr ein Gedanke: der Botschaftsarzt! Natürlich. Ihn woll-te sie gleich morgen ins Vertrauen ziehen, noch bevor sie mit dem Botschafter sprach. Bestimmt konnte er helfen und ihr die passenden Informationen und Ratschläge geben. Sie fühlte sich ein bisschen besser und besprach ihren Plan gleich mit Grace, die sie hoffnungsfroh anlächelte. Zuhause angekommen, verfiel Rebecca in hektische Vorbereitungen, um das Zimmer von Grace möglichst wohnlich zu gestalten. Gemeinsam putzten sie den Boden und malten die Wände in einem hellen Gelb. Rebecca fand noch eine bunte Überdecke für das Bett, holte Kleiderbügel und eine Tischdecke und so vergaßen sie für ein paar Stunden die grausame Wirklichkeit.

Nach einer unruhigen Nacht saß Rebecca am Frühstückstisch und starrte in den Garten. Grace sah heute Morgen besser aus, obwohl sie kaum geschlafen hatte. Sie war ernst und schweigsam. Bevor Rebecca mit ihrem Auto das Grundstück verließ, sagte sie tröstend zu Grace: „Alles wird gut, ich bin für dich da, hab keine Angst!" Grace lächelte traurig und antworte nur: „Danke!"

In der Botschaft wurde zur morgendlichen Besprechung gerufen und es war heute Rebeccas Aufgabe, das Protokoll zu führen. Sie war nicht bei der Sache, musterte ihre Kolleginnen und Kollegen und stellte sich vor, wie sie mit ihnen ein Gespräch über Grace führen würde. Sie verwarf den Gedanken schnell, denn sie vertraute keinem außer dem Botschafter. Den Botschaftsarzt kannte sie noch nicht, er saß ihr schräg gegenüber und klopfte gerade mit dem Kugelschreiber auf die Tischplatte. Er sah ganz sympathisch aus, dachte Rebecca, kurz geschnittenes, grau meliertes Haar, graue Augen, ein schmales Gesicht mit energischen Zügen. Sie nahm sich vor, nach der Besprechung um einen Termin zu bitten. Zwischenzeitlich kreisten ihre Gedanken um Grace und es krampfte ihr das Herz zusammen, wenn sie sich an ihren traurigen Gesichtsausdruck vom Morgen erinnerte.
Der Termin fand um vierzehn Uhr statt. Sie klopfte und betrat den Vorraum der Praxis. Die Arzthelferin war schon gegangen. Dr. Melzer saß hinter seinem Schreibtisch und sah sie erwartungsvoll an. Während Rebecca die Geschichte schilderte, wurde sein Gesichtsausdruck zunehmend ernster. Als sie geendet hatte, stützte er den Kopf in seine Hände und sah ihr ins Gesicht. „Sie sind eine tapfere, junge Frau, Rebecca. Und doch ist es meine Pflicht, Sie über einige Dinge diese Krankheit betreffend aufzuklären. Wie Sie vielleicht wissen, ist diese Pest über Afrika eingefallen, wie ein Heuschreckenschwarm und gehört mit zu den grausamsten Todesursachen, die uns bekannt sind. Leider wissen wir noch viel zu wenig darüber, aber es wird vermutet, dass das Virus sich von Zentralafrika aus verbreitet hat und vom Affen stammt. Übertragen wird die Krankheit, soweit wir heute wissen, über Blut und Schleim, das heißt also, zum Beispiel durch Bluttransfusionen, offene Wunden oder Geschlechtsverkehr. Ich gebe Ihnen hier mal eine Broschüre, wo die wichtigsten Dinge über Aids aufgezeichnet sind. Lesen Sie das bitte sorgfältig durch.
Was Ihr Hausmädchen betrifft, Rebecca, so können Sie sie nicht bei sich zu Hause behalten. Wenn sich die Diagnose bewahrheitet, wird sie schnell zum Pflegefall werden, wird nichts mehr essen können und langsam dahinsiechen. Sie muss gefüttert und gewickelt werden wie ein Kleinkind. Das können Sie alleine nicht leisten. Auch ist die Ansteckungsgefahr zu groß. Wie gesagt, wir wissen noch zu wenig, obwohl die Forschung mehr oder weniger Tag und Nacht daran arbeitet. Das

ist die eine Seite. Die andere ist natürlich, dass Sie sich als Botschafts-angestellte unmöglich in eine solche Lage bringen können. Wenn sich das herumspricht, wird keiner mehr Kontakt zu Ihnen pflegen wollen, aus Angst sich anzustecken, was natürlich Blödsinn ist, aber so wird es kommen. Innerhalb der Botschaft wird sich eine Lobby gegen Sie bilden und Sie werden Ihre Arbeit verlieren. Das sage ich Ihnen jetzt mal so voraus, weil ich die lieben Kolleginnen und Kollegen kenne. Ich werde mich gerne erkundigen, wo man das Mädchen unterbringen kann, aber schlagen Sie es sich aus dem Kopf, sie zu Hause zu behalten."

Seine grauen Augen blickten sie durchdringend an. „Bitte!", setzte er noch hinzu.

Rebecca erwiderte seinen Blick ruhig. „Vielen Dank für Ihre Zeit und die Informationen, Herr Dr. Melzer. Ich werde mir die Unterlagen durchlesen, aber ich kann Ihren Ratschlag leider nicht befolgen."

Sie stand auf und wandte sich zur Tür, aber der Arzt war schneller.

„Sie wissen, dass ich unser Gespräch dem Botschafter melden muss und Sie somit Ihren Arbeitsplatz aufs Spiel setzen. Seien Sie doch vernünftig! Ich helfe Ihnen bei der Suche nach einem Pflegeplatz und wir lassen nach außen nichts verlauten." Vertraulich legte er seinen Arm um Ihre Schulter und versuchte, sie zum Schreibtisch zurückzuführen. Aber Rebecca entzog sich der Annäherung geschickt, bedankte sich noch einmal kühl und verließ das Büro des Arztes.

Es war ihr klar, dass sie auf keinerlei Verständnis innerhalb ihres Arbeitsplatzes hoffen konnte. Auch der Botschafter würde ähnlich reagieren. Ihre Hoffnungen auf seine Hilfe waren mit dem Gespräch mit Dr. Melzer geschwunden. Im Laufe des Nachmittags, während sie an einer Gästeliste für einen Empfang arbeitete, kam ihr eine Idee. Sie wollte einen letzten Versuch der Kommunikation über Grace wagen, indem sie das gesamte Büropersonal an einem Wochenende zum Grillen zu sich nach Hause einzuladen. Bei dieser Gelegenheit würden ihre Kollegen Grace kennenlernen und sie vielleicht eine Möglichkeit finden, darüber zu sprechen. Je mehr sie darüber nachdachte, desto mehr begeisterte sie sich für diesen Plan. In Gedanken hielt sie bereits glühende Reden, die auf begeisterten Beifall seitens der Kollegen stießen.

Grace spülte das Geschirr vom Morgen, putzte das Haus und machte sich gerade an die Bügelwäsche, als ihr der kleine Hund wieder einfiel. Sie hatte den kleinen Burschen völlig vergessen und wollte sofort los um ihn abzuholen. Während sie sich umzog, hörte sie das Auto in die Einfahrt einbiegen. Sie beeilte sich mit dem Anziehen und lief Rebecca entgegen. Sie erzählte ihr von dem Welpen und ihrem gestrigen Arztbesuch, und Rebecca forderte sie auf, ins Auto zu steigen. Gemeinsam fuhren sie zum Tierarzt.

Der Welpe hatte sich erstaunlich schnell erholt und blickte mit seinen braunen Augen vertrauensvoll um sich. Grace durfte ihn mit nach Hause nehmen. Das Wochenende war ganz dem Hund gewidmet. Rebecca und sie spielten im Garten mit ihm, verwöhnten ihn mit Leckereien und trugen ihn, wenn er müde war, mit sich herum. Nakupenda zeigte sich in den folgenden Wochen als sehr gelehrig. Fast schien es, als versuchte er, aus Dankbarkeit alles richtig zu machen. Obwohl er beide Frauen liebte, zog es ihn von Anfang an mehr zu Grace hin. Abends lief er mit ihr in ihr kleines Haus, wo bereits eine weiche Decke ausgebreitet lag. Morgens trabte er zum Haupthaus, kratzte an der Küchentür und forderte sein Frühstück ein. Nach ein paar Wochen war er ein ganzes Stück gewachsen, gehorchte schon ganz gut und bewachte das Grundstück, indem er jeden, der sich dem Tor näherte, wild anbellte.

So vergingen ein paar Monate. Anders, als der Arzt es vorausgesagt hatte, ging es Grace in der nächsten Zeit recht gut. Nur ab und zu wurde sie von Schwäche übermannt und musste sich hinlegen. Rebecca versicherte Grace noch einmal, dass sie sich in Rebeccas Abwesenheit ihre Zeit so einteilen durfte, wie es ihr Gesundheitszustand zuließ. Von dem entmutigenden Gespräch mit dem Botschaftsarzt hatte sie ihr nichts erzählt.

In der Botschaft wurde ihre Einladung zu dem Grillnachmittag freundlich aufgenommen und die meisten sagten zu. Auch Dr. Melzer versprach, mit seiner Frau zu kommen. Er erwähnte mit keinem Wort ihre Auseinandersetzung und fragte auch nicht nach Grace und ihrem Befinden. Ob er dem Botschafter von der Unterredung berichtet hatte, wusste Rebecca nicht. Es war ihr inzwischen auch gleichgültig, denn sie würde zu ihrer Entscheidung stehen, was immer auch auf sie zukommen sollte. Sie verdrängte das Problem und lebte von einem Tag auf den anderen, was ihr zum ersten Mal große Befriedigung verschaffte. Ihr ganzes Leben war eine einzige Planung gewesen, selbst sie war genauestens geplant gewesen, wie ihre Mutter ihr einmal gestanden hatte.

Rebecca deckte den Tisch unter der hohen, Schatten spendenden Palme. Das bunte Geschirr sah sommerlich frisch aus, und die schlanken blauen Gläser passten genau zum Ton der Servietten und Teller. Sie trat einen Schritt zurück und musterte kritisch ihr Werk. Sie wusste, was fehlte und holte sich die passende Tischdekoration aus dem üppig blühenden Garten. Jetzt war es perfekt und sie erwartete gespannt die Gäste. Grace war in der Küche und bereitete die Salate, Fleisch und Knoblauchbrot vor. Sie hatte sich hübsch angezogen und die Haare mit einem bunten Tuch zurückgebunden. Das weiße Baumwollkleid, das Rebecca ihr gegeben hatte, brachte den warmen Goldton ihrer Haut vorteilhaft zur Geltung. Rebecca lächelte ihr zu.

Grace fühlte sich seit langem wieder einmal gesund, was sie der gesunden Nahrung, die sie seit ihrem Arbeitsbeginn bei Rebecca zu sich nahm, zuschrieb. Besonders heute war sie glücklich und lächelte bei dem Gedanken an Nakupenda, wie er am Morgen auf ihr Bett gesprungen war und sie mit seiner kleinen, warmen Zunge wach geleckt hatte. Jetzt lag er artig in seinem Korb unter dem Küchentisch. Er wusste, dass er nicht betteln durfte, und tat so, als ob ihn die ganzen Vorbereitungen nicht interessierten. Nur ab und zu ertönte ein tiefer Seufzer und Rebecca, die gerade in die Küche trat, lachte auf.
„Du Schlingel, „sagte sie, „als ob du nicht genug zu essen bekommen würdest!"
Sie fuhr ihm über den weichen Kopf, als draußen eine Hupe ertönte.
„Die ersten Gäste, ich gehe schon!", rief Grace und lief leichtfüßig zum Tor.
Langsam füllte sich die Terrasse mit Menschen. Es wurde der Gastgeberin gegenüber nicht mit Lob gespart. Der hübsch gedeckte Tisch wurde bewundert, ebenso der gepflegte tropische Garten, (Waas, Sie haben keinen Gärtner??) und die originelle Zusammenstellung der Möbel und Bilder (Sie haben keine Bundesmöbel??) Grace, die gerade geschickt ein Tablett mit Getränken um die Ecke balancierte, wurde allerdings hauptsächlich von den Blicken der männlichen Gäste gestreift. Die Damen steckten die Köpfe zusammen. (Sie trägt ja nicht einmal Uniform bei der Arbeit, sieht aus, als ob sie zur Disco geht!).
Diese Bemerkungen hörte Rebecca nicht, denn die Mienen der Frauen blieben dabei unverändert freundlich, so dass es den Anschein hatte, sie tauschten nur Nettigkeiten aus. Doch Grace, die sich unauffällig zwischen den Gästen bewegte, hörte jede noch so feine Spitze.
Die frühe tropische Nacht begann mit einem Grillen- und Froschkonzert.
„Die kleine Nachtmusik", scherzte der Botschafter. Gute Stimmung machte sich breit. Grace verteilte Windlichter, und aus dem Wohnzimmer erklang dezente Musik. Der Grill war heiß, und Grace begann,

die gewürzten Fleischstücke darauf zu legen.

Grace wendete die Fleischstücke und hob den Blick und betrachtete die Menschen. Kein Afrikaner dabei, dachte sie, die Weißen leben hier wie auf einer Insel. Ob in der Botschaft keine Schwarzen arbeiten durften? Sie würde morgen Rebecca fragen. Mit ihr konnte man über alles sprechen, sie vertraute ihr wie einer Schwester. Vielleicht wurde sie ja doch wieder gesund. Es kam ja häufig vor, dass Ärzte sich irrten. Sie fühlte sich überhaupt nicht krank und bald würde sie mit Rebecca zu ihrer Familie fahren, das hatte sie ihr versprochen. So in ihre Gedanken versunken, streifte ihr Blick ein Frauengesicht, das sie kannte. „Oh nein, lieber Gott, lass es nicht sie sein." Die Frau hielt ihren Kopf abgewendet und redete heftig auf eine andere Frau ein. Ihre dicken Arme fuhren durch die Luft und die ondulierten Locken wippten dazu im Takt. Das leichte, fast durchsichtige Sommerkleid gewährte bei den hektischen Bewegungen Einblick auf ihr hervorquellendes rosa Fleisch. In diesem Augenblick drehte die Frau ihr Gesicht herum und ihre Blicke trafen sich. Grace senkte den Blick, es durchlief sie siedend heiß, sie begann zu zittern und ihr Herz klopfte zum Zerspringen schnell. Jetzt öffnete die Frau den roten Mund zu einem schrillen Schrei, ihre Hand hob sich und sie deutete mit dem Finger auf Grace.

Rebecca war durch den markerschütternden Schrei wie gelähmt. Sie beobachtete, wie die Frau hochsprang und weiter schreiend und gestikulierend auf Grace zu rannte.

„Polizei, holt die Polizei, diese Frau ist eine Diebin, sie hat mein Portemonnaie gestohlen, so haltet sie doch!" Sie konnte sich nicht beruhigen. Ihr Ehemann kam gelaufen, der Botschafter versuchte zu schlichten. Jemand hatte Grace tatsächlich am Arm gepackt und hielt sie fest, und die Frau hämmerte mit den Fäusten auf sie ein. Nun sprang Rebecca auf und kam Grace zu Hilfe.

„Lassen Sie sofort mein Hausmädchen los. Was fällt Ihnen ein?", schrie sie und riss die Frau grob zur Seite, was wiederum den Ehemann veranlasste, an Grace zu reißen, bis sich ein Handgemenge entwickelte, bei dem letztendlich jeder an Grace zerrte, die Frau weiter nach der Polizei schrie, und der Botschafter hilflos zusehen musste, wie seine Kollegen und Kolleginnen dieses beschämende Schauspiel boten. Plötzlich hörte man die energische Stimme des Botschaftsarztes, die den Lärm übertönte: „Zurücktreten, meine Damen und Herren, fassen Sie diese Person nicht an! Sie ist HIV positiv, es besteht höchste Ansteckungsgefahr! Zurücktreten, sofort zurücktreten!" Die wiederholte Aufforderung hätte er sich sparen können. Die Gäste sprangen, wie von der Tarantel gestochen, zurück und blickten fassungslos auf Grace, die wie versteinert am Grill stand, in der rechten Hand immer noch die Grillgabel. Jemand hatte ihr das Tuch abgerissen, ihre Haare standen jetzt wirr nach allen Seiten ab. Sie blutete am Arm, die Frau musste sie mit ihren langen Fingernägeln gekratzt haben. Es war totenstill. Rebecca stand neben Grace und schaute kopfschüttelnd in die Runde. Vom Grill her machte sich der unangenehme Geruch von verbranntem Fleisch breit.

Der Botschafter trat vor. „Ist das wahr, Rebecca?", fragte er und sah sie an. Sie hob den Kopf, erwiderte seinen Blick entschlossen, und nickte. „Wir sprechen uns morgen", fuhr er fort, verbeugte sich knapp und verließ die Gruppe. Die anderen taten es ihm gleich, murmelten bedauernde Worte und innerhalb von zehn Minuten war der Garten leer. Der Abzug der Gäste war fast schweigend verlaufen, lediglich die Frau hatte weiterhin nach ihrem Portemonnaie gezetert.

Grace saß auf der Terrasse und weinte bitterlich. Nakupenda kam gelaufen und legte schwanzwedelnd seinen Kopf auf ihren Schoss. Rebecca setzte sich zu ihr und Grace hörte zu weinen auf. Mit leerem Blick sah sie in die Glut des Grills. Auch Rebecca konnte keinen klaren Gedanken fassen. Wie in Trance begann sie den Tisch abzu-räumen, gefolgt vom Hund, der sich witternd und mit hoch erhobenem Kopf Hoffnung auf ein reichhaltiges Abendessen machte. Irgendwann kam Grace dazu und gemeinsam räumten sie wortlos den Garten auf. Das liebevoll arrangierte Buffet war noch unberührt, das Fleisch auf dem Grill verkohlt und über die Schüssel mit den marinierten Fleischstücken machte sich jetzt Nakupenda her.

Irgendwann hielt es Rebecca nicht mehr aus. Sie fragte Grace, ob die Anschuldigungen dieser schrecklichen Frau gerechtfertigt waren. Grace nickte stumm. Rebecca ging tief enttäuscht ins Bett und wachte nach einer fast schlaflosen Nacht schon in der Morgendämmerung wieder auf. Sie ging in die Küche und sah, dass Grace wohl bis spät in die Nacht aufgeräumt hatte. Es war still bis auf aufgeregtes Vogelgezwitscher, das aus dem lila blühenden Jacaranda kam. Rebecca ließ sich für einen glücklichen Augenblick ablenken und beobachtete die Nester bauenden gelben Webervögel. Nakupenda kratzte energisch an der Küchentür. Sie ließ ihn herein und er vollführte seinen morgendlichen Begrüßungstanz. Rebecca streichelte ihm kurz über den Kopf. Sie musste sich beeilen, wenn sie pünktlich im Büro sein wollte. Grace hatte sich noch nicht blicken lassen. Rebecca spürte wieder Ärger aufsteigen.

Als sie an diesem Morgen das Haus verließ und sich durch den Berufsverkehr quälte, wurde ihr klar, dass die kommenden Stunden eine Entscheidung von ihr abverlangen würden. Der Botschafter würde nicht nur von ihr erwarten, Grace in ein Krankenhaus zu schicken, sondern auch eine Erklärung bezüglich der gestohlenen Geldtasche verlangen. Rebecca ärgerte sich noch immer. Hatte Grace sie nicht belogen und war sie nicht auch noch dazu eine Diebin? Wegen so einer Person konnte sie sich doch nicht die Karriere verderben lassen. Was ging sie das überhaupt alles an? Dass die Kolleginnen mit ihren Warnungen Recht behalten hatten, ärgerte sie am meisten. Alle Afrikaner Diebe und Lügner? Das konnte sie so nicht stehen lassen. Sie parkte den Wagen in der Tiefgarage der Botschaft und ging langsamen Schrittes auf den Aufzug zu. Sie fürchtete sich vor den hämischen oder mitleidigen Blicken, die sie jetzt erwarteten.

Wie in Zeitlupe schwebte sie durch die Botschaftsräume, nahm alle Einzelheiten kristallklar wahr. Die Porträtreihe der Bundespräsidenten, das frische Blumengesteck mit den betörend duftenden Tuberosen, die deutschen Wirtschaftsmagazine auf dem Besuchertisch. Sie zögerte kurz, bevor sie an die Tür des Konferenzraumes klopfte, wo sie zum Gespräch bestellt worden war. Sie straffte die Schultern, atmete tief durch und trat ein. Das folgende Gespräch mit dem Botschafter, dem Kanzler und dem Botschaftsarzt verlief ruhig, niemand erhob die Stimme. Die Nachricht war klar: Entweder Rebecca trennte sich von Grace, oder sie hatte mit ernsthaften Konsequenzen zu rechnen. Welcher Art diese waren, wurde ihr nicht gesagt. Rebecca fühlte sich stark und sie trat selbstsicher auf. Die Worte flossen automatisch aus ihr heraus, als spräche jemand anderes durch sie. Sie wusste, dass eine Entscheidung gefällt worden war, deren Folgen sie noch nicht absehen konnte.

Sie räumte ihren Arbeitsplatz, verabschiedete sich kurz und kühl und stand gleich darauf draußen im gleißenden Sonnenlicht. Sie schloss für einen Moment die Augen und lehnte sich an die Hausmauer. Hatte sie wirklich gekündigt? Was sollte sie nun tun? Drei Monate würde sie noch ihr Gehalt beziehen, und dann? Sie schob den Gedanken beiseite und lief zur Tiefgarage. Jetzt musste sie sich erst einmal um Grace kümmern. Sie legte den Rückwärtsgang ein und rangierte das Auto aus der Parklücke. Sie fühlte sich merkwürdig leicht und bog mit einem Lächeln in die Straße ein.

In den folgenden Wochen informierte sich Rebecca über den Krankheitsverlauf und über die notwendige psychologische Betreuung. Mit Hingabe las sie alles, was ihr über HIV und Aids in die Hände fiel, nahm an Seminaren teil, und holte sich Rat in der Aids-Beratungsstelle eines deutschen Entwicklungshilfe-Projektes. Bald bot man ihr dort eine Stelle als Koordinatorin an. Nach kurzer Zeit konnte sie, vorerst auf Halbtagsbasis, ihre Arbeit antreten.

Das ließ ihr genügend Zeit, sich um Grace zu kümmern, für die sie noch zusätzlich eine junge Frau zur Pflege eingestellt hatte, sodass sie rund um die Uhr betreut werden konnte. Die Pflege von Grace brachte Rebecca Freude und sie hoffte, dass sie, durch die Einnahme der Medikamente, die ganz neu auf dem Markt waren, wenigstens Linderung ihrer Leiden erfahren, oder bestenfalls sogar geheilt werden konnte. Der Gesundheitszustand von Grace verschlechterte sich jedoch rapide. Sie war kaum noch fähig, das Bett zu verlassen und ihr schöner Körper verfiel zusehends. Die Augen blieben ohne Glanz und die Haut war grau und rissig. Das Essen konnte sie nicht mehr bei sich behalten, nur mit Brei und Papaya konnte sie noch am Leben erhalten werden. Rebecca widmete ihre gesamte Freizeit der Pflege dieser todkranken Frau. Sie wusch sie, zog sie an, rieb die trockene Haut mit speziellen Ölen ein, fütterte sie, oder half ihr hinaus in den Garten, wo Grace im Schatten des Jacaranda Baumes vor sich hindämmerte. Trotz der Hitze war ihr immer kalt und Rebecca achtete darauf, dass sie stets in warme Decken gehüllt war. Auf Schritt und Tritt folgte Nakupenda und war zuverlässig an der Seite von Grace zu finden. Nachts, wenn Grace nicht schlafen konnte, erzählten sich die beiden Frauen fast flüsternd, als könne sie jemand belauschen, ihre Lebensgeschichten. Grace verriet ihr in einer solchen Nacht, dass sie das erste Mal in ihrem Leben wahres Glück erlebte. Es war ihr auch bewusst, dass sie sterben würde. Aber das Bedauern, das sie darüber empfand, galt nicht so sehr ihrem schwindenden Leben, als der Tatsache, dieses Gefühl des Glücks, der Geborgenheit und der Liebe zu Rebecca und dem kleinen Hund, nicht mitnehmen und nie mehr fühlen zu können.

Grace starb am Weihnachtstag des gleichen Jahres um achtzehn Uhr, mit einem glücklichen Lächeln auf dem Gesicht. Nakupenda lag an ihrem Fußende, hob den Kopf und blickte nach oben, so als sähe er ihre Seele davonfliegen. Lange verharrte er so, bis er schließlich herunter sprang und langsam zum Haus hinüber lief.
Rebecca blieb nach Grace Tod in Kenia. Ihren Arbeitsvertrag konnte sie erweitern und somit war ihr Lebensunterhalt abgesichert. Sie liebte ihre Arbeit und war in kurzer Zeit eine gefragte Fachkraft, leitete HIV Seminare und setzte durch, dass eine Aids Beratungsstelle im Gesundheitsministerium eingerichtet wurde. In der Eröffnungsrede lobte der

Minister ihren professionellen und persönlichen Einsatz im Kampf gegen Aids. Als der Minister erwähnte, dass sie neben ihrer Arbeit auch noch ihr an Aids erkranktes Hausmädchen zu Hause gepflegt hatte, wurde stürmisch applaudiert. Rebecca bedankte sich mit einer Geste, und sah in die Runde. Ihr Blick wanderte über die vielen Gesichter. Ihre Augen trafen die des Botschafters, der den Kopf senkte und sich abwandte.

***

HEUTE

Wir sitzen am Tisch, essen und reden.
Johnson hat tatsächlich sein „Sukuma Wiki" bekommen und ich esse köstlichen geräucherten Schwertfisch mit Toast und Salat.
„Schmeckt alles nicht so gut wie bei dir! Du bist der weltbeste Koch!"
Johnson lacht verschämt.
„Habe ich alles von dir gelernt! Ich wollte zuerst nicht glauben, dass Mzungu-Essen schmecken kann! Mein Magen hat viel gelernt in diesen Jahren."
„Trotzdem bestellst du dir ein traditionelles Gericht, obwohl die Speisekarte voller anderer guter Dinge ist."
„Die Zunge lässt sich nicht meistern, sagt man bei uns. Es schmeckt mir vieles, was ich zu kochen gelernt habe, aber meine Zunge verlangt nach dem Chakula meiner Ahnen."
„Dein Sauerbraten war aber der beste! Wenn meine Mutter das schon zugeben musste! Das ist ihr Rezept gewesen, so wie du ihn zubereitet hast."
„Obwohl Tonia mir die Marinade in den Ausguss gekippt hat, weil sie das anders gelernt hat." Johnsons Augen funkeln noch in Erinnerung an diese Unverschämtheit.
„Ich hatte sie ja nur zur Aushilfe eingestellt. Die Kinder mochten sie gerne, weil sie so lustig war und deutsch gesprochen hat. Sie hatte auch viele gute Seiten. Und sie konnte eine herrliche Schwarzwälder Kirschtorte machen!"
„Sie hat neulich mal angerufen und nach dir gefragt."
„Sie hat sich nie wieder von dem Schock mit ihrer Tochter erholt. Aber das erzähle ich dir vielleicht ein andermal."
„Das Essen hat mir neue Kraft zum Hören gegeben", widerspricht Johnson.
Ich dagegen fühle mich müde. Aber ich kann ihm den Wunsch nicht

abschlagen. Ein letztes Mal am heutigen Tag sehe ich mein Album an und weiß sofort, welche Geschichte ich ihm jetzt erzählen werde.

***

Brasilianischer Traum

In Afrika sind Hausangestellte an der Tagesordnung

Der Fahrradfahrer trat kräftig in die Pedale. Das Rad holperte über die schlechte Straße bergab und hielt vor dem schwarzen Eisentor, durch dessen Stäbe eine gepflegte Natursteinvilla zu sehen war. Über und über mit tropischen Kletterpflanzen überwachsen, lag sie still, wie verwunschen, an diesem Sonntagmorgen im frühen Licht. Kein Laut, außer aufgeregtem Vogelgezwitscher und das entfernte Trommeln und Singen einer Wandersekte, war zu hören.

Er musste lange die schwere Kette gegen das eiserne Tor schlagen bis er gehört wurde. Sie kam langsam den Weg entlang, den Schlüssel in der Hand, um ihm aufzumachen und er ließ sie ganz nahe an das Gitter kommen, bis er ihr die Nachricht, die er überbringen musste, mitteilen konnte.

„Sie ist tot", sagte er und wollte noch so viel mehr sagen, all das, was er sich auf dem Wege zu ihr überlegt hatte. Er blickte zu Boden, aber sah vorher noch, wie sie die Hände vor das Gesicht schlug und erst lautlos und dann laut weinte. Sie hielt noch immer den Schlüssel in der Hand. Der bunte, mit Perlen besetzte Anhänger baumelte durch ihre braunen Finger. Zum ersten Mal bemerkte er ihre Hände, faltig und trocken von der Arbeit.

„Mach auf", sagte er sanft und versuchte durch die Gitterstäbe den Schlüssel zu erhaschen. Sie hörte nicht auf zu weinen, rannte jetzt, als er sich am Schloss zu schaffen machte, auf das Haus zu und verschwand durch die Küchentür.

Er lehnte sein Fahrrad gegen die Mauer und stellte sich vor, wie sie jetzt den langen Flur entlang rennen würde, um die Nachricht der Madam zu bringen, die heute am Feiertag sicher noch schlafen würde. Flüchtig dachte er an die Leichtigkeit, mit der diese Leute ihr Leben verbrachten und an das reichhaltige Frühstück, das sie später einnehmen würden und er fühlte, dass sein Magen sich bemerkbar machte. Er war gleich, nachdem es passiert war, vom Dorf aufgebrochen und hatte seinen Bruder mit dem toten Mädchen allein gelassen, erleichtert das Haus verlassen zu können, da ihn sein lautes Weinen peinlich berührte. Vor ein paar Wochen war seine Frau nach langem Leiden gestorben, und er wusste, dass sie von seiner eigenen Familie verhext worden war. Heute war ihm klar, dass ein Fluch über seinem Clan lag. Wie hätte sonst dieses gesunde, junge Mädchen plötzlich vor ein paar Jahren diese Anfälle entwickeln können? Sie war besessen und keiner wusste es, außer ihm. Nur er hätte sie retten können, indem er seinen

Bruder überzeugt hätte, mit ihr zum Witch Doctor zu gehen, und dort hätte man ihr den Teufel ausgetrieben. Aber selbst seine eigene Frau hatte es vorgezogen, ins Missions-Hospital zu gehen und dort war sie gestorben. Er beschloss die Stadt und seine Familie zu verlassen und irgendwo neu anzufangen, wo ihn niemand kannte und der Fluch ihn nicht erreichen konnte.

Inzwischen hatten sich die Hunde um ihn versammelt und wollten gestreichelt werden. Er nahm aus der Außenküche die Düfte des vor sich hin kochenden Hundefutters wahr. Seine Gedärme krampften sich zusammen und er war nahe daran ein Stück Fleisch aus dem großen Topf zu nehmen.

Die Küchentür wurde aufgestoßen und die Madam und der Junge kamen aus dem Haus gestürzt, Tonia, nun verzweifelt weinend, hinterher. Das große Auto wurde angelassen und sie braus ten aus dem Hof. Ihn hatte man vergessen. Er nahm sein Fahrrad und schob es langsam Rich1tung Tor.

Das kleine Steinhaus mitten im Dorf, war von Neugierigen umgeben, die nur widerwillig Platz machten. Sie bahnten sich einen Weg und standen in dem kleinen Wohnzimmer, das ebenfalls voller Menschen war. Tonia stieß die Tür zu dem angrenzenden Schlafzimmer auf, und warf sich im gleichen Augenblick über das Mädchen, das lang ausgestreckt auf einer Matratze neben dem Bett lag, und rief immer wieder ihren Namen. Die Madam kniete nieder und fühlte den Puls. Der Körper war noch warm, die Augen geschlossen, der Mund leicht geöffnet. Die schwarze Haut sah trocken und fahl aus, die nackten Füße merkwürdig weiß. Sie nahm Tonia wortlos in den Arm, wiegte sie wie ein kleines Kind hin und her und summte sie wie in den Schlaf. Dann schob sie die nachdrängende Menschenmasse hinaus und schloss die Tür. Der Vater versuchte stammelnd zu erzählen, was geschehen war, aber keiner wollte es hören und er beugte sich nun über das Kind und streichelte es, seinen Namen murmelnd.

Der Junge starrte betroffen auf seine Spielkameradin, hockte sich daneben und hielt ihre Hand. Er dachte daran, wie er sie immer geneckt hatte, weil sich ihr Deutsch so lustig angehört hatte und reumütig erinnerte er sich, wie er und die anderen sie mehr und mehr von ihren Spielen ausgeschlossen hatten, als sie durch ihre Krankheit vieles nicht mehr mitmachen konnte.

Tonia richtete sich auf, wischte die Tränen ab und sagte in einem Ton, der keinen Widerspruch zuließ: „Ich will nicht, dass sie ins Krankenhaus gebracht wird und dann ins Leichenhaus, ich will sie gleich nach Hause bringen."

Es war still im Zimmer. Draußen jaulte ein Hund schmerzvoll auf und von der Veranda drang Flüstern durch das offene Fenster. Die Madam ging mit dem Jungen zum Auto zurück und fuhr davon, sich um ein geeignetes Fahrzeug zu kümmern. Sie empfand den Schmerz dumpf und unwirklich in der grellen Sonne.

Als sie zurückkamen, war der Körper schon kalt, die Lippen und die Haut noch fahler. Sie wickelten sie in eine Decke und der Vater legte sie sich vorsichtig über die Schulter. Das Auto, das sie wegbringen sollte, war klein und es war mühsam, das tote Mädchen auf den Rücksitz zu schieben. Der Vater setzte sich hinten hinein und bettete ihren Kopf sanft in seinen Schoss. Die Tränen gaben seinem groben Gesicht ein empfindsames Aussehen. Die weiße Frau hatte das Bedürfnis, auch ihn zu halten, zu wiegen und zu trösten. Sie legte jedoch nur ihre Hand auf die seine und hielt sie für einen Augenblick in der ihren. Von Tonia verabschiedete sie sich in einer festen Umarmung, gab ihr einen Geldbetrag, und streichelte ihr zum Abschied liebevoll über das nasse Gesicht.

Die Schaulustigen bedrängten das Fahrzeug und ein Kerl mit blutunterlaufenen Augen verschwand mit seinem Oberkörper halb im Fenster, um sich nichts entgehen zu lassen. Eine alte Frau betete lautlos, lachte plötzlich irre mit ihrem zahnlosen Mund und richtete die Augen gen Himmel. Die Kinder konzentrierten sich auf die Weißen, und begannen die Madam und den Jungen an den Kleidern zu zupfen und um Süßigkeiten oder Geld anzubetteln. Das Auto fuhr langsam davon, ein letztes Winken und dann stiegen auch sie in ihren Wagen. Die Frau fuhr sich durch die Haare, atmete tief ein und zündete sich eine Zigarette an. Stumm rauchend, bei geschlossenen Fenstern, um die kreischenden Kinder nicht zu hören, saß sie hinter dem Steuer. Der Junge hatte sich auf der Rückbank ausgestreckt und starrte seine Hände an. Dann ließ sie den Motor an und sie fuhren nach Hause.

Tonia hatte ihren Kopf gegen die Scheibe gelehnt und war in einen kurzen Schlummer gefallen. Sie träumte ihren alten Traum: In einem bunten Kleid läuft sie am Strand ihres Heimatortes in Brasilien entlang, die Luft ist mild und salzig, sie ist jung und schön und fühlt sich frei und leicht. Sie ist barfuß, und die Wellen sind warm und weich. Sie schaut sich nach ihren Fußspuren im Sand um. Eine Horde junger Männer kommt ihr entgegen, sie lachen und scherzen und sie sucht sich den Hübschesten aus. Den will ich! – ruft sie, und sie tanzen am Strand. Plötzlich ist da Musik und sie sinken erhitzt und erschöpft in den Sand. Wein wird herumgereicht, und jemand hat ein Feuer gemacht, an dem jetzt Fleisch gebraten wird.

Sie wachte auf, und der Schmerz war mit einer solchen Wucht wieder in ihr, dass sie die Augen schließen musste. Sie drehte sich nach hinten und sah ihr Kind an der Schulter ihres Mannes lehnen, wie schlafend, und sie wandte sich abrupt wieder nach vorne. Die Landschaft raste vorüber, sie sah die saftigen Wiesen, die Eselskarren am Wegrand und dachte, wie glücklich die Leute doch sind. Ein Kind stand am Straßenrand und hielt einen Hasen an den Ohren, zum Verkauf anbietend, hoch. Hoffentlich füttert einer die Hasen zu Hause, dachte sie.

Kurz darauf tat sich vor ihnen die großartige Landschaft des Rift Valleys auf und sie sah wie sich der glitzernde See in all seiner Pracht vor ihr ausbreitete. Sie fühlte die Schönheit und dachte einen Augenblick an ihre Heimat, das Meer und ihren Traum. Alles wäre anders geworden, dachte sie, wenn ich dort geblieben wäre. Ich hätte dieses Kind nicht gehabt, sondern ein anderes, gesundes, und wäre glücklich. Dann dachte sie an die Armut daheim, an ihre neunzehn Geschwister, die Arbeit und die Lieblosigkeit in ihrer Familie. Sie war weggegangen, um woanders ihr Glück zu machen. Das war ihr Wunsch und ihr freier Wille gewesen. Glücklich wie in den Filmen, die sie ab und zu sah, war sie nie geworden. Vielleicht war das auch nur etwas für die Reichen, die keine Sorgen hatten und sich alles kaufen konnten. Aber dann musste sie an ihre Madam denken, die es auch schwer im Leben gehabt hatte, Kinder und Männer verloren hatte und dennoch immer lustig und gut gelaunt war. Trotzdem kam sie zu dem Schluss, dass letztlich mit dem Geld zu tun hatte es. Hätte sie damals bei der Geburt ihrer Tochter genug davon gehabt, hätte sie nicht in das staatliche Krankenhaus gemusst, wo man nur zum Sterben hinging, sondern hätte sich ein Privat-Hospital leisten können. Dort hätte man sie auch mit den Wehen nicht wieder nach Hause geschickt, sondern in ein weißes, sauberes Bett gelegt, und der Doktor hätte sich ausschließlich um sie gekümmert. Dann wäre es auch nicht passiert, dass das Kind tot auf die Welt gekommen war. Ein Glück damals, dass zufällig ein Arzt in der Nähe war und das Baby beatmet werden konnte. Aber vielleicht wäre es besser gewesen, es wäre damals gleich gestorben, dann wäre der Schmerz jetzt schon weit weg und sie hätte vielleicht ein anderes Kind danach bekommen. Aber es musste so sein. Sie war nicht religiös, aber sie glaubte an einen großen geheimen Plan und so musste er von den Menschen angenommen werden.

Tonia seufzte und drehte sich nochmals nach hinten. Auch ihr Mann war inzwischen eingeschlafen und das Kind war ihm von der Schulter gerutscht. Man konnte jetzt deutlich sehen, dass es tot war. Es lag unnatürlich verrenkt auf seinem Schoss, ein Arm baumelte nach unten.

Tonia versuchte die Decke etwas hochzuziehen, und den Arm über den Körper zu legen. Aber es gelang ihr nicht und sie weinte wieder leise vor sich hin.

***

HEUTE

Jetzt sind wir beide traurig. Traurig und müde. Wir müssen noch einen weiten Weg zurück nach Lavington fahren.
Wir leeren unsere Gläser und bestellen in stillem Einverständnis nichts mehr nach.
„Falls wir es nicht mehr schaffen sollten, uns noch einmal zu treffen, bevor ich zurück reise, vergiss uns nicht! Ich hoffe du weißt, wie sehr wir dich und deine Familie in unser Herz geschlossen haben."
„Es gibt nichts, was ich nicht von euch weiß. Aber bevor du wieder in dein Land reist, möchte ich die Geschichten bis zum Ende hören. Meine Seele kommt sonst nicht zur Ruhe, weil es noch eine Frage offen lässt am Ende."
„Gut, ich werde es einrichten. Ich rufe dich an. Aber nicht gleich morgen, erst zum Ende meiner Reise, versprochen!"
Wir stehen auf und treten in die Kühle der Nacht. Mein geliebter Sternenhimmel ist schöner denn je, so kommt es mir vor. Oder habe ich ihn einfach zu lange nicht gesehen? Wir gehen zum Auto. „Afrika riecht anders." Ich atme tief ein.
„Du riechst gerade die verbrannte Holzkohle der Jikos aus dem Dorf!"
„Trotzdem, es ist anders, reicher, geheimnisvoller!"
Im Auto stelle ich gleich die Heizung an. Wir fahren durch die Dunkelheit in Richtung Nairobi.
„Es geht mal wieder keine einzige Straßenlaterne", bemerkt Johnson.
„Und ich wollte gerade sagen: Schau doch, wie schön es ist, so ganz ohne Licht durch die Nacht zu brausen!"
„Du warst zu lange weg!" Wir lachen.
Zwei Wochen später hole ich Johnson zuhause ab. Seine Familie ist versammelt und es gibt heißen, süßen Chai und Kekse. Ich fotografiere mit Selbstauslöser, was uns alle in eine lustige Stimmung bringt. Das Lachen habe ich vermisst. Dieses aus dem Bauch kommende, glucksende Lachen. Auch der Tee, der mit viel Zucker und Milch aufgekocht wird, hat mir gefehlt, ebenso die trockenen Kekse, die es dazu

gibt.

Johnson bereitet dem allen ein Ende, indem er aufsteht und auf die Uhr sieht.

„Ich denke, der Mzungu hat die Uhr und der Afrikaner die Zeit? Hast du mir jedenfalls mal gesagt!" Ich sehe ihn fragend an.

„Alles ändert sich, jetzt haben die Afrikaner auch keine Zeit mehr", antwortet Johnson ernst.

Ich verabschiede mich von seiner Familie und wir gehen zum Parkplatz. Ein Bettler lehnt am Auto und verlangt seinen Obolus für seine Wächtertätigkeit. Johnson will ihn abwimmeln. Ich halte ihn am Arm fest.

„Nein, er soll was bekommen. Man weiß bei diesen Menschen nie, was sich wirklich hinter ihrem Schicksal verbirgt."

Wir steigen ein.

Johnson sieht mich an. Er weiß sofort, was ich meine.

***

Zweiseitig

Es gibt unzählige Bettler in Afrikas Großstädten

Der Schmerz fuhr durch seine Hoden wie ein Messerstich. Er musste sich auf eine kleine Mauer setzen, weil ihm sonst schwindelig geworden wäre. Das letzte Mal, dass er solchen Schmerz empfunden hatte, war bei seiner Beschneidung gewesen. Damals hatten ihn fünf Männer halten müssen. Je einer hatte die Arme festgehalten, einer den Kopf und zwei hatten ihre Riesenpranken dazu benutzt, seine Beine gespreizt zu halten. Das Folgende war ihm nur bruchstückhaft in Erinnerung geblieben. Zwischendurch hatte er gnädiger Weise das Bewusstsein verloren und wie durch einen Nebel wahrgenommen, wie sie ihn halb trugen und halb zogen. Sie schleppten ihn in einen dunklen Wald, in dem eine provisorische Hütte aus Stöcken und Ästen für ihn errichtet worden war, gerade groß genug, um mit angewinkelten Beinen darin zu liegen. Hier musste er die folgenden Tage und Nächte verbringen, bis seine Wunde verheilt war. Nur seiner Mutter war es erlaubt, einmal am Tag nach ihm zu sehen und ihm Nahrung zu bringen. Der Schmerz, der anfangs wie Feuer gebrannt hatte, ebbte langsam ab und über den empfundenen Stolz, jetzt ein Mann zu sein, vergaß er ihn bald ganz.

Nun, so viele Jahre später, war dieser Schmerz wieder präsent, und dieses Mal noch viel stärker.

Sie drehte sich vor dem Spiegel der teuren Boutique und betrachtete kritisch das bunte Kleid an sich, dass die Verkäuferin ihr in die Umkleidekabine gereicht hatte. Nein, das war sie nicht. Zu viele Farben, zu wildes Muster. Ungeduldig schlüpfte sie in das nächste. Wie konnte man ihr etwas Blaues bringen, mein Gott, das passte gar nicht zu ihrem Typ. Das musste man als geschulte Verkäuferin doch sehen. Was sollte sie bloß anziehen heute Abend? Das dritte Stück, das ihr zum Anprobieren hereingereicht wurde, war ein Zweiteiler. Sie gab es sofort zurück. Etwas Besonderes sollte es sein. Hätte sie doch lieber in Deutschland nochmal ihre Lieblingsboutique aufgesucht. Die Frauen dort hatten ja keine Ahnung, welche Probleme man hier hatte, etwas Anständiges zum Anziehen zu finden. Sie würde es nochmal in einem anderen Geschäft probieren. Sie griff nach ihrer Handtasche und schob den Vorhang der Kabine zur Seite. Da stand die Verkäuferin mit ihrem Traumkleid! Schwarze schillernde Seide, ein tiefer Ausschnitt, mit funkelnden Pailletten besetzt. Hoffentlich passte es. Sie musste heute Abend einfach alle ausstechen. Es war heiß in der Kabine. Sie zog den

Reißverschluss am Rücken hoch, der nicht viel Raum ließ. Verliebt betrachtete sie ihr Spiegelbild und malte sich in Gedanken die neidischen Blicke ihrer Freundinnen und die begehrlichen der Ehemänner aus. Sie blickte auf das Preisschild. Viel zu teuer. Davon mussten manche einen ganzen Monat leben. Egal. Sie ließ das Kleid einpacken und verließ den Laden. Noch schnell einen Prosecco im Sarit Centre, dann nichts wie nach Hause.

Er wusste nicht, was mit ihm geschehen war. Sein Geschlechtsteil war plötzlich angeschwollen, anfangs nur wenig, dann so stark, dass er seine Hose nicht mehr zuknöpfen konnte. Irgendwann, als er nicht mehr Wasser lassen konnte, war er zum Missions-Krankenhaus geschlichen, wo er mit unzähligen anderen auf der Wiese davor gesessen und geduldig gewartet hatte, an die Reihe zu kommen.
Die italienische Ärztin sah ihn entsetzt an, untersuchte ihn und fragte ihn etwas, was er nicht verstanden hatte. Eine Krankenschwester erklärte ihm in seiner Stammessprache, dass er sofort operiert werden müsse. Ihm war alles einerlei, nur sollte dieser Druck und Schmerz end-lich aufhören. Alles danach schien ihm wie ein Traum. Als er aufwachte, sah er einen herrlichen Engel, hell erleuchtet und beruhigend, und er schlief wieder ein.
Noch niemals in seinem Leben ging es ihm so gut wie nach dieser Operation. Dreimal täglich gutes Essen und süßer Tee, ein weiches, sauberes Bett und die nette Krankenschwester, die mit ihm redete.
Richtig traurig war er, als er nach ein paar Tagen entlassen wurde und mit einer kleinen Tüte voller Tabletten durch die gleißende Sonne nach Hause wanderte.
Ein paar Tage später fuhr er mit dem Bus in die Hauptstadt, um Arbeit zu suchen. Wohnen wollte er bei seinem Bruder, der als Gärtner bei Weißen beschäftigt war. Aber so weit kam es nicht. Er hatte gerade die Hütte seines Bruders erreicht, als der Schmerz wieder einsetzte. Die Tabletten waren seit ein paar Tagen aufgebraucht, und eigentlich hätte er zur Nachuntersuchung gehen sollen. Aber leichtsinnig geworden durch die plötzliche Besserung und die Tatsache, dass er sogar wieder in der Lage war, mit seiner Frau zu schlafen, hatte er den Termin vergessen.
Sein Bruder konnte ihm nicht helfen, er verdiente nicht viel und lebte von der Hand in den Mund. Er gab ihm den Rat, in den Wohnvierteln der Reichen von Haus zu Haus zu gehen und Geld für Medikamente oder einen Arztbesuch zu erbetteln.
So saß er nun vor einem dieser gepflegten Anwesen - das vierzehnte, er

hatte mitgezählt - und konnte vor Schmerzen keinen klaren Gedanken fassen. Bei den Häusern zuvor war er bereits vom Personal abgewiesen worden. Nur einmal hatte eine weiße Dame ihm zehn Schillinge geschenkt, noch nicht einmal genug, um mit dem Bus zum Haus seines Bruders zurückzufahren.

Jetzt musste einfach etwas geschehen.

„Gott ist groß", dachte er und wartete. Er stützte seine Arme auf die Knie und legte sein Gesicht in die Hände. Laufen konnte er nicht mehr. Der Schmerz fraß sich wie ein wildes Tier durch seinen Unterleib und hielt ihn auf der kleinen Mauer fest.

Wie lange er da saß, wusste er nicht. Zwischendurch döste er ein. Zu dem Schmerz kamen Hunger, Durst und Müdigkeit und eine unermessliche Hoffnungslosigkeit. So wartete er weiter, während die Sonne langsam unterging.

Ein Auto fuhr die Straße herunter. Er betete, dass es die Leute waren, die dieses Haus bewohnten und dass sie ihm helfen würden. Der Schmerz machte ihn halb wahnsinnig. Wenn jetzt keine Hilfe kam, war er bereit, zu sterben.

Die letzte Kurve vor ihrem Haus gab Einsicht zu ihrer Einfahrt, und sie sah einen Mann auf der kleinen Mauer sitzen.

„Was der wohl will?", dachte sie. „Wahrscheinlich Geld oder Arbeit, immer dasselbe." Unwillig runzelte sie die Stirn, als er jetzt an ihr Fenster humpelte. Warum konnten sich die Leute hier nicht selbst helfen? Immer kamen sie zu den Weißen, als wüssten diese für alles eine Lösung, bloß weil sie weiß waren. Sie drückte zum zweiten Mal auf die Hupe. Wo blieb denn der Boy, ruhte sich wahrscheinlich in der hintersten Gartenecke aus. Wie der Mann überhaupt aussah, blutunterlaufene Augen, irrer Blick, wahrscheinlich auch noch betrunken der Kerl, widerlich und dann so auf die Tränendrüse drücken. Erzählte ihr hier eine Geschichte von Schmerzen und notwendiger Operation. Der dachte wohl, alle Weißen waren blöd. Hart musste man umgehen mit solchen Leuten, nur kein Mitleid aufkommen lassen, sonst war man verloren. Das sagten ihre Freundinnen auch. Auf der anderen Seite: Es war Weihnachten und so eine ausgefallene Geschichte musste belohnt werden.

„Warte", sagte sie deswegen.

„Gott ist wirklich gnädig", dachte er und ließ sich wieder vorsichtig auf das Mäuerchen nieder. Doch, als er die Frau im Haus verschwinden sah, und sie eine Weile nicht wieder herauskam, verließ ihn die

Hoffnung und er dachte besorgt an die hereinbrechende Dunkelheit. In diesem Moment kam sie wieder heraus, in Begleitung eines Schwarzen, wohl ihr Houseboy. Der fragte ihn aus und endlich konnte er in seiner Sprache ausführlich erklären und erzählen. Der Houseboy unterbrach ihn immer wieder und übersetzte der Frau das Gesagte. Sie sah ihn prüfend an und ließ ihm antworten, dass so viele Leute an ihr Tor kämen, mit allen möglichen Problemen, und sie seine Geschichte einfach nicht glauben könne. Sie wollte sich abwenden. Er sah seine letzte Hoffnung schwinden und rief ihr verzweifelt nach, er könne beweisen, was er gesagt habe, und schon hatte er seine Hose aufgeknöpft und halb heruntergelassen. Alles wollte er tun, um von ihr Hilfe zu bekommen, sie sah so nett aus. Als sie sich jetzt nochmals zu ihm herumdrehte, meinte er, einen Heiligenschein zu sehen. Ja, der Engel aus dem Traum, das war sie und sie musste ihm einfach helfen. Wieder sagte sie „Warte", und lief zum Haus zurück. Sie kam mit einem Geldbetrag zurück, den er in dieser Höhe noch nie gesehen hatte. Es war sogar eine Banknote dabei, die er das erste Mal sah. Er knickte vor Dankbarkeit förmlich zusammen. Worte wollten ihm nicht über die Lippen kommen, und so sagte er nur „Gott segne Sie", und humpelte langsam da-von. Von diesem Geld konnte er zurück in sein Heimatdorf fahren und zum Krankenhaus gehen und es würde sogar noch etwas übrigbleiben, vielleicht sogar die große Banknote, die er dann stolz seiner Familie zeigen wurde.

„Gott ist groß", dachte er froh.

Sein Schrei war ihr durch Mark und Bein gegangen. Er hatte einfach seine Hose aufgeknöpft und sie halb heruntergelassen, das Gesicht von Schmerz verzerrt, Tränen waren ihm das Gesicht hinunter gelaufen. So konnte sich niemand verstellen. Deshalb war sie erneut ins Haus gegangen und hatte das Geld geholt. Er hatte ungläubig auf die vielen Banknoten in seiner Hand gestarrt.

„Ich bin verrückt", dachte sie, während sie sich den Reißverschluss ihres neuen Kleides zumachte. „Das darf ich gar niemandem erzählen. Aber ich fühle mich großartig dabei. Frohe Weihnachten!"

***

HEUTE

Wir sitzen noch immer im Auto auf dem Parkplatz und reden. Der Bettler, jetzt ganz in die Rolle des Parkwächters geschlüpft, winkt Autos heran, dirigiert und fuchtelt mit den Armen. Er deutet uns ungeduldig an, den begehrten Parkplatz zu verlassen. Ich fahre langsam los. Die Sonne ist heute mal herausgekommen und kleine Wölkchen schaukeln sacht am Himmel.

„Wohin?", frage ich.

„Weit kommen wir nicht bei diesem Verkehr, es ist eine schlechte Zeit, alle wollen zur Arbeit. Unser Nairobi hat sich verändert. Zu viele Autos, zu viele Menschen, zu viel Dreck. Sollen wir einfach Richtung Hurlingham fahren?"

Die Argwings Kodhek Road entlang war mein täglicher Weg ins Büro gewesen. Ich biege wie ferngesteuert links ab. Viele neue Apartment- und Bürohäuser. Ich fahre langsam, versuche, unser ehemaliges Bürohaus zu finden.

„Hier, Johnson, schau mal, hier war es doch!" Wir halten an. Eine hohe Mauer umgibt das Gelände.

„Es ist so lange her, Johnson. Wie ein früheres Leben."

„Ja, wie ein anderes Leben. Aber wir sind es, die in diesem Leben waren und noch sind. Du bist Memsahib und ich dein Boy!"

Ich will widersprechen, sehe aber an seinen Augen, dass er gerade etwas Witziges ausdrücken wollte.

„Stimmt", sage ich deswegen, „Ich bin deine Memsahib und daher befehle ich dir jetzt, mich ins nächste Café zu bringen. Ich habe noch nicht gefrühstückt!"

Wir wechseln die Sitze. Ich habe auch keine Lust, mich durch diesen Verkehr zu quälen. Lieber schaue ich mich genau um, versuche, Straßen und Plätze wiederzuerkennen und Nairobi auf mich wirken zu lassen. Wir unterhalten uns über meine alten Kollegen aus dem Büro, erin-nern uns an Menschen, die der Vergangenheit angehören. Und in meinem Kopf wird ein längst vergessenes Bild wieder lebendig.

***

Puppenauge

In modernen Entwicklungshilfebüros werden Einheimische ausgebildet

Sie hatte Augen wie eine Puppe, gläsern, ohne Seelenspiegel. Die gerade gewachsenen, dichten Wimpern, die ausgeprägten, gerundeten Augenlider und der starre Blick aus den kalten braunen Augen. Irgendwie erinnerten sie mich an meine kleine schwarze Puppe Cindy, die ich als Kind einmal besessen hatte.

Und doch, da war etwas, was mich neugierig machte. Ruhig hörte ich zu, stellte Zwischenfragen, entschuldigte mich, wenn das Telefon klingelte, und fuhr dann im Gespräch fort. Dabei blätterte ich das Bewerbungsschreiben, Zeugnisse und Referenzen durch. Sheila Neumann, ein südafrikanisches Waisenkind, von deutschen Missionaren erzogen, sechsundzwanzig Jahre alt, bereits drei Kinder, suchte Arbeit. Keine Berufserfahrung, kein richtiger Schulabschluss, ein halbes Jahr Sekretärinnen Kurs - da waren qualifiziertere Bewerberinnen. Wieder sah ich sie prüfend an. Diese Augen! Das Gesicht mittelbraun wie ein Mischling, flache Nase, ganz interessant. Beim Lachen versuchte sie, eine Zahnlücke oben links zu kaschieren. Schmale Taille, dicker Hintern. Sheila zündete ihre dritte Zigarette an. Sie hatte gefragt, ob sie rauchen dürfe, zog gierig den Rauch ein, wobei sich ihre Augen zu schmalen Schlitzen verengten.

„Gut", sagte ich endlich, „wir wollen es versuchen. Erst einmal drei Monate zur Probe, dann sehen wir weiter." Ich wusste nicht, warum ich das sagte. Die Worte waren mir, wie auf die Zunge gelegt, herausgefahren. Sheila schien nicht sonderlich erstaunt oder erfreut. Sie habe noch dies und jenes zu erledigen, und der fünfzehnte des Monats sei dann wohl okay.

Ich sah diesem Tag gespannt entgegen. In meinem Büro hatte ich eine Glastrennwand einbauen lassen und dahinter einen kleinen hellen Arbeitsplatz geschaffen. Als ich an diesem Morgen ins Büro kam, saß Sheila bereits hinter ihrem Schreibtisch und war dabei, die Schubladen einzuräu-men. Der Computer war eingeschaltet, wahrscheinlich hatte sie die installierten Programme durchforscht. Der Aschenbecher war zu dieser frühen Stunde schon halbvoll und sie hatte sich einen Kaffee organisiert. Freundlich und erwartungsvoll lächelnd saß sie da und wünschte mir einen guten Morgen.

Es gab keinen konkreten Plan für diesen ersten Arbeitstag und wie er ablaufen sollte, das wollte ich auf mich zukommen lassen. Zuerst einmal bat ich Sheila zu mir an den Schreibtisch. Als wir uns gegenüber saßen, erklärte ich ihr erst einmal das Firmenkonzept, wie viele Leute weltweit und hier in Kenia für die Gesellschaft arbeiteten, und dass ich selbst schon fünfzehn Jahre im Betrieb war.

Währenddessen hatte Sheila ein frisches Päckchen Zigaretten angebrochen, ihr Gesicht in die Hand gestützt und hörte zu. Ich konnte mich allerdings des Eindrucks nicht erwehren, dass sie nur so tat. Ihr Blick war so leer. Ich wechselte die Taktik.

„Wir gehen jetzt erst einmal durch alle Büros, und ich stelle Sie den Kolleginnen und Kollegen vor." Ich wartete, bis Sheila ihre Zigarette ausgedrückt hatte.

„Zuerst schauen wir uns erst einmal hier oben bei uns in der Projekt-Verwaltung um." Wir steuerten auf das erste Büro zu, wo eine junge Mitarbeiterin am Schreibtisch saß.„Leonida, ich möchte dir Sheila vorstellen. Sie wird bei mir vorne sitzen, die Besucher ein wenig abfan-gen, mir bei der Korrespondenz helfen und mich beim Einkauf unterstützen."

Leonida lächelte höflich, nur ein kurzes Aufblitzen in ihren Augen ließ erkennen, dass Vorsicht angesagt war.

Weiter zum nächsten Büro. „Jane, ich möchte dir Sheila vorstellen." Ich beobachtete scharf, und wieder verstand ich die Körpersprache der Kollegin, spöttisch gekräuselte Lippen, harte Augen. Ob Sheila das auch merkte? Aber sie schien nichts wahrzunehmen und lächelte freundlich. Der Rest der Runde wurde qualvoll, überall spürte ich Ablehnung, Neid und Eifersucht gegen die neue Kollegin.

Wieder in meinem Büro zurück, nahm ich mir Akten vor, und der Rest des Tages ging mit Erklärungen und Anweisungen vorüber, wobei sich Sheila eifrig Notizen machte. Zwischendurch verschwand sie und kam mit Büromaterial beladen zurück, das sie flink in und auf dem Schreibtisch verteilte. Dass sie noch nie auf einem Computer gearbeitet hatte, hatte sie verschwiegen und so erklärte ich ihr erst einmal, mit dem installierten Lernprogramm umzugehen. Um fünf Uhr teilte ich Sheila mit, dass sie nach Hause gehen konnte. Ich war sehr zufrieden mit dem ersten Tag.

Am nächsten Morgen war Sheila auch schon vor mir da und hatte schon begonnen auf dem Computer herum zu tippen. An diesem Vormittag war nicht viel Zeit, um sie einzuarbeiten. Erst nach der Mittagspause gab es Gelegenheit, ihr die erste Arbeit zu übergeben.

„Meinen Sie, Sie schaffen es schon, mit dem Schreibprogramm einen kleinen deutschen Brief zu schreiben?", wollte ich von ihr wissen und erklärte anschließend in kurzen Worten, in welchem Sinne das Schreiben abgefasst werden sollte. Als sie nickte, überließ ich sie ihrem Schicksal. Ich hatte mir gerade einen wichtigen Bericht vorgenommen, da stand Sheila schon mit einem Probeausdruck ihres Briefes neben mir. Ich legte ihn vor mich und starrte ungläubig auf das Geschriebene: Es war nicht nur stilistisch tadellos, sondern auch grammatikalisch völlig fehlerfrei und das noch auf Deutsch!

„Das ist schon sehr gut, das können wir so lassen." Ich gab den Brief zurück. Anfangs wolle ich noch ein bisschen mit Lob sparen und erst einmal abwarten, obwohl das Resultat wirklich unglaublich gut war. Sheila watschelte in dem ihr typischen Gang langsam zu ihrem Schreibtisch zurück, legte den Firmenbriefkopf in den Drucker und der Brief war fertig zur Unterschrift.

Ich hatte mich nicht getäuscht. Sheila entwickelte sich in den nächsten Wochen zu einer wirklich unersetzlichen Kraft und war eine große Entlastung. In dieser Zeit waren hatten wir uns besser kennengelert. Ich wusste nun, dass Sheila bei ihren Eltern wohnte und die Kinder dort in den Kindergarten gingen, dass sie morgens über eine Stunde Anfahrtsweg zum Büro hatte und dass sie sich von ihrem Mann trennen wollte, weil dieser sie schlug. Diese aufkommende Vertrautheit wurde von den Kolleginnen misstrauisch beobachtet. Immer wieder kam es vor, dass gerade dann eine ins Zimmer trat, wenn wir beide über irgendetwas herzlich lachten, was die Kolleginnen mit einem gekränkten Blick quittierten. Sheila schaffte es jedoch mit ihrem Humor und ansteckendem Lachen, auch einen Teil der Kolleginnen für sich zu gewinnen. Bald erfuhr ich, dass sie sich abends trafen, gemeinsam ausgingen, meist in die Disco, und die Wochenenden zusammen verbrachten. Morgens standen sie dann zusammen, erzählten und kicherten und ich freute mich, dass die Zeit der Ablehnung und des Misstrauens offensichtlich vorüber war.

Dann ergab es sich, dass das Büro plante, eine eigene kleine Reisestelle für die Flug- und Hotelbuchungen der Projektleiter einzurichten. Sheila wurde nach einer kurzen Einarbeitung mit dieser Aufgabe betraut und hatte auch eine Kasse unter ihrer Aufsicht, die sie monatlich mit der Buchhaltung abrechnen sollte. Auch diese Arbeit erledigte sie zur vollen Zufriedenheit und mit ihrem Humor und ihrer Hilfsbereitschaft eroberte sie bald die Sympathien der Mitarbeiter.

Bald darauf beschlossen Sheila und Nana, die in der Buchhaltung arbeitete und auch alleinerziehend war, eine gemeinsame Wohnung zu suchen. Ich unterstützte dieses Bestreben, erzählte von Wohngemeinschaften, wie sie in Deutschland üblich waren, und bald ging ich mit auf Wohnungssuche. Zwischenzeitlich mussten die beiden jedoch aus ihren bisherigen Wohnungen ausziehen und ich lud sie mit ihren Kindern ein, vorübergehend in mein kleines Gartenhäuschen einzuziehen.

Am Wochenende kamen sie an. Ich erschrak über die Masse an Menschen, die da aus dem Taxi krabbelte: Es waren nicht nur zwei Erwachsene, sondern vier, weil sie beide ihre Kindermädchen, Ayahs, mitgebracht hatten, und es waren nicht nur vier, sondern fünf Kinder, weil das eine Kindermädchen auch noch eine Tochter hatte. Ich überlegte hektisch, ob ich etwas sagen sollte, aber dann ließ ich sie alle erst einmal hereinkommen und machte Tee. Die Kinder liefen mit den Mädchen hinaus in den Garten, wo die vielen Enten, Gänse und Hühner bestaunt wurden.

Eigentlich erwartete ich nun eine Erklärung zu den zusätzlichen Personen. Sheila und Nana jedoch machten keinerlei Anstalten, sich hierüber auszulassen. So fragte ich, wo denn nun alle schlafen sollten. Das Gästehaus war nur für zwei Personen gedacht. Diese Tatsache wurde nur belächelt, und schon wurden Koffer und Kisten, Taschen, Bündel und Matratzen durch den Garten getragen und alle verschwanden schwatzend und lachend in dem Häuschen. Ich versuchte das aufkommende, ungute Gefühl und den Ärger zu verdrängen und tröstete mich mit dem Gedanken, dass das ja nur für kurze Zeit sein sollte.

Die nächsten Wochen wurden qualvoll. Es schien, als wäre ich der Gast und die anderen die Hausherren. Jeder Raum wurde mit Beschlag belegt, in der Küche brutzelten die beiden Hausmädchen ununterbrochen eigenartig anmutende Gerichte, irgendjemand lag ständig in der Badewanne oder saß vor dem Fernseher. Mein einziger Zufluchtsort blieb mein Schlafzimmer, das jedoch vor den Kindern auch nicht sicher war. Ich, die ich so stolz auf mein Haus und die schönen, zusammen gesammelten Möbelstücke war, musste mit ansehen, wie auf dem antiken Esstisch die Malsachen ausgebreitet wurden und die Stifte durch das Papier Kerben in der Politur hinterließen. Sie wissen es nicht besser, dachte ich und kaufte eine dicke Wachstuchdecke, die sich aber bald als Unterlage unter dem Laken im Gästehaus wieder fand. Der Grund war offensichtlich: Auf der Matratze waren unmissverständliche Flecken zu sehen und der Geruch war ebenso eindeutig. Ich war eines Tages, in Abwesenheit meiner Gäste, in das Gartenhaus gegangen und inspizierte dieses mit ansteigendem Entsetzen. Sogar der Toilettendeckel war zerbrochen. Wie stellte man bloß so etwas an? Die anfängliche Begeisterung der Wohnungssuche gehörte schon lange der Vergangenheit an. Die Unterbringung im Gästehaus schien völlig allen Ansprüchen zu genügen.

Sheila hatte sich in dieser Zeit sehr verändert. Immer öfter, direkt nach dem Büro, verschwand sie und kam nächtelang nicht nach Hause. Morgens war sie jedoch immer pünktlich am Arbeitsplatz zu finden und nachdem sie keine Anstalten machte, eine Erklärung über ihre nächtlichen Ausflüge anzugeben, wollte ich auch nicht zu sehr in sie dringen. Vielleicht hatte das Fernbleiben mit der bevorstehenden Trennung ihres Mannes zu tun. Oder es gab noch Dinge zu klären und vielleicht übernachtet sie dann einfach bei ihren Eltern. Aber ich wusste, dass diese Erklärung nicht zu Sheila passte und auch nicht zu ihrem übernächtigten Gesicht und den roten Augen.

Eines Abends war das Haus in einem besonders schlimmen Zustand. Nicht nur die Küche, wo sich schmutziges Geschirr mit Essensresten auftürmte, auch das Badezimmer hatten die Kinder in ein Schlacht-feld verwandelt. Das übergelaufene Wasser hatte seinen Weg bis in den Flur gefunden und unschöne Flecken auf dem Parkettboden hinter-lassen. Die Waschmaschine lief auf Hochtouren und davor lag noch ein ungewaschener, nach Fäkalien stinkender Wäschehaufen. Es war niemand im Haus, anscheinend wurde vorausgesetzt, dass für diese Aufräumarbeiten mein Hausangestellter Johnson zuständig sei. Ich stand noch geschockt in der Küche, als er gerade aus dem Garten her-einkam. Wir sahen uns nur entsetzt und ungläubig an.

„Es ist schrecklich, Madam", sagte er. „Ich war in der Mittagspause, und als ich wiederkam, sah es so aus. Ich war gerade unten im Gäs-tehaus, aber sie wollen nicht helfen kommen, sagen sie, sie müssen die Kinder ins Bett bringen und ich sei doch der Houseboy!" Er rollte aufgebracht mit den Augen und ich rannte wutentbrannt, ohne ihm Antwort zu geben, durch den dunklen Garten zum Gäste-haus, riss ohne anzuklopfen die Tür auf und wollte losschreien, als ich sah, dass lediglich die Kinder herumtobten und kein Erwachsener anwesend war. Johnson war mir nachgekommen.

„Sie müssen gleich nach mir weg gegangen sein, diese Weiber", rief er wütend, während er noch die Badezimmertür öffnete und sie dort auch nicht vorfand. Jetzt mussten erst einmal die Kinder versorgt wer-den. Das dauerte nur wenige Minuten, denn sie waren müde und leicht zu beruhigen. Johnson holte seine Frau, die aufpassen sollte, und ich ging mit wild klopfendem Herzen zurück ins Haus. Ich wollte einfach nur sitzen, ein Glas Wein trinken und reden. Johnson wusste mehr, das fühlte ich.

„Komm, nimm dir ein Bier und setzt dich zu mir", sagte ich und deute-te auf den freien Stuhl am Küchentisch. Wenn ich nicht so ein freund-schaftliches Verhältnis zu ihm gehabt hätte, hätte ich niemals erfahren, was an diesem Abend ans Licht kam. Afrikaner klären Unstimmigkeiten gerne unter sich. Weiße sind davon ausgeschlossen, weil sie so vieles nicht verstehen können, was afrikanische Tradition und Glauben gebieten. So erfuhr ich, dass die beiden Ayahs nicht nur tagsüber, sondern auch nachts verschwanden und im Dorf der Prostitution nachgingen, weil sie kein Geld von Sheila und Nina erhielten. Ein paar Mal wären sie auch mit Sheila unterwegs gewesen, die ja auch, Sie wissen schon, Madam ... Ich schüttelte den Kopf in Unglauben. Gleichzeitig ahnte ich, dass Johnson die Wahrheit sprach. Es passte auch alles zusammen und so langsam ergab sich aus den Puzzlestücken ein hässliches Muster.

Ich beschloss, diesem Zustand ein Ende zu bereiten, und zwar sofort. In Gedanken legte ich mir eine passende Rede zurecht, die auch meine Enttäuschung und Wut zum Ausdruck bringen sollte. Danach wollte ich ein Taxi rufen und die ganze Bagage hinauswerfen. Noch fest in solche Gedanken versunken, hörte ich draußen ein Auto vorfahren. In der Annahme, es sei Nana, öffnete ich die Tür.

Der Polizist, der mich freundlich ansah, fragte nach Sheila. Diese hatte sich ein paar Tage Urlaub genommen und ich hatte sie seitdem nicht gesehen. Nana und die Ayahs hatten sich die vergangenen Tage um die Kinderschar gekümmert und mir war es nicht entgangen, dass es ohne Sheila wesentlich ruhiger und angenehmer zuging. Heute war Nana noch nicht zurück und ich vermutete, dass sie nach dem Büro gleich zu ihrem neuen Freund gegangen war. Gewöhnlich kam sie dann aber gegen zehn Uhr zurück und blieb dann auch zu Hause. Tatsächlich fuhr jetzt gerade ihr kleines Auto in den Hof und sie stieg mit besorgter Miene aus, als sie das Polizeiauto sah.

Ich beantwortete dem Polizisten einige Fragen und auch Nana wurde gefragt, wann sie das letzte Mal Sheila gesehen habe. Das sei am Sonntagabend im Carnivore gewesen, Sheila habe zu viel getrunken und sie habe sie dann aus den Augen verloren. Der Polizist nickte und machte sich Notizen. Ich wollte unbedingt wissen, was gegen Sheila vorlag und fragte ihn. Die Antwort jagte mir Schauer über den Rücken: Es wurde ihr vorgeworfen, dass sie in mehreren Fällen Geldbeträge von Gästen, die sich unbekümmert auf der Tanzfläche tummelten, gestohlen habe. Weiterhin Drogenhandel innerhalb der Diskothek und in zwei Fällen sollte sie, unter dem Einfluss von Alkohol und Drogen, weibliche Gäste tätlich angegriffen haben. Wenn ich ehrlich war, traute ich ihr das alles zu. Ihre zweite Persönlichkeit, das hatte ich inzwischen erfahren, bestand aus Rücksichtslosigkeit und Brutalität. Sie tat grundsätzlich immer das, was in diesem Augenblick für sie von Vorteil war. Dabei war sie durchaus imstande, sich über alle Regeln menschlichen Sozialverhaltens hinwegzusetzen. Die Tatsache, dass sie trank, war auch nicht neu. Ich hatte sie einige Male stark betrunken erlebt und war abgestoßen und entsetzt gewesen.

Im Augenblick konnte man nicht viel tun, nur warten und hoffen, dass ihr nichts zugestoßen war. Als der Polizist sich verabschiedet hatte, nutzte ich die Gelegenheit, mich mit Nana über die Situation im Haus auszusprechen. Es waren nun fast vier Monate vergangen, seit sie bei mir eingezogen waren. Nun war ein Punkt erreicht, wo ich nicht mehr bereit war zu verhandeln. Nana war verständig und so wurde ein gutes ruhiges Gespräch daraus. Gemeinsam wollten wir eine Lösung finden. Gleich morgen sollte ein Makler aufgesucht werden, um bei einer Woh-nungssuche behilflich zu sein. Aber nun galt es erst einmal Sheila zu finden. Nana hatte keine Ahnung, wo sie suchen konnten, und sie beschlossen, obwohl es schon spät war, ins „Carnivore" zu gehen, um in der Clique herumzufragen.

Am nächsten Morgen wachte ich mit hämmernden Kopfschmerzen auf. Ein Blick auf die Uhr sagte mir, dass ich auch noch verschlafen hatte. Erst eine heiße und kalte Dusche brachte meine Lebensgeister zurück. Ich rief im Büro an, um mitzuteilen, dass ich später käme. Mein Frühstück ließ ich mir nicht nehmen. Die stille Stunde am Morgen mit dem Blick in den tropischen Garten gehörte einfach dazu. Ich war erst spät nachts alleine zurückgekommen. Nana hatte noch Freunde getroffen und wollte mit dem Taxi nachkommen. Gefunden hatten wir Sheila nicht, und auch die Hinweise aus den Reihen ihrer Freunde waren eher dürftig gewesen. Ja, sie sei öfter im „Carnivore" gewesen die letzten Wochen, ja, sie hätte üblicherweise viel getrunken, von Drogen wollte natürlich niemand etwas wissen und ebenso wenig von Diebstahl. Die Polizei sei auch schon da gewesen und hatte ähnliche Fragen gestellt.

Nana hatte sich dann entschlossen, bei der Clique zu bleiben, und ich war mit meinem Glas herumgewandert, hatte auch Bekannte getroffen, getanzt und ein bisschen viel von dem Spezialgetränk „Dawa" getrunken, das aus Vodka, Honig und Limone bestand.

Nach dem Frühstück lief ich zum Gästehaus hinunter, um Nana zu wecken und sie mit ins Büro zu nehmen. Eines der Kindermädchen öffnete verschlafen die Tür. Nein, Nana sei nicht nach Hause gekommen und übrigens, Geld habe sie auch keines mehr.

„Zahlen eure Freier nicht?" Wütend zog ich einen Schein aus der Tasche und gab ihn dem Mädchen.

„Ihr könnt eure Sachen schon mal packen, ihr zieht heute noch aus!",
rief ich ihr im Weggehen zu. Ich wusste, dass ich die Falschen bestrafte.
Die beiden konnten überhaupt nichts dafür, hatten kein Geld für Essen
bekommen und trugen noch die Verantwortung für die Kinderschar.
Als ich meinen Wagen auf dem Parkplatz des Büros parkte, sah ich,
wie gerade ein Polizeiauto vor der Einfahrt hielt. Ein unangenehmes
Gefühl beschlich mich und ich wartete, bis die Polizisten ausstiegen.
„Kann ich Ihnen helfen?", fragte ich und hoffte, die Männer mochten
aus irgendeinem Grund gekommen sein, bloß nicht wegen Sheila.
„Wir kommen wegen Sheila Neumann." Sie sprachen es wie Newman
aus.
„Bitte kommen Sie mit in mein Büro", sagte ich, und das unangenehme Gefühl ließ mich nicht los. Neugierig schauten die Kolleginnen in
ihrer Abteilung hoch, als ich voran, gefolgt von vier Polizisten, in mein
Büro ging und die Tür schloss.
„Bitte nehmen Sie Platz, ich bringe Ihnen gleich einen Tee", sagte ich
und ging in die kleine Küche nebenan. Meine Kollegin Ingrid aus der
Buchhaltung öffnete die Tür und fragte sofort neugierig: „Was ist denn
los, was will die Polizei denn bei dir? Übrigens, kannst Du bitte nachher mal runterkommen, die Abrechnungen von Sheila sind nicht kor-
rekt, es sieht ganz so aus, als habe sie Geld unterschlagen!"
O Gott, auch das noch. Ich murmelte eine Antwort und versprach,
später vorbeizukommen.

„Was kann ich für Sie tun?", fragte ich wenig später und setzte mich zu
den Polizisten an den Besuchertisch. Insgeheim hatte ich gehofft, dass
Sheila wie immer an ihrem Schreibtisch sitzen würde, mit einem ent-
schuldigenden Grinsen, das ihre Zahnlücke freilegte. Aber leider sollte
dieser Tag, der schon so schlecht begonnen hatte, nicht besser werden.
Man hatte Sheila, völlig alkoholisiert und randalierend, in einer übel
beleumundeten Bar in der River Road aufgegriffen und mit auf die
Polizeistation genommen. Dort hatte man nach einer Leibesvisitation
mehrere Tütchen mit diversen Rauschgiften gefunden, sowie einen
hohen Geldbetrag, der in ihrem Büstenhalter eingenäht war. Sie hatte
sich geweigert, eine Aussage zu machen und lediglich die Büroadresse
angegeben. Jetzt sollte sie in Untersuchungshaft bleiben und auf den
Tag der Gerichtsverhandlung warten. Ich musste an den Zustand der
lokalen Gefängnisse denken und schauderte. Es musste etwas unternommen werden, um sie wenigstens auf Kaution herauszubekommen.
Ich bedankte mich bei den Polizisten, schrieb mir die Adresse der Polizeistation auf und rief anschließend einen Rechtsanwalt an.

Es war nicht einfach gewesen, alle Papiere zusammenzutragen, um eine Kaution für Sheila zu erwirken. Der ganze Tag war draufgegangen und trotz der Bemühungen und guten Beziehungen des Anwaltsgehilfen, fehlte dann letztlich noch die Unterschrift des Obersten Richters. Die Möglichkeit eines Schnellverfahrens war somit in weite Ferne gerückt. Das konnte dauern. Tage, Wochen, im schlechtesten Fall Monate. Mit dem Rechtsanwalt hatte ich mich abends auf der Polizeistation verabredet. Wir wollten versuchen, trotzdem eine Besuchserlaubnis zu erhalten. Ich nutzte die Zeit dazwischen und besorgte ein paar Sachen für Sheila. Kosmetika, Sandwiches, Wasser und frische Wäsche.

Als ich die Tür zur Polizeistation öffnete, saßen da Sheilas Pflegeeltern mit versteinerten Gesichtern, die Blicke auf den Boden gerichtet. Mein Gruß wurde nicht erwidert, an ein Gespräch war nicht zu denken. Ich war erschrocken über die feindliche Haltung mir gegenüber. Mir fiel auf, dass sie Sheila nichts mitgebracht hatten. Was waren das nur für Leute? Meine Gedanken wurden unterbrochen, als sich die Zellentür öffnete und Sheila von einer streng aussehenden Polizistin in Handschellen herausgeführt wurde.

Einen Augenblick musste ich die Augen schließen und tief durchatmen, denn ihr Anblick erschreckte mich zutiefst. Das erste Mal spürte ich eine emotionale Reaktion bei der Pflegemutter, als diese tief aufseufzte. Wenn ich jetzt Sheila in diesem Zustand auf der Straße getroffen hätte, wäre ich an ihr vorübergegangen, ohne sie zu erkennen. Das Gesicht und ein Auge waren zugeschwollen, und die Haut wies dunkelviolette Flecken auf. Die Oberlippe war aufgeplatzt und von verkrustetem Blut bedeckt. Ihre sonst so mühsam geglätteten Haare klebten am Kopf und sahen ungesund stumpf aus. Die Kleider waren dreckverkrustet, die zerrissene Bluse hielt Sheila vorne mit zitternden Händen zusammen. Die Schuhe hatte man ihr abgenommen und das gab den Blick frei auf ihre schmutzigen Füße mit dem abgeblätterten, blutroten Nagellack. Sie hielt jedoch den entsetzten Gesichtsausdrücken trotzig stand und lächelte mich schließlich verlegen an. Keiner sagte ein etwas. Es war der Pflegevater, der schließlich das Wort ergriff: „Lasst uns beten", sagte er und senkte den Kopf. „Großer Gott, vergib dieser armen, verirrten Seele und gib ihr Frieden. Amen." Keine Berührung, kein persönliches Wort, keine versöhnliche Geste. Arschloch, dachte ich und ging auf Sheila zu, wurde aber gleich von der Polizistin auf Abstand gehalten.

„Den Kindern geht es gut, ich kümmere mich um alles", sagte ich. Ich bringe dir jeden Tag Essen, die Küche hier ist ja wohl nicht so zu empfehlen, oder?"

Mein letzter Satz sollte witzig sein und zur Auflockerung der angespannten Situation beitragen, und ich war dankbar, als Sheila lachte.

„Wir müssen bis zur Gerichtsverhandlung warten, es wird alles gut. Mach dir keine Sorgen, du kommst auf Kaution raus", redete ich ihr gut zu.

„Es tut mir leid", sagte Sheila jetzt zu ihren Eltern gewandt. „Ich habe Scheiße gebaut."

Diese kniffen nur die Lippen zusammen und blickten zu Boden. Dann wechselten sie ein paar Worte mit dem Rechtsanwalt und verließen grußlos den Raum.

Sheila sah mich an. Da waren sie wieder, die Puppenaugen. Was war ihr wahres Gesicht? Mein Kopf war leer. Ich konnte meine eigenen Gefühle nicht mehr einschätzen. Wut, Ärger, Enttäuschung, Mitleid, alles empfand ich gleichzeitig. Am besten war wohl, darüber zu schlafen und am anderen Tag wiederzukommen. Gerade wollte ich Sheila das sagen und mich verabschieden, da sagte sie leise: „Warte." Ich schaute ihr tief in die kalten Augen, die sich jetzt mit Tränen füllten.

„Es ist furchtbar da drin. Sie haben mich da hinein gestoßen, es ist stickig, heiß und dunkel. Zuerst war ich alleine, aber dann wurden immer mehr Frauen gebracht. Wir sitzen da drin, Schulter an Schulter. Es stinkt bestialisch nach Pisse und Kotze. Ich halt das nicht aus. Hol mich hier bitte schnell raus!" Ihre Schultern zuckten und Tränen rannen über ihr Gesicht. Sie wischte sich die Nase am Ärmel an. „Ich hab Angst."

Mein Mitleid überwog und ich nahm Sheila in den Arm. Die Polizistin drängte uns unsanft auseinander und schob Sheila zur Zellentür.

„Bis morgen", konnte ich noch sagen, dann war sie verschwunden.

Der nächste Tag im Büro brachte zutage, dass Sheila es innerhalb der letzten Monate geschafft hatte, größere Geldbeträge zu unterschlagen. Ich wollte Einzelheiten gar nicht wissen, ließ mir den Ausdruck geben und steckte ihn in die Handtasche. Das empfundene Mitleid war wieder der alten Wut gewichen und ich nahm mir vor, beim nächsten Besuch Sheila in keiner Weise zu schonen. Nana war bedrückt, als ich ihr alles erzählte und versprach mit mir zusammen, nach dem Büro, Sheila zu besuchen.

Doch zuerst wollten wir kurz nach Hause fahren und das von Johnson vorbereitete Essen abholen. Als wir auf das Tor zufuhren, wurde dieses gerade geöffnet und ein weißer Lieferwagen verließ den Hof. Ich stieg aus und fragte Johnson, der das Tor geöffnet hatte: „Wer war das denn?"

„Sheilas Eltern, sie waren hier und haben die Kinder abgeholt und die Ayahs sind auch gleich mitgefahren."

Er war sichtlich froh darüber. Ich konnte nicht glauben, was ich gerade erlebt hatte. Die sahen mich kommen und hielten es noch nicht einmal für nötig, mich zu begrüßen oder sich zu bedanken, geschweige denn zu fragen, ob sie mir etwas für die ganze Aktion schuldeten. Ich schlug wütend die Autotür zu. Nanas kleiner Sohn saß verschüchtert in der Küche, Johnson hatte ihm einen Kakao gemacht. Er strahlte Nana an, die ihn auf den Schoß nahm und liebkoste. Johnson packte den Picknickkorb mit Mengen von Kartoffelsalat und Schnitzel, genug für alle Inhaftierten und Wachleute zusammen, und vergaß auch nicht eine große Flasche Cola, die Sheila so mochte.

Es war schon dunkel, als wir aus dem Gelände fuhren. Es nieselte leise und stetig aus tief hängenden Wolken. Ich öffnete das Fenster und ließ den Geruch der nassen Erde hinein. Nana zündete eine Zigarette an und gab sie an mich weiter, bevor sie sich selbst eine nahm. Eine vertraute Geste, eine Erinnerung an den Anfang unseres gemeinsamen Haushaltes.

„Ich werde aus Kenia weggehen", sagte Nana und sah zum Fenster hinaus. „Wir werden mit Tim nach Kanada gehen, und ich will wieder singen und arbeiten und das hier alles vergessen. Ich will wieder glücklich sein, weißt du!"

Sie hatte sich jetzt mir zugewandt und sah mich fragend an.

Nana hatte Tim bei mir im Haus kennengelernt, als er das Klavier stimmen kam. Sie hatte bei ihm gestanden und zugesehen und bald konnte ich ihre wunderbare Altstimme hören und Tim spielte auf dem Klavier dazu. Es war Liebe auf den ersten Blick. Nana war sehr vorsichtig mit ihren Gefühlen gewesen, hatte sie zurückgehalten, denn schließlich war Tim weiß und aus Kanada; irgendwann würde er wieder zurückgehen und sie vergessen. Aber Tim hatte auf seine liebenswürdige und seriöse Art um sie geworben und Nana erkannte, dass er sie wirklich liebte. Ich freute mich so sehr über die Nachricht, dass ich erst einmal an die Seite fuhr und Nana stumm umarmte.

„Ich freue mich so für dich", sagte ich, und wir beide weinten ein paar Tränchen, die wir aber lachend abwischten, und dann schwatzten wir über Nanas Zukunftspläne, bis wir vor der Polizeistation standen.

Heute hatte eine andere Polizistin Dienst und ich musste erklären, zu wem wir wollten. Der Essenskorb wurde inspiziert und die Frau fuhr jetzt mit dem Finger über die Liste der Inhaftierten.

„Newman, Newman", murmelte sie, während sie das Blatt vor sich inspizierte.

„Die ist nicht mehr hier", sagte sie endlich. „Abgeholt heute um 14.35 Uhr." Dabei schaute sie begehrlich auf den Korb. Nana und ich sahen uns sprachlos an und bestürmten die Polizistin mit Fragen. Diese schüttelte jedoch bedauernd den Kopf, weitere Auskünfte sei sie nicht befugt zu geben. Dabei lagen ihre Hände bereits besitzergreifend auf dem Korb. Nana verstand die Geste und gab ihr zu verstehen, dass sie diesen samt Inhalt behalten dürfe, wenn sie ein paar mehr Informationen geben würde. So erfuhren wir, dass Sheila von ihren Pflegeeltern abge-holt worden war. Sie hätten alle notwendigen Papiere vom Gericht dabei gehabt und dort auch die Kaution bezahlt. Na wunderbar, dachte ich, nicht mal angerufen hat sie, um mir das zu sagen. Nana sprach es laut aus, und so blieb nichts weiter zu tun, als zu gehen.

So kam diese Geschichte zu einem Ende. Nana reiste tatsächlich mit ihrem Tim und dem Kleinen nach Kanada. Zum Abschied schenkte ich ihr einen großen Koffer und brachte sie zum Flughafen. Eine Zeit lang erhielt ich Postkarten und erfuhr so, dass Nana geheiratet hatte. Die Pflegeeltern von Sheila meldeten sich nicht bei mir, bezahlten aber den unterschlagenen Betrag an das Büro zurück. Einmal sah ich sie in einem Einkaufszentrum, ein kurzer Augenkontakt und sie waren wie vom Erdboden verschluckt. Von meinen Kolleginnen erfuhr ich, dass diese gehört hätten, dass Sheila wieder mit ihrem Mann und den Kindern in Zambia sei und ihr viertes Kind erwartete. Ich hörte nie wieder von ihr.

***

HEUTE

„Ich hatte dich gewarnt. Sie war schlecht. Du hast mir nicht geglaubt. Manchmal warst du nicht bei dir." Johnson manövriert unser Fahrzeug sicher durch den dichten Verkehr und biegt in die Bishops Road ein. Er dreht sich kurz zur Seite und wirft mir einen vorwurfsvollen Blick zu. „Und ich hatte all die Arbeit mit ihnen. Nana war anders. Sie war freundlich, aber Sheila hat sie verdorben. Der Mzungu, den Nana geheiratet hat, war auch gut, er hatte gute Augen." Johnson besitzt eine Menschenkenntnis, die mich in all den Jahren immer wieder erstaunt hat.
Wir fahren auf den Parkplatz des Fairview Hotels.
„Das sieht ja richtig elegant aus! Ich habe das so ein bisschen herunter-

gekommen in Erinnerung! Der Teich, schau mal, Johnson, wie früher bei uns im Garten! Nur ist der Rasen hier viel schöner, das hatten wir nie so im Griff."

„Weil Tonia immer mehr Enten und Gänse gebracht hat, und du hast es erlaubt. Zum Schluss war alles voll – du weißt schon mit was."

„Ja, ich weiß, jetzt gibst du es mir aber richtig! Lass uns erst einmal frühstücken gehen."

Die überdachte Terrasse spendet Schatten an diesem sonnigen, späten Vormittag. Wir suchen uns einen Tisch mit Blick in den tropischen Garten aus. Der Ober weist uns den Weg zum Frühstücksbuffet, das wir begeistert und hungrig in Augenschein nehmen. Unsere Teller füllen sich schnell.

Johnson sieht sich um.

„Fast alles Touristen", stellt er fest. „Keiner schaut uns komisch an."

„Ja, vor nicht allzu langer Zeit hättest du mit mir hier nicht essen dürfen. Jetzt sind wir alle gleich. Das ist gut so."

„Ich weiß noch, wie ich als kleiner Junge mit meiner Mutter auf die andere Straßenseite gehen musste, wenn ein Mzungu entgegen kam. Heute ist das anders. Mein Volk darf sich mit deinem vermischen. Das ist alles ganz normal heute. So wie bei deiner Freundin Laura."

„Ja, die gute Laura. Sie ist immer noch in Uganda. Eigentlich wollte ich sie auch noch besuchen, vielleicht schaffe ich das noch. Oder sie kommt her, mal sehen. Ich möchte sie nach all den Jahren unbedingt wieder treffen."

***

Mitleidig
Eheliche Verbindungen zwischen schwarz und weiß sind noch immer selten

Männer spielten im Leben Lauras eine große Rolle. Sie hatte viele geliebt – große, kleine, dicke, dünne, glatzköpfige, langhaarige, junge, alte, dunkel- und hellhaarige. Sie war nicht besonders wählerisch, nur eine Voraussetzung mussten sie alle erfüllen: Sie sollten etwas an sich haben, derenthalben man sie von Herzen bemitleiden konnte. Selbstsichere, erfolgreiche Männer waren ihr ein Gräuel, und nichts konnte sie mehr abstoßen als ein gut aussehender, cooler Typ mit Geld, geschliffenen Manieren und keinem Punkt, an dem sie ihre Mitleidskralle einhaken konnte. Mit der Zeit hatte sie einen geübten Blick entwickelt für Loser, Penner, Kranke, Selbstmordkandidaten, Junkies, Arbeitslose. Die wurden dann umgarnt und hemmungslos beflirtet, bis sie in ihrem Netz gefangen waren. Sie konnten ihr Glück kaum fassen, denn Laura war schön, und sie war noch keine dreißig. Am auffälligsten an ihr war ihr etwas zu groß geratener Mund mit weiß blitzenden, gleichmäßigen Zähnen, die sie gerne zeigte und daher viel lachte. Eine hübsche gerade Nase, große Augen, von einem dunklen Blau, das an das Meer denken ließ, mit schwarzen Wimpern und Augenbrauen. Sie war nicht groß, aber schlank und kleidete sich gerne feminin. Ihre dunkelbraunen Haare ließ sie im Stil der zwanziger Jahre zu einem Bubikopf schneiden und sie hatte eine Vorliebe für große, dunkle Sonnenbrillen. Wenn sie so mit übergeschlagenen Beinen in einem schwarzen Kleid und mit einer Zigarettenspitze in der Hand auf einem Barhocker saß, konnte sie leicht für ein Double von Audrey Hepburn durchgehen.

Niemandem aus ihrem Freundeskreis war klar, warum sie Männer suchte, die ihr nicht im Entferntesten das Wasser reichen konnten und was sie an ihnen faszinierte. Denn sie war zudem noch eine intelligente und tüchtige Frau, besaß einen kleinen Buchladen in der Altstadt, organisierte dort Dichterlesungen oder Künstlertreffs und hätte an jedem Finger zehn anständige Männer haben können. Sie lachte nur, wenn man sie fragte, und schon hatte sie wieder einen Neuen, den sie herumreichte, ihr Netzwerk arbeiten ließ, bis er wieder Fuß gefasst hatte. In dieser Zeit wohnten die Männer bei ihr in der Dachwohnung über dem Buchladen. Wenn sie dann fand, dass sie wieder stabil und gesellschaftsfähig waren, ließ sie sie fallen. Wie sie es anstellte, dass keiner dieser Verflossenen böse darüber war, nein, im Gegenteil, sogar herzliche, freundschaftliche Bande zu ihr pflegte, blieb ihr Geheimnis. War sie zwischendurch einmal solo, wanderte sie mit ihren Freunden durch Bars und Kneipen und ihre Augen suchten unruhig, bis sie ein neues Opfer gefunden hatten. Nicht selten befanden sich bei diesen Streifzügen auch „Ehemalige" in der Clique, die dann Zeuge wurden, wie sie ihre neuen Fäden spann. Aber niemals gab es darüber Streit oder Feindseligkeiten, es war einfach so, denn sie besaß ein liebenswertes Wesen, sodass man ihr nicht böse sein konnte.

Man fragte sich natürlich, ob Laura diese Männer wirklich geliebt hatte, oder ob sie ihnen einfach nur helfen wollte. Niemand wusste, ob sie mit ihnen schlief, oder nur Obdach gewährte. Sie schwieg sich darüber aus, sprach niemals darüber. Aber wenn man sah, wie zärtlich sie mit ihnen in der Öffentlichkeit auftrat, wie sie besitzergreifend den Arm um sie legte oder sie küsste, hätte jeder schwören können, sie sei gerade ihrer großen Liebe begegnet.

Einmal jedoch war etwas anders als sonst. Sie zogen wieder einmal durch die Kneipen, lachten viel und tanzten, und Laura war ein bisschen beschwipst. Sie war gerade ohne Begleiter und schien auch nicht in der Laune zu sein diesen Zustand zu ändern. Du wirst alt, scherzten die Freunde, als sie bemerkten, dass ihre Augen nicht wie sonst auf Wanderschaft gingen. „Vielleicht", antwortete sie und lachte. Gegen drei Uhr früh brachen sie auf, Laura hatte ihre Schuhe in der Hand, die ihr beim Tanzen unbequem geworden waren, und so traten sie hinaus in die laue Sommernacht. Sie waren alle in bester Stimmung, benebelt von Wein und Musik und Laura schlug vor, zu einem Absacker in ihre Stammkneipe zu gehen. Der Wirt hatte Tische und Stühle nach draußen gestellt und wer keinen Sitzplatz hatte, stand mit seinem Glas auf der Straße. Sie kämpften sich zur Theke durch und holten sich eine Flasche Wein.

Wie es gekommen war, dass sie plötzlich einem großen, schwarzen Mann in den Armen lag, hatte niemand gesehen. Laura behauptete später, sie sei mit ihrem Absatz hängen geblieben, gestolpert und von ihm aufgefangen worden. Aber hatten ihre hochhackigen Sandaletten nicht unter dem Tisch gestanden? Egal, es war eben so und sie zog ihn nun mit zu ihren Freunden. Er war ein wirklich umwerfend aussehender Mann, groß, mit muskulösem Körper, sein dunkles Gesicht ebenmäßig geschnitten und seine Hände lang und fein. Sein Name war Jackson und er kam aus Uganda. Sein Medizinstudium in Deutschland näherte sich dem Ende zu. Er wollte danach wieder zurück nach Afrika, um sein Wissen dort einzusetzen. Er war ein wunderbarer Unterhalter und es wurde noch eine vergnügte Nacht. Erst in den frühen Morgenstunden brachen sie auf. Die Vögel zwitscherten schon und sie beschlossen, noch irgendwo einen Kaffee zu trinken und dann nach Hause zu gehen.

Dieser Abend hatte schon anders angefangen und so ging es auch weiter. In den folgenden Wochen war Laura ungewöhnlich ruhig und nachdenklich. Die Freunde beobachteten sie und stellten fest, dass sie keinerlei Anstrengungen unternahm, ihrer alten Suchtätigkeit nachzugehen. Wenn sie jetzt unterwegs waren, verhielt sie sich ganz normal, keine verlorene Männerseele konnte ihr Interesse auf sich ziehen. Die Freunde waren schon fast enttäuscht. Irgendetwas fehlte, und man munkelte untereinander dies und jenes. So manch einer ihrer männlichen Freunde machte sich insgeheim Hoffnung auf eine etwas tiefer gehende Freundschaft, und diese Tatsache schuf plötzlich Unfrieden in der Clique. Laura merkte von all dem nichts. Ab und zu war Jackson dabei und es war nicht zu übersehen, dass er Laura intensiv den Hof machte. Sie reagierte charmant, aber wenn man sie kannte, wusste man, dass ein wichtiges Element bei Jackson fehlte, um ihn für sie interessant zu machen. Aber das konnte er natürlich nicht wissen. Er hatte so ganz und gar nichts Bedauernswertes an sich, beim besten Willen nicht. So lief das alles auf einen Endlosflirt hinaus und es war ebenfalls nicht zu übersehen, dass er darunter litt.

Die Wintermonate wurden etwas ruhiger. Laura hatte jetzt viel zu tun in ihrem Buchladen, organisierte vorweihnachtliche Lesestunden für Kinder und, angeregt von Jackson, einen afrikanischen Poetenabend, dem sie voller Spannung entgegensah. Sie hatten sich in den vergangenen Wochen einige Male getroffen. Er hatte sie immer artig bis zum Buchladen gebracht, sie hatte ihn jedoch niemals hinauf gebeten. Die Freunde hatten dieses Katz und Maus Spiel mit gemischten Gefühlen beobachtet. Einerseits wollten sie Laura glücklich sehen, andererseits sie auf keinen Fall verlieren, denn sie ahnten, dass sich da vor ihren Augen etwas entwickelte, wovon die beiden noch nicht die geringste Ahnung zu haben schienen.

Kurz vor Weihnachten, es war an dem afrikanischen Poetenabend, gestand Laura ihren Freunden, dass sie sich in Jackson verliebt hatte. Sie behauptete, sie hätte doch noch etwas Bemitleidenswertes an ihm gefunden. Was das war, wollte sie aber nicht preisgeben. Jedenfalls war er an diesem Abend sehr viel früher zum Buchladen gekommen und hatte an ihrer Haustür geklingelt. Laura war gerade in der Badewanne gewesen und hatte ihn mit einem Drink im Wohnzimmer warten lassen. Er hatte ihr ein großes Paket mitgebracht, und als sie es geöffnet hatte, war darin ein kostbares, buntes Gewand mit einem passenden

Kopftuch aus seinem Heimatland gewesen. Sie war ihm spontan um den Hals gefallen und da musste es passiert sein. Sie hatten sich einen Augenblick zu lang im Arm gehalten, um dem dann folgenden Kuss entgehen zu können. Die Idee, dieses Kleid zu dem afrikanischen Abend anzuziehen, stellte sich als wirklich genial heraus. Nicht nur, dass sie einfach hinreißend darin aussah und anhaltenden Applaus ihrer Gäste dafür bekam, es war auch noch unglaublich werbewirksam in der Form, dass am nächsten Morgen ihr Foto auf der Titelseite der lokalen Zeitung prangte. Nur ihre Freunde konnten das verräterische Strahlen in ihren Augen erkennen, das an diesem Abend ganz deutlich zu sehen war.

„Laura ist verliebt", flüsterten sie sich zu und lächelten wissend.

Ja es stimmte schon, dass Laura verliebt war. Sie stand dieser Tatsache jedoch sehr zwiespältig gegenüber. Die vielen Jahre, in denen sie sich die Männer nach einem bestimmten Muster ausgewählt hatte, hatten ihre Spuren hinterlassen. Krampfhaft suchte sie nach irgendeiner Tatsache in Jacksons Leben, mit der sie Mitleid haben konnte, aber sie fand einfach nichts. Er kam aus reichem Haus, war nicht barfüßig und hungrig zwei Stunden zu Fuß zur Schule gelaufen, seine Eltern lebten noch und erfreuten sich bester Gesundheit, und dass an ihm keine körperlichen Mängel zu entdecken waren, hatte sie bereits Gelegenheit gehabt, festzustellen. Sie war schon bereit gewesen, einen Psychiater aufzusuchen und ihn um Rat zu fragen, als sie dann endlich doch noch einen Mangel zu entdecken glaubte. Natürlich, das musste es sein. Er ist dunkelhäutig, das ist doch sicherlich ganz schrecklich für ihn, so als Minderheit hier in Deutschland zu leben, unter all den verkappten Rassisten. Wer weiß, was er schon alles erleiden musste, der Arme. Das waren ihre Gedanken und sie war sehr zufrieden damit.

Nur gut, dass sie ihn niemals darauf angesprochen hatte, denn dann hätte sie nämlich erfahren, dass er sich keinesfalls diskriminiert fühlte in Deutschland, niemals schlechte Erfahrungen gemacht hatte, und dass er stolz auf seine Hautfarbe war. Es ist also anzunehmen, dass ihr Unterbewusstsein ihr verboten hatte, ihm eine diesbezügliche Frage zu stellen.

Es gab eine kombinierte Hochzeits- und Abschiedsparty in Lauras Buchladen. Jeder war gekommen, das Wunder zu bestaunen, nicht nur den exotischen Ehemann, der in seinem traditionellen Gewand für Aufsehen sorgte, sondern auch die Tatsache, Laura endlich unter der Haube zu sehen. Die engsten Freunde rätselten herum, was Laura denn nun Bemitleidenswertes an Jackson gefunden haben mochte und hofften kichernd zu Lauras Gunsten, dass es nichts mit seiner Manneskraft zu tun haben möge. Das waren natürlich keine ernst gemeinten Bedenken und dem fortgeschrittenen Abend, samt gut zugesprochenem Alkohol, anzukreiden.

So kam es, dass Laura aus der kleinen Stadt verschwand und mit ihrem Mann nach Uganda zog. Sie hinterließ eine Gruppe untröstlicher Freunde, die sie aber reichlich mit Briefen und Fotos verwöhnte. Unter den vielen Bildern, Laura auf Safari, Laura mit Jackson, Laura mit Familie, Laura am Meer, und wieder Laura mit Jackson, fanden sie eines, was sie ohne Worte, aber mit wissendem Grinsen herumreichten. Es zeigte Laura inmitten einer Gruppe Kinder, denen sie scheinbar gerade etwas erklärte. Hinten hatte sie drauf geschrieben: Stellt Euch vor, ich arbeite jetzt jeden Tag ein paar Stunden hier mit den armen bemitleidenswerten Straßenkindern. Es erfüllt mich sehr!

***

HEUTE

Wir haben unser Frühstück beendet und lehnen uns gesättigt zurück.
„Ich wollte dich schon immer fragen, wie Laura und Jackson sich kennengelernt haben. Jetzt kann ich eine Frage in meinem Kopf streichen." Johnson nickt zufrieden.
„Hast du denn noch mehr Fragen?"
„Viele, aber nur noch eine, die mir wichtig ist. Aber später, Memsahib, später. Zuerst frage ich dich, ob du an Voodoo glaubst. Bei mir im Dorf wurde ich immer gefragt, ob du eine Hexe bist. Weißt du, was ich geantwortet habe?"
„Ich, eine Hexe? Das hast du mir nie erzählt!"
„Weil an deinem Gartentor und am Haus so viele afrikanische Masken und Holztiere hingen. Du hattest auch den lachenden Teufel vom Mount Kenya im Garten aufgestellt, sodass jeder, der vorbei ging, ihn sehen konnte. Die Leute fingen zu reden an."
„Und was hast du ihnen geantwortet?"
Johnson sieht mich verschmitzt an. „Natürlich ist sie eine Hexe, habe ich gesagt, was meint ihr, warum sie so viele Hunde hat! Das sind alles verzauberte Menschen, die irgendwann einmal schlecht zu ihr waren."
Einen Moment sehen wir uns an, dann prusten wir gleichzeitig los. Wir lachen so, dass der Ober uns Papierservietten bringt, damit wir

uns die Lachtränen aus den Augen wischen können. Ich verschlucke mich, Johnson klopft mir auf den Rücken. Als wir wieder reden können, malen wir uns aus, wer die Hunde gewesen sein könnten.

***

Wandlung

Aberglaube und Voodootechniken sind noch weit verbreitet in Afrika

Die Beerdigung war vorüber, der Pfarrer lief mit langsamem Schritt in Richtung Parkplatz. Lena stand noch eine Weile an dem offenen Grab. Als ein leichter Regen einsetzte, machte sie sich auf den Heimweg. Ihr Gang war schleppend, die Schultern fielen nach vorne, und mit ihrem in die Jahre gekommenen, abgewetzten schwarzen Mantel und dem kleinen Hut mit dem Schleier, fühlte sie sich wie eine alte Frau.

Außer ihrem alten Koch waren nur ein paar Nachbarn bei der Beerdigung dabei gewesen, und selbst die waren ihr nicht vertraut und die gemurmelten Beileidsbezeugungen gaben ihr keinen Trost. Sie kannte die Leute kaum, und sie wollte auch nichts mit ihnen zu tun haben. So hatten sie und Gert es immer gehalten, und so sollte es auch bleiben. Mit Nachbarn gab es immer nur Streit, oder sie borgten sich ständig etwas aus, oder noch schlimmer, belästigten einen mit ihren privaten Problemen.

Lena ging direkt nach Hause. Sie wohnte in einem kleinen Häuschen am Stadtrand, das sie und ihr Mann mit eigenen Händen erbaut hatten. Während des Mau-Mau Aufstandes waren ihre beiden Eltern vom Hochland Kenias nach Nairobi geflohen, nachdem ihre englischen Nachbarn brutal umgebracht worden waren. Nur ihren Koch hatten sie mitgenommen, der, trotz der Drohungen seiner Stammesgenossen, nicht den Eid des Geheimbundes geleistet hatte. So war auch er in Gefahr gewesen und hatte sich gerne der Flucht in die Hauptstadt angeschlossen.

Gert und sie hatten sich seit Kindesbeinen gekannt. Sie waren in den gleichen Kindergarten gegangen und hatten sich später für die Banda School in Langata, am Stadtrand von Nairobi, qualifiziert, wo sie bis zum englischen Abitur geblieben waren. Es war ganz natürlich gewesen, dass sie eines Tages heirateten.

Das Grundstück bekamen sie von den Eltern zur Hochzeit und Gert baute das Haus ganz nach seinen Plänen. Lena hatte viele Ideen. Eine große Wohnküche sollte es geben und einen Wintergarten für die kalten Abende. Gert wollte davon nichts wissen, und nach heftigen Auseinandersetzungen gab Lena klein bei. Sie fühlte sich nie ganz wohl in dem Haus, weil sie kein Teil davon war und sich ausgeschlossen fühlte. Trotz ihrer Unerfahrenheit mit Männern, sah sie bald ihre Heirat als großen Fehler und erinnerte sich wehmütig an einen jungen Mann aus ihrer Klasse, der damals heftige Gefühle in ihr ausgelöst hatte. Aber zu diesem Zeitpunkt war sie schon verlobt gewesen, und mehr als ein

Kuss und verliebte Blicke waren nicht ausgetauscht worden.

Mit der Zeit entdeckte sie dann den Garten für sich und gestaltete ihn nach ihren Vorstellungen. Gert blickte immer missbilligend auf ihren kleinen Gemüseanbau und machte spöttische Bemerkungen, wenn sie stolz mit ihrer Ernte ins Haus kam. Zeitverschwendung, nannte er ihre Betätigung im Garten, aber Lena hatte sonst nicht viel zu tun. Das Haus wurde von Simon, ihrem Koch, in Ordnung gehalten und auch beim Kochen abends war er stets in der Küche und räumte ihr nach. Sie mochte ihn ganz gerne, aber sie spürte, dass er mehr auf der Seite des „Bwana", des Herrn, stand.

Lena hatte nach der Schule einen Beruf erlernt, aber es kam ihr vor, als wäre das in einem anderen Leben geschehen. Sie war Krankenschwester und hatte einmal kurz in der Kinderstation des staatlichen Krankenhauses in Nairobi gearbeitet. Sie liebte Kinder und freute sich am Anfang ihrer Ehe auf eigene, die sie pflegen und verwöhnen wollte. Ihr Mann äußerte sich dazu nie. Ob er die gleichen Gefühle hatte, wusste sie nicht. Er vermied dieses Thema. So wurde auch nie weiter darüber gesprochen, als Lena erfuhr, dass sie niemals Kinder haben würden. Danach hörte sie mit ihrer Arbeit im Krankenhaus auf. Der Anblick all dieser Säuglinge tat ihr zu weh. Zaghaft brachte sie das Gespräch gelegentlich auf Adoption, aber davon wollte Gert nichts wissen.

„Wir brauchen keine Kinder", pflegte er zu sagen. „Wir haben doch uns." Und dann nahm er sie in den Arm, auf seine wenig zärtliche, eher besitzergreifende Art.

Lena seufzte, als sie an die Vergangenheit dachte. Als sie nun in die Wohnstube trat, traf sie die Ruhe wie ein Schlag. Jetzt säße Gert hier in seinem Sessel mit der Zeitung. Der Fernseher würde laufen und sie würde schnell seinen Kaffee kochen, wie er ihn liebte, halb Milch und mit viel Zucker. Lena zog ihren Mantel aus und setzte den Hut ab. Sie betrachtete sich im Spiegel und wunderte sich, dass sie nicht weinen musste. Sie fand ihr Gesicht alterslos und uninteressant. Sie hatte nie viel auf Kosmetik oder Kleidung gegeben und auch Gert hatte solche Ausgaben als Geldverschwendung bezeichnet. Sie ging mit dem Gesicht ganz nahe an den Spiegel heran und versuchte, sich über ihre Gefühle klar zu werden. Einsamkeit als erstes wohl. Dann natürlich Trauer. Aber da war noch etwas, was sie von sich schob und wofür sie keinen Namen wusste. Sie spürte nur, dass ein jahrelanger Druck weg war, etwas, an das sie sich schon gewöhnt hatte, was wie ein eiserner Reif um ihre Brust gelegen hatte.

Sie verspürte plötzlich Lust auf ein heißes Bad, verwarf den Gedanken aber.

Gert hatte auch dazu seine eigene Meinung gehabt: „Gebadet wird, wenn man schmutzig ist, sonst ist das Energieverschwendung." Er hatte so seine Grundsätze gehabt. Sie beschloss, stattdessen ein wenig im Garten zu arbeiten. Das Unkraut war dieses Jahr besonders hartnäckig. Sie zog ihren Kittel über und wechselte die Schuhe. Das Werkzeug war in der Garage, und als sie um das Haus herum lief, sah sie, dass das Gartentor offen stand. Gut, dass Gert das nicht sieht, dachte sie, solche Schlampereien hatte er gar nicht geschätzt. Sie zog das Tor ins Schloss und ging in die Garage.

Als sie um die Ecke kam, sah sie Simon neben dem Komposthaufen stehen und sie bemerkte, dass er ein kleines Feuer angefacht hatte, in das er gerade verschiedene Gegenstände warf. Sie konnte auf die Entfernung nicht erkennen, was es war. Als Simon bemerkte, dass sie kam, trat er das Feuer aus und schob die Asche zusammen. Er sah sie lange an und Lena fröstelte bei dem Blick seiner dunklen Augen. Er wandte das Gesicht nicht ab und sie fühlte sich plötzlich schwindelig und musste sich an einem Baum abstützen. Es rauschte in ihren Ohren und sie glaubte, ohnmächtig zu werden. So schnell wie der Zustand gekommen war, war er auch wieder vorbei. Simon war verschwunden, wie vom Erdboden verschluckt. Sie blickte auf die Aschereste, sah Knochen, wohl von Hühnern, Federreste und Muscheln, und als etwas silbrig blitzte, bückte sie sich, um es aufzuheben. Sie wischte die Aschereste von dem Gegenstand und erkannte den Manschettenknopf von Gert, den er irgendwann mal schimpfend gesucht hatte. Nachdenklich steckte sie ihn in ihre Schürzentasche. Sie konnte sich keinen Reim aus der ganzen Angelegenheit machen, und beschloss Simon einfach zu fragen. Sie rief ihn und suchte ihn im Haus, wo er um diese Zeit meist im Gästezimmer bügelte. Er war nirgends zu finden, das Haus war still und sie hörte nur das Ticken der Wanduhr. Ein unerklärliches Angstgefühl bemächtigte sich ihrer, wenn sie an seinen stechenden Blick dachte. Sie lief hinüber zu seiner Hütte, die am Ende des Grundstücks lag. Rauch stieg aus dem Kamin auf, und irgendwo in der Ferne hörte sie das Jaulen eines Hundes, aber davon abgesehen war es still. Sie klopfte an seine Tür, und als niemand antwortete, ging sie zurück zum Haus. Sie sah schon von weitem, dass im Haus Licht war und er wie gewohnt die Vorhänge zuzog. Sie war sich hundertprozentig sicher, dass er vorher nicht im Haus gewesen war. Ihre Nerven waren angespannt. Sie verließ der Mut ihn zu fragen und sie wies ihn stattdessen nur an, morgen weiter zu bügeln. Wieder bekam sie einen durchdringenden Blick, dann wandte er sich zum Gehen.

Die Küche war peinlich sauber und ordentlich. Lena hatte einmal scherzhaft zu Gert gesagt, dass sie sogar im Dunkeln kochen könne, da alles immer am gleichen Platz zu finden war.

„So muss es auch sein", hatte er damals geantwortet. „Ordnung ist das halbe Leben"

Lena verzog in der Erinnerung spöttisch den Mund. Sie machte sich einen starken Tee und platzierte bewusst die Teedose in einem anderen Regal. Im Wohnzimmer stellte sie das Tablett auf den niedrigen Couchtisch und setzte sich auf den Fußboden, mit dem Rücken an das Sofa gelehnt. Sie liebte diesen Platz und es gab ihr ein Gefühl von Boheme aus ihren Jugendtagen. Gert hatte auch dazu einen Kommentar gehabt: „Komm, setz dich anständig hin, wir sind doch nicht bei den Hottentotten!"

Sie ärgerte sich, dass ihr bei jeder Handlung immer einfiel, was wohl jetzt gerade ihr Mann gesagt haben würde. Schnell nahm sie eine Zeitschrift zur Hand und vertiefte sich in einen Reisebericht über Namibia. Sie zündete sich eine Zigarette an und musste sofort wieder an Gerts Stirnrunzeln denken. Ihre Gedanken wanderten zum Anfang ihrer Ehe zurück. Damals hatte sie sich so sehr eine gemeinsame Reise durch Afrika gewünscht und auch oft mit ihrem Mann darüber gesprochen. Sie sah sich noch immer auf Safari oder am Meer, spürte die Wärme und meinte, die fremden Gerüche wahrnehmen zu können. Aber Gert hatte nur von Gefahren und Krankheiten gesprochen, und von den „Wilden" in all den unbekannten Nachbarländern, mit denen man sich ja sowieso nicht verständigen könne. So waren sie während der Heimaturlaube, die er als Ingenieur bei einer deutschen Baufirma gehabt hatte, hin und wieder in die Schweiz oder nach Österreich zum Wandern gefahren. Der Rest war ausgefüllt gewesen mit langweiligen Verwandtenbesuchen, Einkäufen und Arztbesuchen in Deutschland. Obwohl sie in Afrika lebten, hatten sie keine einzige Reise im Land, oder in andere afrikanische Länder unternommen. Ihr Afrikatraum war unerfüllt geblieben.

Lena seufzte bei der Erinnerung und drückte ihre Zigarette aus.

In diesem Augenblick sah sie den Hund.

Er saß in der offenen Verandatür und schien geduldig gewartet zu haben, dass er bemerkt wurde. Als Lena ihn nun schweigend anblickte, hob er den Kopf und sah ihr genau in die Augen. Sie hatte noch nie einen Hund besessen, aber gehört, dass Hunde dem Blick eines Menschen nicht standhalten könnten. Dieser jedoch schien von anderer Art. Seine gelben Augen bohrten sich in ihre und Lena bekam eine Gänsehaut. Langsam richtete sie sich auf und setzte sich aufs Sofa.

„Der Hund, der beste Freund des Menschen, warum eigentlich nicht, ich bin frei in meinen Entscheidungen." Gert würde jetzt sagen: „Schmeiß den Köter raus, der hat bestimmt Flöhe!" Wieder ärgerte sie sich, dass sie bei allem, was sie tat, ein schlechtes Gewissen und die Stimme ihres verstorbenen Mannes im Ohr hatte.

Jetzt kam der Hund hinein, wobei er sie nicht aus den Augen ließ, und blieb vor ihr stehen. Er war von rotbrauner Farbe, offensichtlich ein Mischling, mittelgroß, mit einem dicht behaarten Schwanz und abgeklappten Ohren. Lena wollte gerade ihre Hand ausstrecken und ihn streicheln, aber er wich ihr misstrauisch aus und bewegte sich in Richtung Küche. Lena folgte ihm langsam. Sie wunderte sich, wie er den Weg durch den Flur bis dorthin sicher fand. Vor dem Kühlschrank blieb er stehen und wartete, bis sie die Tür öffnete und hineinschaute. Sie suchte zwischen den Plastikdosen nach passendem Futter. Sie nahm die Milchtüte und die Wurstdose heraus und schnitt zuerst ein paar Scheiben Schinken ab und warf sie dem Hund hin. Der nahm sie vorsichtig und langsam auf und kaute darauf herum. Hungrig schien er nicht zu sein, sonst würde er mehr schlingen, und sie goss etwas Milch in eine Schale, die der Hund ebenso bedächtig leerte. Danach drehte er sich herum und lief langsam ins Wohnzimmer zurück, blickte sich kurz um, schnüffelte am Zeitungsständer und sprang auf den grünen Lehnsessel. Lena durchfuhr ein eisiger Schreck. Das war Gerts Lieblingsplatz gewesen, und nun saß dort ein Hund und fixierte sie wie zuvor mit dem gleichen, starren Blick seiner gelben Augen. Nein, er saß nicht wie ein Hund, sondern er lehnte an dem Rückenteil, wobei seine Pfote auf der Lehne ruhte. Wie Gert immer gesessen hatte. Lena brach in hysterisches Gelächter aus, als ihr auffiel, dass sie ihren Mann mit einem daher gelaufenen Straßenköter verglich. „Wenn er sich jetzt noch eine Pfeife anzündet", dachte sie unwillkürlich. In diesem Augenblick sprang der Hund vom Sessel und bewegte sich langsam in Richtung des Pfeifenregals, hob den Kopf, schnüffelte und kehrte wie bedauernd zurück zu seinem Platz, den er in gleicher Stellung wieder einnahm.

Lena schrie auf, hob abwehrend die Hände und ließ sich auf das Sofa fallen. Sie zog die Beine hoch und beobachtete von dort lauernd den Hund, der gleichgültig in ihre Richtung blickte. Mit zitternden Händen zündete sich Lena eine Zigarette an, woraufhin der Hund knurrte. „Ja, ich rauche!", schrie sie und stieß den Rauch durch die Nase in seine Richtung. Das Tier warf ihr noch einen letzten vorwurfsvollen Blick zu, sprang vom Stuhl und lief in den Garten hinaus. Lena rannte zur Terrassentür und sperrte sie schnell ab, zog die Vorhänge zu und ließ alle Jalousien im Zimmer herunter.

„Ich werde verrückt", dachte sie, „Ich werde einfach verrückt. Ich bilde mir ein, dass dieser miese Köter meine Gedanken lesen kann, was für eine Idiotie." Aber sie zitterte noch am ganzen Körper, als sie sich wieder auf das Sofa fallen ließ. Noch ein Gedanke hatte sich bei ihr eingeschlichen: Der Hund erinnerte sie an Gert. Gerade eben, als sie sich die Zigarette angezün-det hatte, hatte er reagiert wie er. Gert wäre auch aufgestanden und hätte den Raum verlassen, und vorher hätte er ebenso „geknurrt". Absoluter Blödsinn. Lena schloss die Augen. Wie lange sie da so gesessen hatte, fiel ihr erst auf, als sie auf die Uhr sah. Nach Mitternacht - es waren mehr als drei Stunden vergangen, seit sie den Hund ausgesperrt hatte. Ihr fehlte die Zeit, sie hatte vergessen, ob sie geschlafen, geträumt oder gedacht hatte. Sie löschte alle Lichter und stieg langsam die Treppe zum Schlafzimmer hinauf. Als sie die Tür öffnete und schon die Hand am Lichtschalter hatte, wusste sie plötzlich, dass jemand im Zimmer war. Im gleichen Augenblick hörte sie das Atmen. Der Schreck, der sie durchfuhr, ließ sie beinahe ohnmächtig werden. Nie hatte sie geglaubt, dass wirklich der Herzschlag aussetzen könne, aber nun stand sie da, die Türklinke noch in der rechten Hand, die linke gegen ihr Herz gepresst, wie um den Beweis dafür zu fühlen. Ihr Kopf war klar und alle Sinne gespannt und wach. Sie wollte die Tür wieder schließen und nur fliehen, weg von diesem Haus, dieser Stadt, diesem Land. Während ihre Gedanken rasten, spielten ihre Finger mit dem Lichtschalter und sie drückte erst leicht dagegen, dann immer stärker, bis der Raum plötzlich hell erleuchtet war. Der nächste Schreck, nicht so stark wie der erste, als hätte sie das erwartet, was sie nun sah, war trotzdem wie ein elektrischer Schlag, der durch ihren Körper fuhr.

Der Hund lag lang ausgestreckt unter der Bettdecke - nicht unter ihrer, sondern auf der rechten Seite, genau dort, wo Gert immer gelegen hatte. Er schlief ruhig atmend weiter, selbst als Lena nahe an das Bett herantrat. Sie stand fassungslos da, unfähig zu reagieren, und starrte auf das Tier. Als sie aufblickte, sah sie sich in der umgeklappten Seite des Frisierspiegels hundertfach wieder und wieder, und den Hund im Bett hundertfach wieder und wieder, und sie schrie und konnte nicht aufhören, bis sie von einem Weinkrampf geschüttelt langsam zu Boden rutschte. Den Hund schien diese Szene nicht zu berühren, er hob den Kopf, witterte kurz in ihre Richtung und legte ihn mit einem tiefen Seufzer wieder auf das Kissen. Lena sprang auf, raffte ihre Decke und das Kopfkissen an sich und rannte aus dem Zimmer, hinunter in die Wohnstube, wo sie zuerst alle Lampen anschaltete und dann das Bettzeug auf das Sofa warf. Die Zigarettenpackung war leer, und Lena schleuderte sie wütend in Richtung Tür. Irgendwo musste doch noch eine Flasche Cognac sein. Sie stand auf und kramte im Wohnzimmerschrank herum. Während sie die Etiketten der angebrochenen Flaschen studierte, gelang es ihr endlich, ihre Gedanken in Ordnung zu bringen. Wie in aller Welt war der Hund ins Haus gekommen? Sie hatte ihn in den Garten laufen sehen und hinter ihm die Tür verschlossen. Sie ließ jetzt von ihrer Suche ab und lief von Zimmer zu Zimmer. Alle Fenster waren geschlossen, die Hintertür abgesperrt. Das Kellerfenster! Morgen wollte sie überprüfen, ob er dort hereingekommen sein könnte, jetzt mochte sie dort nicht hinunter. Nächtliche Gänge in den Keller waren ihr schon immer ein Gräuel gewesen.

Nun noch einen Cognac, und dann wollte sie versuchen zu schlafen. Morgen würde sich bestimmt wie von selbst eine Lösung finden. Was für ein grausames Spiel ihrer überreizten Nerven, den Hund so zu vermenschlichen. Wahrscheinlich war er ein verwöhnter Köter von einer einsamen alten Dame, und einfach daran gewöhnt, die Stelle eines Menschen im Leben dieser Person einzunehmen. Es gab unzählige Hunde, die in Betten schliefen und auf Stühlen saßen. Morgen würde sie in der Nachbarschaft herumfragen, und sofort würde jemand sagen: ach, der, das ist der Hund von der armen alten Frau Sowieso. Sie hat ihn schon überall gesucht. Sie könnte den Fall schnell ad acta legen. Lena war sehr zufrieden mit dieser Version der Geschichte und machte es sich mit dem Glas auf der Couch bequem. Sie dachte wieder an Gert, was der wohl dazu sagen würde, und sie hörte ihn fast spotten: „Kaum, dass ich mal nicht da bin, passieren dir auch schon die eigenartigsten Sachen. Man kann dich einfach nicht alleine lassen!"
Sie lächelte bei diesem Gedanken und ihr letztes Bild, bevor sie in den Schlaf glitt, war sie selbst, wie sie lächelte und ein neues Glücksgefühl verspürte.

Sie wachte von eindringlichem Klingeln auf, das sie zuerst im Traum wahrgenommen hatte. Es war ein beängstigender Traum gewesen, und doch war da wieder diese neue Zufriedenheit, die sie am Vorabend schon in sich gespürt hatte, und die ihr trotzdem Angst machte. Im Traum hatte ihr Mann im Grab gestanden, sie hatte ihn sehen können, obwohl es doch bereits zugeschüttet war. Er hatte einen Klingelknopf in Form eines Hundekopfes gedrückt, und gerufen, sie solle doch endlich aufmachen. Sie jedoch hatte auf dem Grab gekniet, den Kopf zwischen die Stiefmütterchen gebettet, auf dem Gesicht das Lächeln vom Vorabend.

Das Klingeln hörte nicht auf, und Lena ging langsam zur Haustür, während sie sich die Haare aus dem Gesicht strich. Der Traum wollte nicht weichen und sie fühlte sich unendlich müde. Im Vorbeigehen sah sie sich im Spiegel, blass und elend sah sie aus. Als sie nun die Kette aus dem Schloss löste und die Tür öffnete, wurde sie sofort von einem Wortschwall empfangen und musste erst überlegen, wer die Frau überhaupt war, die da mit einem Blumenstrauß vor ihr stand.

Während sich langsam der Schlaf von ihr löste und sie irgendetwas von „sich Sorgen gemacht und nach so einem Verlust könne man ja verstehen, alles Mögliche könne da passieren", gehört hatte, identifizierte sie die Frau als eine Nachbarin, die sie schon einige Male gesehen und auch gegrüßt hatte. Nun drängte diese sich in den Flur und sah sich neugierig um. Den Strauß, an dem ein Briefumschlag mit Trauerrand befestigt war, hielt sie immer noch in der Hand, und als Lena keine Anstalten zu machte, sie hereinzubitten, plapperte sie trotzdem weiter. Lena nahm den Strauß, den die Frau in ihre Richtung hielt, und murmelte ein Dankeschön.

„Ach, Sie haben einen Hund!", stellte die Nachbarin fest. „Das ist sehr klug von Ihnen, gleich etwas Lebendiges ins Haus zu nehmen. Die sind doch wie Menschen, nicht wahr?"

Lena schüttelte den Kopf: „Ich habe keinen Hund", sagte sie und im gleichen Augenblick fiel ihr der gestrige Abend wieder ein. Die Frau sah sie befremdend an, denn vor ihr stand das Tier und wedelte sie mit seinem Schwanz freundlich an. Lena war nahe dran, die Nerven zu verlieren, und Frau und Hund mit einem Fußtritt nach draußen zu befördern. Sie gab unzusammenhängende Erklärungen, ohne zu wissen, was sie genau sagte, und drängte dabei die Besucherin immer weiter zur Tür zurück. Sie schob sie buchstäblich in den Vorgarten hinaus. Es war ihr völlig gleichgültig, was die arme Frau von ihr dachte, und was sie den anderen Nachbarn erzählen würde.

Als sie die Tür zugemacht hatte, lehnte sie sich dagegen und schloss die Augen. Alles war wieder gegenwärtig: dieser Alptraum vom gestrigen Abend und der richtige Traum, ihr schlechtes Gewissen, die Einsamkeit. Sie kämpfte gegen das aufkommende Schluchzen und versuchte, während sie jetzt in Richtung Küche ging, nüchtern zu denken und einen Plan für den Tag aufzustellen. Die Vorbereitungen für das Frühstück gingen ihr wie automatisch von der Hand, und als sie sich den Kaffee einschenkte, fiel ihr auf, dass sie für zwei gedeckt hatte.

Der Hund war ihr in die Küche gefolgt, sprang auf den leeren Stuhl ihr gegenüber und ließ seinen Blick über den Tisch schweifen. Lena schmierte ihm, als hätte sie nichts anderes erwartet, ein Leberwurstbrot, das sie in Würfel schnitt und goss Milch in die Untertasse, die er bedächtig leer schleckte. Im Stillen begann sie ein Gespräch mit Gert, an den Hund gerichtet. Bald aber sprach sie ihre Gedanken laut aus und ließ dabei den Hund nicht aus den Augen.

„Du bist also zurückgekommen, gut, ich finde mich damit ab. Aber glaube ja nicht, dass ich mich weiter so von dir unterdrücken lasse, wie in all den Jahren. Ich werde reisen, rauchen, trinken, Freunde haben und du kannst nichts, gar nichts, dagegen tun. Du bekommst dein Futter und alles, was du brauchst, aber ich bestimme jetzt und du musst mir gehorchen, sonst werde ich dich schlagen. Erinnerst du dich? Du hast mich einmal geschlagen und ich wollte dich dafür verlassen. Weißt du noch den Grund? Ich habe damals gesagt, dass du mich wie eine Leibeigene hältst, mich unterdrückst, meine eigene Persönlichkeit ins Lächerliche ziehst und vieles mehr. Das war, als ich zu deinem Geburtstag, ohne dich zu fragen, Freunde und Verwandte eingeladen hatte. Ich bin zum Friseur gegangen, habe mir ein neues Kleid gekauft, ganz eng und schmal, schwarz und sehr sexy. Die Kosmetikerin zauberte aus meinem Gesicht etwas Wunderbares und mein Spiegelbild erstaunte mich zutiefst. Ich hatte das Gefühl einen neuen Anfang gefunden zu haben, für mich und uns, und gespannt auf deine Reaktion gewartet. Als du dann nach Hause gekommen bist, war alles wie immer: Mantel an den Haken, Tasche auf deinen Stuhl im Wohnzimmer, mit den immer gleichen Worten: Ich bin daaa! Als müsste damit ein neuer Wind wehen. Dann sahst du mich in der Ecke stehen und brachtest kein Wort hervor, zumindest zunächst einmal nicht. Aber dann brach es aus dir hervor, mit einem Blick sahst du den festlich gedeckten Tisch, die Blumen, mich, und das erste was du sagtest, war: „Das war nicht abgesprochen! Du hättest mich fragen müssen!" Und dann: „Wie siehst du überhaupt aus, wie ein Mädchen von der Straße, wenn ich so etwas gewollt hätte, hätte ich nicht zu heiraten gebraucht. Wisch dir erst einmal die Schminke aus dem Gesicht!"

Die Tränen schossen mir damals in die Augen, aber ich spürte eine Kraft in mir und dachte, jetzt, jetzt, kannst du ihm endlich mal die Meinung sagen, und das tat ich. Die Worte sprudelten aus mir hervor, sie waren verletzend, roh und gemein, aber wahr. Du warst nun ganz nah an mich herangetreten, deine Augen waren kalt und böse und du schlugst mir mit der flachen Hand ins Gesicht. Einmal nur, aber das habe ich dir nie vergessen und erst recht nicht verziehen. Ja, so war das, lieber Hund-Gert, Gert-Hund. Ich habe dann ganz ruhig den Gästen abgesagt, einen kleinen Koffer gepackt und bin still aus dem Haus gegangen, in ein kleines Hotel in der Stadt, wo ich die ganze Nacht darüber nachgedacht habe, was nun werden würde.

Nichts ist geworden, ich bin am nächsten Tag wieder zurückgekommen. Du warst im Büro, ich habe wie immer das Haus in Ordnung gebracht, gekocht und auf dich gewartet. Du kamst dann mit einem Blumenstrauß am Abend, nichts Besonderes, ein fertiges kleines, schon angewelktes Gebinde, das ich schon seit ein paar Tagen bei der Blumenhändlerin im Fenster gesehen hatte. Du hast dich etwas ungeschickt entschuldigt, jedoch nicht ohne den belehrenden Unterton, aus dem ich heraushörte, dass ja doch mal wieder alles meine Schuld gewesen sei. In dieser Nacht hast du mich dann auf deine unzärtliche Art gestreichelt und wir haben miteinander geschlafen, leidenschaftslos wie immer. Du bist danach aufgestanden, hast dich gewaschen, auch wie immer, alles wie immer, aber ich war nicht mehr die gleiche Person. Mit mir war eine Veränderung vor sich gegangen, von der du in deiner selbstgefälligen Art gar nichts gemerkt hast. Und jetzt kann ich es dir sagen, von da an habe ich dich betrogen, mit jedem, der mir attraktiv erschien. Mit dem Versicherungsvertreter, den du so nett fandest, mit dem jungen Aushilfsbriefträger, mit dem Italiener, der unser Dach repariert hat und noch vielen mehr. Und alle haben mir mehr Respekt und Liebe entgegengebracht, als mein eigener Ehemann - und ich habe zum ersten Mal Spaß am Sex gehabt und konnte an manchen Tagen gar nicht erwarten, bis der Liebhaber endlich da war. Wenn du wüsstest, was wir alles gemacht haben ...“

Lena lehnte sich zurück, sog bei diesen Worten genüsslich an ihrer Zigarette und fixierte dabei immer noch den Hund. Dieser hatte ihr aufmerksam zugehört, ab und zu die Zähne gefletscht oder gar ein leises Knurren ausgestoßen. Im Ganzen machte er jedoch einen traurigen Eindruck, sein Kopf hing herunter und jetzt sprang er vom Stuhl und legte sich still in die Ecke.

„Er versteht mich!“ Triumphierend stand Lena auf, um den Tisch abzuräumen. Er verstand sie wirklich. In einem Anflug von Mitleid beugte sie sich zu ihm hinunter und strich ihm über das Fell. Er hob den Kopf und sah sie aus seinen gelben Augen lange an. Dann nahm er wieder seine vorherige Haltung ein.

Simon nahm den Hund wie selbstverständlich auf, und fragte Lena auch nicht, wo sie ihn herhatte. Sie erzählte ihrerseits auch nichts, wobei sie das Gefühl hatte, dass er es sowieso wusste. Merkwürdigerweise fühlte sich der Hund sehr hingezogen zu Simon und lief des Öfteren mit ihm hinüber zu seiner Behausung.

So verging die Zeit. Lena und ihr Hund lebten weiter in einem eheähnlichen Zustand, schliefen in einem Bett, saßen gemeinsam am Tisch und abends, wenn Lena fernsah oder las, lag der Hund auf seinem Sessel. Es war fast wie früher, und ohne dass Lena es bemerkte, begann sie sich nach den Bedürfnissen des Hundes zu richten. Das Essen bereitete sie nach seinem Geschmack, denn bald hatte sie herausgefunden, dass er – wie Gert – nicht alles mochte und dann lieber nichts aß. Also kochte sie gleich das, was ihm schmeckte. Die Spaziergänge fanden auch nach seinem Plan statt, nicht unbedingt dann, wenn Lena Lust hatte, in den nahen Wald zu laufen. Und wenn es gerade draußen zu regnen begann, stand er an der Tür und forderte seinen Rundgang. Trotz des großen Gartens bestand er darauf.

In dieser Zeit hatte sie wieder einen Traum von Gert. Dieses Mal stand er auf dem Grab und lachte, so wie er noch nie gelacht hatte, strahlend, aber böse und gehässig, und während er lachte und die Töne wie ein Echo in der Ferne weiterklangen, verwandelte er sich langsam in einen Hund. Zuerst die Ohren, dann wurden die Nase und der Kiefer länger, das durch das Lachen freigelegte Gebiss zeigte scharfe Eckzähne. Langsam überzog sich der Körper mit Haaren, die Hände wurden zu Klauen und Lena wachte von ihrem eigenen Schrei auf. In dieser Nacht be-schloss sie den Hund los zu werden.

„Ich könnte ihn vergiften", dachte sie, „oder ihn einschläfern lassen. Oder ich verschenke ihn einfach. Ich setze eine Annonce in die Zeitung: Lieber Mischling, Umstände halber abzugeben. Oder so ähnlich."

Als sie schließlich wieder in einen unruhigen Schlaf fiel, hatte sie einen weiteren Traum: Sie fuhr mit dem Auto eine unendlich lange und gerade Straße entlang und wusste, dass sie ein Ziel hatte, nur wollte ihr nicht mehr einfallen, welches. So fuhr sie den ganzen Tag immer nur geradeaus und beobachtete, wie die Sonne ihre Bahn zog und langsam im Westen hinter den Bergen verschwand. Die aufgetürmten Wolkenberge hatten die Form eines Hundes angenommen und nun fiel ihr schlagartig ein, wo sie hin wollte. Sie blickte sich um und sah den Hund auf dem Rücksitz zusammengerollt schlafen. Ich bin unterwegs, um ihn auszusetzen, dachte sie ganz klar, und als sie gerade in diesem Augenblick aufwachte, wusste sie nicht was Traum und was Wahrheit war.

Am nächsten Morgen regnete es heftig und es war so dunkel, dass sie in der Küche Licht machen musste. Der Hund saß schon auf seinem Stuhl und wartete auf das Frühstück. „Ab heute wird alles anders", sagte sie zu ihm. Sie hatte sich in letzter Zeit angewöhnt, laut mit sich oder dem Hund zu sprechen, vage ahnend, dass dies ein Zeichen ihrer Einsamkeit war. „Ja, ab heute wirst du dich selbst durchschlagen müssen, mein lieber Gert, ich habe genug von dir und deinen Launen. Iss noch ein Leberwurstbrot, denn vielleicht wirst du so schnell nichts wieder in den Magen bekommen."

Sie ging nach oben, um sich umzuziehen. Als sie zurückkehrte, nahm sie den Hund an die Leine und öffnete die Autotür. Simon war mit nach draußen gekommen und beobachtete die Vorbereitungen mit düsterem Gesichtsausdruck. Für einen Augenblick sah es aus, als wollte er etwas sagen, aber dann drehte er sich wortlos um und ging ins Haus zurück.

Das Auto wollte nicht gleich anspringen, der Hund lag, wie in ihrem Traum, auf dem Rücksitz zusammengerollt, und als sie jetzt langsam losfuhren, hob er den Kopf und sie sah im Rückspiegel, dass er ihren Blick suchte. Fast schon tat ihr der Entschluss leid, aber dann gab sie Gas und war bald auf der Landstraße Richtung Naivasha. Es regnete immer heftiger und die Scheibenwischer konnten die Wassermassen nicht beherrschen. Das Hochplateau um Nairobi herum war in Nebel gehüllt und keine Menschenseele war zu sehen. Wo sonst Obst und Gemüse am Straßenrand angeboten wurde, Schaffelle und bunte Tücher zum Verkauf hingen, Eselskarren fuhren und Kühe getrieben wurden, war alles grau in grau. Die Scheiben beschlugen von innen, und als sie mit dem Handrücken versuchte, sich bessere Sicht zu verschaffen, kam der Wagen leicht ins Schleudern.

„Mach doch das Gebläse an!", hörte sie Gerts vorwurfsvolle, besserwisserische Stimme sagen.

„Ja doch", murmelte sie und suchte die richtige Einstellung.

In diesem Augenblick sah sie einen dunklen Schatten am Straßenrand direkt vor sich auftauchen und riss das Steuer herum. Sie war wohl ein bisschen zu weit nach links gefahren, bei ihren Bemühungen den richtigen Knopf für das Gebläse zu finden. Sie bremste scharf und der Wagen schleuderte, bevor er zum Stehen kam. Sie konnte absolut nichts sehen, die Scheiben waren schon wieder beschlagen. Sie versuchte, im Rückspiegel zu erkennen, wem oder was sie einen solchen Schreck mit ihrer Fahrweise eingejagt hatte. Sie sah einen Mann im Laufschritt auf ihr Auto zukommen, der Hund hatte leicht den Kopf gehoben und knurrte. Ehe sie reagieren konnte, wurde die Beifahrertür aufgerissen und jemand ließ sich schwer atmend auf den Sitz fallen. Augenblicklich roch es nach Regen und nasser Kleidung, und als sie ihren Fahrgast ansah, blickte sie in das lachende Gesicht eines Farbigen.

Der Hund knurrte, war aufgestanden und hatte seinen Kopf zwischen

124

die Vordersitze gelegt, wobei er ständig in die Richtung des ungebetenen Gastes schnappte und fletschte.

Lena war sprachlos und stotterte zuerst einmal eine Entschuldigung wegen ihrer rücksichtslosen Fahrweise. Der Mann zuckte bedauernd mit den Schultern und machte mit den Händen eine Geste des Nichtverstehens.

„Sorry", sagte er. „Mein Deutsch nicht gut, do you speak English?" Lena bemerkte erst jetzt, dass sie Deutsch gesprochen hatte. Sie nickte und wiederholte ihre Entschuldigung auf Englisch und Kisuaheli. Gert hatte es damals für unnötig befunden, die lokale Sprache zu lernen, aber sie hatte sich durchgesetzt und war einmal die Woche abends zum Unterricht gegangen. Es hatte großen Spaß gemacht und dort hatte sie auch einen ihrer Liebhaber kennengelernt. Nach dem Unterricht hatten sie Sex in seinem Auto gehabt und sie war zufrieden und summend nach Hause gekommen. Gerts vorwurfsvoller Blick auf die Uhr hatte ihr gar nichts ausgemacht.

Jetzt hatten sie sich so weit verständigt, dass sie wusste, dass er nach Naivasha unterwegs war und zur Bushaltestelle hatte laufen wollen. Sein Auto hatte einer tiefen Pfütze nicht standgehalten, und nun wollte er seinen Bruder, der Mechaniker dort war, bitten ihm zu helfen. Der Regen hatte nachgelassen, und sie fuhren mit gemäßigtem Tempo weiter. Ihr Mitfahrer, der sich als Ben vorgestellt hatte, wischte nun eifrig die Windschutzscheibe, und sie unterhielten sich wie alte Freunde. Er erzählte, er komme aus Kakamega und sei auf einem Ärzteseminar in Nairobi. Heute sei ein freier Tag und er wolle sich ein wenig die Gegend ansehen.

„Nicht gerade das perfekte Wetter dafür, aber ich denke, ich werde eine Nacht bleiben und hoffen, dass es morgen besser wird. Ich muss um vierzehn Uhr wieder im Interconti Hotel sein", erklärte er. Sie unterhielten sich bestens. Eine gewisse prickelnde Spannung zwischen ihnen war nicht zu leugnen.

Inzwischen war es fast dunkel geworden und neue Wolkenberge türmten sich auf. Als sie nach Naivasha hinein fuhren, fragte sie ihn, wo er abgesetzt werden wolle. Er nannte das Naivasha Lake Hotel, das war ihm empfohlen worden, weil es direkt am See lag. Von dort aus wollte er seinen Bruder kontaktieren. Sie fragten sich durch und erreichten bald ein schönes altes Gebäude mit tief gezogenem Strohdach. Lena fuhr vor den Eingang und schaltete den Motor ab. Er reichte ihr die Hand, und als sie sich direkt in die Augen sahen, war es plötzlich klar, dass sie mit hinein gehen und die Nacht mit ihm verbringen würde. Er hielt immer noch ihre Hand und sie drückte sie zum Einverständnis leicht. Sie lenkte das Auto um die Ecke auf den Hotelparkplatz, fuhr sich ordnend durchs Haar, nahm ihre Handtasche und stieg aus. Der Hund sprang über den Vordersitz hinaus und stand nun abwartend neben dem Auto. Es wurde kein Wort gewechselt, als sie zum Eingang durch den Regen liefen.

In der kleinen Empfangshalle ließ sie sich in einen Sessel fallen und sah Ben mit der Dame hinter dem Tresen sprechen. Diese warf jetzt einen Blick zu ihr hinüber und lächelte sie an. Lena lächelte unsicher zurück und stand auf, als Ben ihr die Hand reichte, und folgte ihm zu einem kleinen Holzhaus direkt am See. Noch immer sprachen sie kein Wort. Erst, als sie die Zimmertür hinter sich geschlossen hatten, nahm er sie behutsam in den Arm und sagte: „I told her you are my wife!" „Mein afrikanischer Traum", dachte sie, während sie jetzt ihren Mantel auszog. Der Hund war leise und unauffällig gefolgt, legte sich dicht neben sie und verfolgte jede Bewegung des Fremden.

Später, sie hatten sich das Essen und eine Flasche Wein aufs Zimmer bringen lassen, saßen sie dicht nebeneinander auf dem kleinen Sofa. Ben hatte seinen Arm um ihre Schultern gelegt und Lena wusste nicht, ob es diese zärtliche Geste oder der Wein war, die ihr jetzt die Zunge löste. Ihr ganzes Leben legte sie ihm dar und sie wunderte sich, während sie redete, wie es kam, dass sie mit einem Mann, den sie vor ein paar Stunden noch nicht einmal gekannt hatte, so vertraut sein konnte. Zwischendurch warf sie immer wieder einen Blick auf den Hund, der immer noch neben ihr lag, und wie es schien, aufmerksam zuhörte. Er hatte die Augen geöffnet und seine Ohren zuckten von Zeit zu Zeit, er hob den Kopf, sah sie an oder winselte leise.

Das einzige, was sie Ben verheimlichte, war die Wahrheit über den Hund. Diese Geschichte war ihr Geheimnis und niemand sollte jemals erfahren, dass sie in ihm ihren verstorbenen Ehemann vermutete.

Als sie später die aufregendste und gleichzeitig schönste Liebesnacht ihres Lebens verbrachte, hatte sie den Hund längst vergessen.

Früh am nächsten Morgen liebten sie sich nochmals und als Ben im Bad war, lag Lena wohlig gestreckt in dem warmen, zerwühlten Bett und dachte plötzlich an den Hund. Ihr war der Gedanke unangenehm, dass er Zeuge ihres Liebesaktes gewesen war. Sie fühlte eine Hitzewelle der Scham in sich aufsteigen und sah sich vorsichtig nach dem Hund um. Er war nirgends zu entdecken, und als sie aus dem Bett sprang und ihn suchte, wusste sie bereits, dass sie ihn nicht finden würde. Als sie das halboffene Fenster entdeckte, riss sie den Vorhang zurück und blickte hinaus auf den weiten grünen Rasen mit den Dornakazien. In der Ferne schimmerte der See silberfarben in der Morgensonne und kleine Boote schaukelten auf den Wellen. Einen Augenblick dachte sie, ihn gesehen zu haben, aber es war eine Katze, die sich in einiger Entfernung genüsslich räkelte.

Lena hielt die aufkommenden Tränen nicht zurück und sie weinte wie noch nie in ihrem Leben. Als Ben aus dem Badezimmer kam, nahm er sie in den Arm und verstand nicht, warum sie unter Schluchzen immer wieder sagte: „Ich bin frei, ich bin frei!"

***

HEUTE

„Das ist eine echte Voodoo Geschichte! Ja, das ist sie. Vielleicht bist du doch eine Hexe?"

Johnson muss schon wieder lachen.

„Natürlich bin ich eine, hast du doch selbst gesagt! Komm, lass uns ein bisschen die Beine hochlegen, ich bin müde vom Sitzen."

„Das wird meinen alten Knochen gut tun! Seit einiger Zeit tut mir manchmal der Rücken weh." Johnson setzt sich ein wenig mühsam auf die tiefe Liege am Pool und macht es sich bequem.

„Bist eben doch schon ein Mzee", necke ich ihn, aber Johnson geht nicht darauf ein. Er ist offenbar mit seinen Gedanken woanders.

„Ich denke immer noch an den Hund. Ich stelle ihn mir vor wie unseren Astor. Ich sehe ihn so richtig. Das war ein Mbwa Kali. Keiner hat sich zu uns getraut", sagt er nach einer Weile.

„Du weißt ja, dass ich ihn aus Uganda mitgebracht habe. Er war von Anfang an bissig und böse. Dabei ist er bei uns so liebevoll behandelt worden. Ich habe das nie verstanden. Wir haben ganz schreckliche Dinge mit ihm erlebt und viele Male war ich schon so weit, ihn einschläfern zu lassen. Aber er war eben unser Liebling, trotz seines schwierigen Charakters."

***

Mitternachts Scham
Oft sind nicht einmal die Grundnahrungsmittel gegeben

Sie kniff die Augen zusammen und hielt die Tränen zurück. Ihre Hände presste sie verkrampft, wie im Gebet gefaltet, zusammen. Sie fühlte, wie ihr Bein mit einem weichen Tuch und warmen Wasser gewaschen wurde, dann plötzliche, eisige Kälte. Die Wunde brannte und sie hatte Angst. Eine tiefe, männliche Stimme redete in einer fremden Sprache beruhigend auf sie ein. Jetzt ein Stich, sie fuhr hoch und stieß einen Schrei aus, riss die Augen auf. Ein weißes Gesicht mit rotem Bart und ebensolchen Haaren, tauchte dicht über ihr auf. Das musste ein böser Geist aus der Unterwelt sein. Ihre Großmutter hatte oft von solchen Wesen gesprochen und erzählt, dass diese manchmal nach oben auf die Erde kämen und böse Kinder mit sich nähmen. Aber böse war sie doch gar nicht, sondern der Hund war böse gewesen, als er ihr nachgelaufen war und sie dann ins Bein gebissen hatte. Sie erinnerte sich noch, wie sie geschrien hatte, dann hatte sie nichts mehr gespürt und gehört. Als sie wieder zu sich gekommen war, war eine weiße Frau da gewesen, die sie auf den Arm genommen und zum Auto getragen hatte. Der Hund war verschwunden gewesen.

Sie ahnte, dass sie bei einem weißen Medizinmann war und wurde ruhiger. Sie schloss die Augen und träumte ihren immer wiederkehrenden Traum: Sie trug ein neu geborenes, schwarzes Lämmchen auf dem Arm und wollte ihren Vater fragen, ob sie es behalten und großziehen durfte. Es war so lieb, warm und weich und blickte sie voller Vertrauen an. Sie spürte eine tiefe Liebe zu dem Tierchen, so wie zu keinem anderen Wesen, nicht einmal zu ihren Eltern oder Geschwistern. Sie drückte das Lämmchen an sich und betrat die ärmliche Hütte.
In diesem Augenblick wurde sie wieder wach, der Medizinmann tätschelte ihre Wange, schaute sie freundlich an und zog sie hoch. Das Mädchen schaute an sich herunter und sah einen blütenweißen Verband an ihrem Bein. Ihre schwarze Haut an diesem Bein glänzte sauber, während das andere immer noch grau vom Staub und die Haut rissig aussah. Sie spürte keine Schmerzen mehr und war dankbar, dass sie den Traum nicht zu Ende träumen musste, denn ihr Herz klopfte immer wild und ihr Gesicht war tränennass, wenn sie aufwachte. Genau konnte sie sich nie an den Ausgang erinnern, nur, dass der Vater ihr das Schäfchen mit wüsten Worten entrissen hatte und sie verzweifelt bettelte und weinte, um es zurückzubekommen.
Sie humpelte hinaus und wurde von der freundlichen, weißen Frau

zum Auto gebracht. Noch nie vorher war sie in einem Auto gefahren und heute gleich zweimal. Irgendwie empfand sie den Tag, trotz des Schreckens und der Schmerzen, wie ein Geschenk.

Die Frau fragte, wo sie wohnte, und sie fuhren auf staubigen und steinigen Wegen bis ins Dorf, vor die ärmliche Lehmhütte ihrer Eltern. Müll türmte sich davor und ein beißender Gestank nach Fäkalien lag in der Luft. Sie beobachtete, wie die weiße Frau sich ihren Schal vor die Nase hielt. Der schäbige, zerrissene Vorhang, der vor den Eingang gezogen war, wurde beiseitegeschoben und ihr Vater trat heraus und runzelte abweisend die Stirn. Die Frau stieg aus, öffnete die hintere Türe und half ihr auszusteigen. Sie ging nun auf ihren Vater zu, der ihr nach afrikanischer Sitte die rechte Hand reichte, wobei er sein Handgelenk mit der linken umfasste. Devot verbeugte er sich und hörte der Frau zu. Sie verstand nicht alles, nur so viel, dass sie nochmals zum Medizinmann musste und, dass die Frau sie wieder abholen würde. Der Kofferraum wurde geöffnet und der Vater beugte sich gierig über die Kartons, die die Frau ihn ausladen ließ. Sie sah Tüten mit Zucker, Reis und Mehl, eine Stange Seife und Zigaretten. Noch viel mehr war in den Kartons, die eilig in die Hütte getragen wurden. Neugierige Nachbarn hatten sich bereits um das Auto versammelt und blanker Neid war in ihren Augen zu lesen.

Der Vater nahm die Hand der Frau und dankte ihr, doch das Mädchen sah, neben seinem devoten Grinsen, noch diesen wölfischen Zug in seinem Gesicht, der ihr immer Angst machte. Wenn der Vater so aussah, war nichts Gutes zu erwarten. Sie erschauerte.

„Ttumbi", rief der Vater, und sie schreckte auf. Sie hasste den Namen, der „Mitternacht" bedeutete, den sie ihr einfach gegeben hatten, weil das ihre Geburtszeit war. Die Mädchen in ihrer Klasse hatten zum großen Teil englische Namen wie Jane oder Elizabeth, und sie wünschte sich nichts sehnlicher, als so zu heißen. Sie half ihm, die Pakete in die Hütte zu bringen, und schaute sich nochmals um. Die Frau stieg gerade in das Auto, winkte ihr ein letztes Mal freundlich zu und fuhr langsam den Weg zurück.

Wenn sie heute nach vielen Jahren an die Fortsetzung dieser Geschichte zurückdachte, empfand sie immer noch tiefe Scham. Als damals die Pakete ausgepackt wurden und die Köstlichkeiten staunend weiter gereicht worden waren, hatte der Vater seinen Plan bekannt gegeben. Sie würden warten, bis die Frau das nächste Mal kommen sollte, dann würde man einige Zeit vergehen lassen, aber nicht länger als zwei Wochen. Danach sollte Ttumbi im Geleit der gesamten Familie nochmals zum Haus der Weißen laufen, wo sie das verletzte Bein steif halten sollte. So müsste dann eine ansehnliche Summe Schmerzensgeld zu erwarten sein, denn nun würde es schwierig werden Ttumbi zu verheiraten. Sie hatte sich gewehrt und geweint und gebettelt, es war fast wie in ihrem Traum gewesen. In dieser Nacht war er wieder gekommen, doch dieses Mal träumte sie auch das Ende: Der Vater entriss ihr das schwarze Lämmchen, bog ihm den Kopf zurück, nahm das große Messer vom Küchentisch und schnitt ihm mit einem Satz die Kehle durch. Das jämmerliche Geschrei des Tieres noch in den Ohren, fuhr Ttumbi mit wildem Herzklopfen aus dem Schlaf hoch. Sie horchte in die Dunkelheit hinein, aber bis auf das Gezirpe der Zikaden und das ferne Gebell eines Hundes, war alles still. Sie weinte sich in den Schlaf und wurde am nächsten Morgen unsanft vom Vater von ihrer Matratze gestoßen, weil sie verschlafen hatte.

Die Frau kam am frühen Nachmittag, um sie abzuholen. Sie brachte eine Tüte mit Süßigkeiten mit. Dinge, die Ttumbi noch nie probiert hatte. Süß schmolz die Schokolade auf ihrer Zunge und sie ängstigte sich plötzlich gar nicht mehr vor dem weißen Medizinmann.

Später wurde sie wieder vor der Hütte abgesetzt, die Frau strich ihr liebevoll über den Kopf und weitere Taschen und Kartons wurden zum Haus getragen. Am liebsten hätte sie der Frau von dem gemeinen Plan des Vaters erzählt. Aber sie tat es nicht.

Nach einiger Zeit war es dann so weit. Der Vater hatte Verwandte, Nachbarn und Freunde zusammengetrommelt und ihnen einen guten Anteil der zu erwartenden Summe in Aussicht gestellt, wenn sie zur Unterstützung der Sache mit vor das Haus der Weißen ziehen würden. An der Kurve vor dem Haus wurde die Gangart nochmals geübt. Mit steifem Knie musste sie vor dem kritischen Blick des Vaters hin und her laufen.

Dann klingelten sie, und die Frau kam zum Tor, wo sie ungläubig der Rede des Vaters lauschte. Ihr Blick ruhte fragend auf Ttumbi. Sie konnte der Frau nicht in die Augen sehen. Das lähmende Schweigen hatte sie noch heute in Erinnerung. Sie wollte am liebsten weinen, wenn sie dann daran dachte, wie der Hund bellend um die Ecke gerannt kam und sie kopflos vor Schreck losgerannt war.

An diesem Abend schlug sie der Vater so hart, wie noch nie zuvor. Sie verlor einen Zahn und blutete aus Mund und Nase. Ein Ohr sollte danach für immer taub bleiben. In dieser Nacht schlich sie sich davon und kehrte nie wieder nach Hause zurück.

***

HEUTE

„Wir haben Astor im Garten begraben und von dort ist sein Hunde-
geist zu den Ahnen geflogen."
„Kurz danach sind wir umgezogen in den Chalbi Drive und hatten
Purzel auf der Straße gefunden und Harald hat uns die beiden Ridge-
backs geschenkt. Da fing eine neue Hunde-Ära an! Die Hunde waren
alle völlig problemlos.
Weißt du noch, als wir den Garten um das neue Haus gerodet haben?
Da waren unzählige Schlangen, die der Gärtner mir tot aufgereiht ganz
stolz am Abend zeigte. Ich werde sein enttäuschtes Gesicht nie ver-
gessen, als ich mit ihm geschimpft habe. Ich wollte doch die ungiftigen
retten!"
Johnson muss lächeln.
„Ein bisschen viel manchmal mit deinen Tieren. Alles hast du aufgehoben und gepflegt. Wir haben manchmal über dich gelacht deswe-
gen." Johnson ist plötzlich sehr ernst. „Aber einmal, bist du mit einem
Chamäleon vom Garten reingekommen, das hattest du dir auf den
Kopf gesetzt, aus Spaß, um mich zu erschrecken. Das darf man nicht!
Das sind die Boten des Todes, aber das konntest du ja nicht wissen."

***

Farbwechsel
Chamäleons passen ihre Farbe der Umgebung an

Schon ihr Name deutete darauf hin, dass sie ein Kind zweier Welten war. Ihre Eltern hatten sich lange nicht einigen können, ob das kleine Mädchen nach dem Vater, einen afrikanischen, oder nach der Mutter, einen europäischen Vornamen erhalten sollte. Endlich einigte man sich, dass sie zwei Namen bekommen würde. Dann wurde wochenlang beraten, welche. Der Vater plädierte für „Maisha Mapya", was so viel wie neues Leben bedeutet, die Mutter wollte der Tatsache, dass die Kleine am helllichten Tag geboren wurde, Erinnerung tragen und sie „Jua", Sonne, nennen. Die Großmutter väterlicherseits wollte den Wochentag Sonntag „Jumapili" noch dran hängen und der Onkel wollte das Glück, „Furaha" festgehalten sehen. Das Kikuyu Blut wollte ebenfalls beachtet werden und so kam noch „Wam-weru" für hellhäutig dazu und dann natürlich der Name des Vaters „Wangai", was „von Gott geboren" bedeutet. Bei dem europäischen Vornamen wurde es nicht ganz so schwierig. Kirsten nach der Mutter, oder Erika nach der Großmutter? Der Nachname der Mutter war Lamann und in Afrika muss dieser ebenfalls Bestandteil des vollen Namens sein.

Es war dann ein Fehler des Standesbeamten, der sämtliche probeweise aufgelisteten Namen von der Rückseite des Zettels zusammengefügt hatte, so dass in ihrer Geburtsurkunde Maisha Mapya Furaha Jumapili Kirsten Erika Lamann Wamweru Wangai stand. Wer einmal versucht hat, in Kenia eine Geburtsurkunde ändern zu wollen, wird es nie wieder tun, denn die verstaubte Bürokratie verbietet solches Ansinnen ganz einfach.

Nach langen Diskussionen wurde der Name inoffiziell aus Bequemlichkeitsgründen zu Maisha Kirsten Wangai zusammengeschrumpft. In den folgenden Jahren gewöhnte sich das Mädchen daran, im Dorf ihres Vaters „Maisha" und von ihrer Mutter und deren Familie „Kirsten" gerufen zu werden.

Das Mädchen wuchs zu einer Schönheit heran. Ihre Haut hatte den Ton von hellem Milchkaffee. Ihr Gesicht, das dem Vater ähnelte, zeigte volle Lippen, große schwarze Augen und eine kleine gerade Nase. Von ihrer Mutter hatte sie das lockige rote Haar geerbt und ein paar Sommersprossen, die auf ihren Wangenknochen hübsch aussahen. Von klein auf lernte sie verschiedene Sprachen. Mit der Mutter sprach sie deutsch. In der Schule waren die Hauptsprachen Englisch und Kisuaheli und mit der Familie des Vaters kommunizierte sie in Kikuyu, der

Sprache des kenianischen Hochlandes.

„Unser kleines Chamäleon", wurde sie daher scherhaft von ihren Eltern genannt, wenn sie, ohne zu überlegen, mit den Sprachen jonglierte. Ihre Anpassungsfähigkeit erstreckte sich auch auf die Sitten der jeweiligen Orte. Bei ihren Eltern tollte sie herum, kletterte auf Bäume, aß europäisches Essen und ließ sich abends in ihrem hellen und bunten Zimmer deutsche Gute-Nacht-Geschichten vorlesen. War sie bei den Großeltern auf dem Dorf, war sie still und brav, wie es in Afrika von den Kindern erwartet wurde. Sie half der Großmutter das Essen zu bereiten, mäkelte nicht an den Speisen, holte Wasser vom Brunnen und trank es ohne zu murren, obwohl es einen brackigen Geschmack hatte. Abends lag sie im Dunklen, denn es gab keinen Strom, und sie konnte durch die Luke der Hütte den glitzernden Sternenhimmel sehen. Sie liebte beide Leben und war stolz darauf, ein Chamäleon zu sein, obwohl sie zu diesem Zeitpunkt noch keines gesehen hatte. Sie wusste jedoch von ihren Eltern, dass ein Chamäleon die Gabe besaß, sein Äußeres nach Belieben zu verändern und der Umgebung anzupassen.

Eines Tages, sie war gerade in die Schule gekommen, entdeckte sie im Garten ein merkwürdiges Tier. Es war nicht größer als ihre Hand, von einem kräftigen Grün, mit gelblichen Streifen. Es bewegte sich merkwürdig langsam, streckte ein Vorderbeinchen mit zitterigen Bewegungen nach vorne, zog in Zeitlupe das hintere Bein nach, dann das andere und so fort. Maisha war fasziniert. Am meisten beeindruckte sie der Drachenkopf, der nach vorne zwei Hörner ausstreckte und die beiden Augen, die unabhängig voneinander ständig in Bewegung waren. Das Mädchen, das in der Natur aufwuchs, zeigte keine Angst. Vorsichtig streckte sie ihren Zeigefinger aus und strich sanft über die Zacken auf dem Rücken des Tieres, welches ihr einen Blick aus dem linken Auge gönnte und sich augenblicklich braun verfärbte. Maishas Hand zuckte zurück und sie sprang erschrocken einen Schritt zur Seite. Sie beobachtete das Tierchen gespannt und wartete geduldig, bis dieses wieder seine Wanderung aufnahm und langsam zurück zu seiner grünen Farbe wechselte. Maisha näherte sich und wiederholte ihr Streicheln und wieder verfärbte es sich. Jetzt erschreckte sie sich nicht mehr und hob es vorsichtig von seinem Ast, um es genauer zu betrachten. Sie sah ein zahnloses kleines Maul, das sich jetzt leise fauchend öffnete, und ahnte, dass das Wesen Angst hatte. Sie wollte es nur schnell ihrer Mutter zeigen und dann wieder zurück in den Busch setzen.
In der Küche war Samuel, der Koch, dabei, Kartoffeln zu schälen. Als

Maisha aufgeregt mit dem kleinen Lebewesen auf der Hand hinein gelaufen kam, und er in ihre Richtung schaute, ließ er das Messer fallen und bedeckte seine Augen mit einer Hand und mit der anderen bedeutete er ihr, die Küche sofort zu verlassen. Er sprach kein Wort und Maisha rannte auf die andere Seite des Hauses, wo ihre Mutter manchmal mit dem Gärtner im Gemüsegarten war. Heute war ihre Mutter allein und Maisha vergrub ihren Kopf an der Schürze der Mutter. Unter Tränen erzählte sie ihr, was geschehen war.

„Schau mal Kirsten, das ist ein Chamäleon", erklärte sie ihr mit ruhiger Stimme.

„Es bedeutet im afrikanischen Mythos Unglück und Tod. Manche glauben auch, dass eine Frau ein Chamäleon niemals anschauen soll, weil sie sonst niemand heiraten wird. Das ist alles Aberglaube, wir glauben nicht an so etwas. Jetzt setz es wieder zurück in den Busch und ich lese dir etwas vor", fügte sie hinzu, um das verstörte Kind abzulenken.

Maisha Kirsten war in der Tat verstört, denn sie erinnerte sich an die Worte ihrer Eltern, dass sie ein Chamäleon sei. In ihrem kindlichen Bewusstsein bildete sie sich ein, dass sie ein Unglücksbote sei, der Unglück und Tod über die Menschen bringen würde. Aber sie fragte an diesem Tage nicht weiter nach. Sie trug diesen Makel mit sich herum und begrub die Gedanken daran ganz tief in ihrem Herzen. Nicht einmal ihrer besten Freundin erzählte sie davon. Dass sie nie einen Mann finden würde, war ihr klar und sie erkannte es als gerechte Strafe an.

In späteren Jahren dachte sie nicht mehr so viel daran. Ab und zu wurde sie daran erinnert, wenn ihre Eltern schmunzelnd zu Freunden von der Anpassungsfähigkeit ihrer frühen Kindertage sprachen oder sie im Garten ein Chamäleon entdeckte. Dann klopfte ihr Herz wild und sie dachte an ihr düsteres Schicksal.

Als sie sechzehn war, wurde „das Chamäleon" in der Schule durchgenommen. Sie lernte gierig alles, was darüber in ihrem Schulbuch stand und meldete sich freiwillig, am Ende der Lektion darüber ein Referat zu halten. Sie hoffte, sich dadurch von den dunklen Gedanken, die wider aller Vernunft ab und zu in ihr hochkamen, zu befreien. Dafür deckte sie sich aus der Schulbibliothek mit Büchern und Bildern ein. Als sie den Stapel am Schalter zum Registrieren ablegte, stand plötzlich Ben neben ihr. Ben war eine Klasse höher und sie hatten sich im Pausenhof schon Blicke zugeworfen, die Maisha merkwürdiges Herzklopfen verursacht hatten. Wie beim Chamäleon, dachte sie dann immer, nur schöner. Jetzt stand Ben dicht neben ihr und blätterte in den

Büchern.

„Alles über Chamäleons? Wieso interessierst du dich denn so dafür?" Er grinste sie fragend an. Sie wurde rot. Am liebsten hätte sie ihm gesagt, dass sie hoffte, einem jahrelangen Trauma entfliehen zu können, aber dann hätte sie ja preisgeben müssen, dass sie an den afrikanischen Mythos glaubte. So stotterte sie nur etwas von Referat, riss die Bücher an sich und wollte an ihm vorbei. „Moment, warum denn so eilig? Hast du Zeit mit mir etwas trinken zu gehen? Ich weiß viel über Chamäleons, weil sie mich faszinieren." Er sah sie hoffnungsvoll an.

Sie verbrachten den ganzen Nachmittag in einem Café, sprachen nicht nur über Chamäleons und stellten fest, dass sie viele Gemeinsamkeiten hatten. Auch er kam aus einer gemischten Ehe, jedoch waren seine Eltern geschieden, und er lebte bei der Mutter. Er war – wie sie – gut in der Schule und hatte großes Interesse an Tieren und Pflanzen. Auch das passte, denn sie wollte später gerne Tierärztin werden.

Sie trennten sich nur ungern und er lud sie für den nächsten Abend ein, mit ihm auszugehen.

Den folgenden Tag sah sie ihn nur kurz auf dem Pausenhof, aber er stand mit Freunden da und nickte ihr nur zwinkernd zu. Den Nachmittag verbrachte Maisha zu Hause über ihren Schulbüchern und versuchte, sich auf die Chamäleons zu konzentrieren.

„Die Bereitschaft zur Balz wird zum Beispiel oft von auffälligen Farben und Mustern begleitet", las sie und schaute nachdenklich in die Ferne. Sie klappte das Buch zu, öffnete den Kleiderschrank und griff nach einem bunten, kurzen Kleid und hielt es sich abschätzend vor dem Spiegel an.

***

HEUTE

Johnson scheint in Gedanken der Geschichte nachzuhängen, die ich ihm gerade erzählt habe.

„Trotzdem: Ich glaube einfach, dass Chamäleons nicht zum Anfassen sind. Das bringt kein Glück. Im gleichen Jahr ist ja dann der Bwana gestorben", sagt er.

Ich will darüber nicht weiter sprechen und schweige.

Es ist heiß geworden unter dem Sonnenschirm und ich bin froh, an Badesachen gedacht zu haben. Ich schwimme ein paar Runden, während Johnson ein Nickerchen macht. Ich bestelle einen Eiskaffee und warte, bis er aufwacht. Es ist wunderbar, so völlig ohne Zeitplan hier zu liegen und die Gedanken ziellos wandern zu lassen. Auf der anderen Seite des Pools lässt sich gerade eine Familie nieder. Die weiße, hübsche Frau, stellt ein Tragekörbchen mit Moskitonetz vorsichtig im Schatten ab. Ihr Mann, ein hochgewachsener, gut aussehender Afrikaner, hilft ihr die Liege hochzuklappen. Ein perfektes Paar. Ich denke an eine Safari mit Bernd, wo wir auch so einen ähnlich aussehenden Mann kennenlernten. Ich kann es kaum erwarten, bis Johnson aufwacht, um ihm die nächste Geschichte zu erzählen!

***

Tempolimit

Der Gepard kann im Spurt bis zu hundertvierzig Kilometer pro Stunde zurücklegen. Ihre Jungen lässt das Weibchen an einer sicheren Stelle zurück.

Noch vor Sonnenaufgang fuhren Sarah und Bernd von ihrem Haus in Nairobi los. Zehn Tage Küstenurlaub lagen vor ihnen, und Sarah freute sich auf das winzige, gemütliche Haus, das sie des Öfteren mieteten, wenn sie in Diani waren. Trotz der frühen Stunde waren auf der Ausfahrtstraße nach Mombasa schon viele schwere Laster und Busse unterwegs. Wollte man an ihnen vorbei, bot die Straße niemals genügend Ausweichmöglichkeiten, um hundertprozentig sicher zu überholen. Noch dazu war sie kurvig und von unzähligen, oft badewannengroßen Schlaglöchern durchzogen. Die Seitenstreifen fielen nach und nach der Erosion zum Opfer, und so mancher Autofahrer landete bei dem Versuch auszuweichen, im Busch. Unzählige Baufirmen hatten sich in der Vergangenheit schon an der Erhaltung und dem Aus-bau dieser Straße versucht. Nach jeder großen Regenzeit war sie wieder unterspült, gerissen, abgebröckelt.

„Sieh mal, wie wunderschön die Berge aussehen, so klar und zum Greifen nah." Sie zeigte auf die Ngong Berge, die vor ihnen in der Morgensonne sichtbar wurden. Vor Jahren hatten sie dort gemeinsam mit ihrer Mutter das Grab von Denys Finch-Hatton, dem Geliebten der dänischen Schriftstellerin Karen Blixen, besucht. Ihre Mutter war genauso begeistert von dem Film „Jenseits von Afrika" gewesen, wie Sarah selbst.

„Erinnerst du dich noch? Denys Finch-Hatton wollte unbedingt in den Ngong Bergen begraben sein. Am Schluss des Filmes sagte sie, es seien Löwen auf seinem Grab gesehen worden."

Bernd nickte lächelnd. „Das waren noch Zeiten damals, Löwen auf den Ngong Bergen!"

„Machen wir wieder Rast bei der „Hunters Lodge"? Ich habe Durst auf einen Chai!"bat Sarah.

„Wir sind schon an Machakos vorbei, es kann nicht mehr weit sein. Ich hätte auch nichts gegen eine kleine Unterbrechung."

Dieser Ort hatte eine traurige Geschichte: Von hier brachen die Großwildjäger in den frühen Jahren des 20. Jahrhunderts auf, um Löwen, Elefanten und Nashörner zu jagen. Trotzdem mochte Sarah dieses etwas heruntergekommene Rasthaus, weil es so malerisch am Fluss lag und freute sich, als sie die Lodge erreicht hatten. Sie stieg aus und streckte ihre Arme und Beine.

Sie setzten sich an einem Holztisch im Garten und tranken den lauwarmen, bitteren Tee, den der Ober mit ein paar Keksen servierte. Dazu verzehrten sie ihre mitgebrachten Brote. Wie ein großer Schirm spannte sich über ihnen ein Akazienbaum. Unzählige Webervögel hatten ihre Nester in ihm gebaut. Es war wunderbar, im Halbschatten zu dösen und ihrem aufgeregten Gezwitscher zuzuhören. Bernd stand auf und streckte sich.

„Ich glaube, wir sollten weiter. Wir haben noch nicht einmal ein Viertel der Wegstrecke geschafft", gab er zu bedenken.

Der Verkehr hatte sich verdichtet und Bernd musste sich beim Fahren sehr konzentrieren. Zu viele rücksichtslose Fahrer, zudem Fahrzeuge mit abgefahrenen Reifen, ohne Service, teilweise provisorisch zusammengeflickte, fahrbare Untersätze, die den Namen Auto nicht verdienten. Sie sprachen nicht viel, hörten Musik und jeder hing seinen Gedanken nach. Sarah verspürte ein Ziehen im Unterleib. Es war ihr leider nur zu vertraut und wieder einmal wurde ihr schmerzlich bewusst, dass es mit der ersehnten Schwangerschaft noch immer nicht geklappt hatte. Traurigkeit überkam sie und sie schloss die Augen, in der Hoffnung ein bisschen schlafen zu können. Nach sieben Ehejahren hatte sich immer noch kein Nachwuchs eingestellt. Unzählige durchweinte Stunden hatte sie deshalb verbracht. Jedes Mal hatte Bernd sie zärtlich getröstet. Sie war froh, dass er ihr das Gefühl vermittelte, daran keine Schuld zu tragen, obwohl es eindeutig an ihr liegen musste, da er einen Sohn aus erster Ehe hatte. Sarah hatte Mühe, ihre Tränen zurückzuhalten und drehte ihr Gesicht zur Beifahrerseite. Bernd sollte ihre Traurigkeit nicht sehen.

„Schau mal Sarah, hier sind deine geliebten „Busenberge", und mit guten Augen kann man gerade noch ganz hinten den Schnee auf dem Kili sehen." Mit diesen Worten wurde sie von Bernd geweckt. Sie öffnete die Augen und sah hinaus. Mit ein wenig Phantasie konnte man sich tatsächlich vorstellen, die weichen Bergformen der Chyulu Hills seien Brüste von Riesinnen, die auf dem Rücken lagen und schliefen. Ein Rest vom Gipfel des großen Kilimandscharo war noch zu sehen, bevor er sich in eine Wolkendecke hüllte.

„Da ist das Schild zum Amboseli Park!", rief Sarah aufgeregt. Jetzt war sie wieder hellwach. „Wir müssen unbedingt auf dem Rückweg hier noch Station machen!"

Sarah schlug den Reiseführer auf ihren Knien auf, blätterte suchend und las: "Achthundert Elefanten soll es im Amboseli Park geben, ich freue mich schon!"

Sie hoffte, auf der Höhe des angrenzenden Tsavo Parks die berühmten „roten" Elefanten zu sehen. Sie sahen tatsächlich anders aus, als die üblichen Elefanten. Das machte die Sanddusche mit der ockerfarbenen Erde, die sie sich täglich gönnten, und die so langsam ihre graue Haut einfärbte. Ein erneuter Schmerz im Unterbau vertrieb ihre gerade wiedergefundene Freude an der Fahrt.

„Weck mich, wenn du sie siehst, ich döse ein bisschen vor mich hin." Sie rückte sich im Sitz zurecht, lehnte den Kopf an die Scheibe und schloss erneut die Augen. Wie wunderbar wäre es, wenn sie jetzt zu dritt nach Mombasa fahren würden. Sie malte sich aus, wie sie unterwegs anhalten, das kleine Kind in ihrer Mitte an den Händchen haltend hoch in die Luft schwingen würden. Man musste positiv denken. Einmal würde es wahr werden.

„Wir sind gleich am „Man Eaters"! Wollen wir nochmal eine kleine Pause einlegen?", fragte Bernd nach einer Weile. „Hast du die Verrückte gesehen? Die hing mir fast an der Stoßstange und hat dann halsbrecherisch überholt. Die hatte mindestens hundertvierzig km/h drauf!" Er klang wütend und empört.

Sarah schüttelte den Kopf. Sie hatte einen schönen Traum gehabt. Zu Pferd war sie durch die Wildnis geritten, trotz der gefährlichen Tiere um sie herum, völlig angstfrei, mit ihrem Kind vor sich im Sattel. Sie konnte sich nur schwer von den Glücksgefühlen im Traum losreißen und griff rasch zu ihrem Reiseführer. Sie hielt Bernd, der gerade aussteigen wollte, am Ärmel fest. „Warte, ich muss dir nur schnell was vorlesen!"

Bernd lächelte und setzte sich wieder auf den Fahrersitz.

„Die „Man Eaters" Tankstelle und Raststätte, so genannt in Gedenken an zwei Löwen, die zwischen März und Dezember 1898 beim Bau der Kenya-Uganda Railway eine große Anzahl von Arbeitern aus ihren Zelten geholt und verspeist hatten. Die genaue Anzahl ist nicht bekannt, sie bewegt sich zwischen fünfunddreißig und hundertfünfunddreißig Menschen. Trotz unzähliger Versuche diverser Jäger, aufgestellten Fallen, Dornenzäunen und Feuer, gelang es den Biestern immer wieder, Menschen aus dem Lager zu rauben. Selbst aus den langsam fahrenden, offenen Zügen sollen sie sich ihre Opfer geholt haben. Erst John Henry Patterson, der Bauführer der Eisenbahnbrücke über den Tsavo Fluss, bereitete dem Gräuel ein Ende. Er erschoss den ersten Löwen am 9. und den zweiten am 29. Dezember 1898.

„Glaubst du das mit dem Zug?", fragte sie und klappte den Reiseführer zu, bevor sie ausstieg. „Wenn die Brücke noch gar nicht fertig ist, sind die Züge doch noch gar nicht gefahren, oder?"

„Da ist bestimmt viel Jäger-Latein dabei", antwortete Bernd und schmunzelte.

Sie liefen zu einem kleinen Kiosk und kauften eine kalte Cola. Gut die Hälfte des Weges zur Küste war geschafft. Nun mussten sie noch an der Stadt Voi vorbei und an den Taita Hills, der letzten Bergkette, bevor die Straße in die Küstenebene führte. Bis dahin würden sie die meisten Laster und Busse hinter sich gelassen haben und deswegen auch keine lange Rast mehr machen. Wie immer lagerten Paviane in der Nähe der Tankstelle, die darauf warteten, dass die Fernfahrer ihnen Essbares zuwarfen. In halsbrecherischen Sprüngen quer über die Straße, versuchten sie die Fahrzeuge zum Halten zu bewegen und bettelten am Straßenrand. Furchtlos machten sie sich an Fußgänger heran, und nicht selten stibitzten sie blitzschnell ein Sandwich oder Obst aus den Händen der Touristen. Ihre kleinen, eng beieinanderstehenden Augen bewegten sich flink.

„Halt Deine Tasche fest! Sieh mal, du wirst schon beobachtet", riet Bernd ihr. Sarah lachte, klemmte sich den Beutel unter den Arm und die Aufmerksamkeit der Affendame neben ihr ließ sofort nach. Sarah erinnerte das Tier schmerzlich an ihre letzte Fahrt auf dieser Strecke: Ein Affenweibchen mit einem toten Jungen auf dem Arm hatte am Straßenrand gesessen und ihr Kleines jedem vorbeifahrenden Auto anklagend entgegengehalten. Offensichtlich war das kleine Äffchen von einem Auto überfahren worden. Sarah versuchte, das traurige Bild aus ihrem Kopf zu vertreiben.

„Bald haben wir es geschafft", sagte Bernd, als sie zum Auto zurückgekehrt waren.

„Du kannst mir ja noch ein bisschen die Zeit vertreiben und etwas vorlesen", schlug er vor. Sarah freute sich, dass Bernd es mochte, wenn sie ihm vorlas und ihn auf touristische Besonderheiten hinwies. Er hatte ihr einmal gesagt, dass er ihre tiefe, warme Stimme liebte, weil diese ihn so beruhigen würde.

Den schwarzen Rauch konnte man schon von weitem sehen. Als sie näher kamen, erkannten sie viele Menschen, die auf ein Feuer zuliefen, welches aus einem Auto aufstieg, das weit abseits in einem Feld auf dem Dach lag.

„Mein Gott!", rief Bernd. „Ich glaube, das ist die Weiße, die vorhin an mir vorbeigebraust ist. Das war so ein dunkelblauer Jeep." Er hielt am Straßenrand, riss den Feuerlöscher aus der Verankerung unter dem Sitz und rannte ebenfalls auf das brennende Fahrzeug zu. Sarah blieb erschrocken sitzen. Hier kam sicherlich jede Hilfe zu spät. Dann stieg sie doch aus und folgte Bernd. Sie hatte einen Erste-Hilfe-Kurs absolviert und vor Jahren einmal aushilfsweise in einem Dorfkrankenhaus

140

im Norden Kenias gearbeitet. Wenn es Überlebende gab, wollte sie wenigstens versuchen zu helfen. Doch als sie das noch immer brennende Wrack erreicht hatte, fühlte sie Magensäure aufsteigen. Sie hatte damals viele schlimme Dinge gesehen, aber den brennenden Körper eines Menschen noch nie. Sie lief zu einem Busch und übergab sich, bis nur noch bitter schmeckende Flüssigkeit kam. Dann hockte sie sich hin und weinte um das Leben dieser ihr unbekannten Frau. Als sie sich etwas beruhigt hatte, wischte sie sich die Augen mit dem Blusenärmel ab. Sie sah sich um. Auf der anderen Seite des Busches redeten die Schaulustigen dieser makabren Vorstellung durcheinander, und weitere Menschen näherten sich jetzt neugierig dem inzwischen ausgebrannten Wrack. Offenbar hatte Bernd das Feuer löschen können und stand nun mit hängenden Armen neben den Resten des Fahrzeuges. Sarah wollte gerade aufstehen, um zu ihm zu gehen, als sie etwas Weißes im Gebüsch aufblitzen sah und ein kaum wahrnehmbares Wimmern hörte. Sie bog das Gestrüpp auseinander und erkannte einen Säugling, höchstens zwei Monate alt. Er hatte aufgehört zu wimmern und drehte den Kopf in ihre Richtung. Sarah zog das Bündel vorsichtig zu sich heran und nahm es auf den Arm. Eine Welle von Zärtlichkeit durchfuhr sie und sie zog schützend ihren Schal über das Gesichtchen des Kindes, um es vor der gleißenden Sonne zu schützen. Wie in Trance lief sie zum Auto zurück, das von Kindern umzingelt war. Alle behaupteten, auf das Fahrzeug aufgepasst zu haben, und forderten ein Trinkgeld. Sie blieb stehen und forschte hilfesuchend in der Menge nach Bernds Gesicht. Inzwischen war die Polizei eingetroffen und fesselte das Interesse der Kinder. Wie eine Herde rannten sie zurück zur Unfallstelle.

Sarah hielt das Kind an sich gedrückt und betrachtete es. Das wohlgeformte Köpfchen war mit dunklen, weichen Locken bedeckt, die Augen von einem tiefen Braun, mit seidigen, langen Wimpern. Die kleine Nase war gerade mit ausgeprägten Flügeln, der Mund voll und weich. Eine hohe runde Stirn machte die Ausgewogenheit des kleinen Gesichts perfekt. Ein hübsches Kind. Ein Kind, wie sie es sich immer gewünscht hatte. Seine Haut hatte die Farbe von Milchkaffee und zeigte, dass der Säugling auch afrikanisches Blut in sich trug. Sarah strich ihm liebevoll über den Kopf und wieder musste sie weinen, diesmal über die Tatsache, dass dieses süße Wesen so früh verwaist war.

Endlich kam Bernd zurück. Er warf den Feuerlöscher in den Kofferraum und ließ sich schwer auf den Fahrersitz fallen. Sarah sah, dass auch er geweint hatte, und reichte ihm stumm ein Taschentuch. Sie setzte sich neben ihn, noch immer den Schal über das Kind gezogen.

„Fahr schnell los, bitte, ich will weg von hier", bat sie. Bernd startete den Wagen ohne sie anzusehen und fuhr los. Sie wechselten kein Wort. Bernds Kiefer mahlten und Sarah wusste, dass er versuchte, die Tränen zurückzu-halten. Das Kind in ihrem Arm bewegte sich. Wie sollte sie ihm erklären ... In diesem Augenblick begann das Baby leise zu weinen. Bernd sah entgeistert zur Seite, bremste abrupt und hielt auf dem Seitenstreifen. Sarah schlug das Tuch zurück und wiegte das Baby und streichelte sein Gesicht. Sie traute sich nicht, Bernd anzusehen. Am liebs-ten hätte sie das Baby niemals wieder losgelassen. Bernd lenkte das Fahrzeug in einen Feldweg und kam unter einem Baobab Baum zum Stehen.

„Ich nehme an, du möchtest mir etwas sagen?" Seine Stimme klang streng. Ihre Blicke trafen sich.

„Ich habe es unter einem Strauch gefunden", flüsterte sie. „Es muss heraus geschleudert worden sein. Es ist ein Wunder. Es ist ihm nichts passiert. Es hat keine Mutter mehr. Wir könnten es ..."

Bernd legte den Arm um sie. „Ich sollte dir eigentlich böse sein, denn wir hätten das Kind der Polizei übergeben müssen. Wenn jemand uns gesehen hat und es der Polizei berichtet - wir werden große Schwierig-keiten bekommen."

„Aber sie wissen doch nicht ...", wollte Sarah antworten, doch er unterbrach sie. „Ich musste als Zeuge meine Personalien dort lassen. Sie würden uns im Nu finden."

Sarah wusste, dass er Recht hatte, doch für einen Moment hatte sie sich ausgemalt, wie sie gemeinsam dieses Kind großziehen würden. Sie könnten mit ihm nach Europa reisen und dann zurückkommen, als hätte sie es dort geboren. Die braune Hautfarbe würden sie schon irgendwie erklären können. Aber ohne Papiere? Sie könnte auch an der Küste bleiben und dann nach ein paar Monaten zurückkommen. Dann hätte sie eben verheimlicht, dass sie schwanger war. Dabei wusste sie ebenso wie Bernd, dass das Kind zu seiner rechtmäßigen Familie zurückmusste, und alle ihre Gedanken der letzten Minuten reines Wunschdenken gewesen waren. Das Baby schrie jetzt laut. Es gelang ihr nicht mehr, es zu beruhigen. Es musste Hunger haben und sie hatten nichts, um es zu füttern.

„Du machst Sachen", kopfschüttelnd sah Bernd sie und das Baby an. Er startete den Wagen und fuhr los. Hoffnung machte sich in Sarah breit. Empfand er das gleiche wie sie? Doch dann zeigte er wieder, dass er der Pragmatischere von ihnen beiden war.

„Wir müssen Babymilch, Flaschen und Windeln besorgen", sagte er.

„Wenn wir uns beeilen, könnten wir Mombasa erreichen, bevor die

142

Geschäfte schließen."
Die nächsten Stunden waren eine Herausforderung an Sarahs Nerven. Das Kind schrie fast ohne Unterbrechung. Sie kletterte mit dem Säugling auf den Rücksitz und öffnete die Windel.
„Es ist ein Junge!", rief sie nach vorne und sah Bernd im Rückspiegel schmunzeln. Sie säuberte den Jungen so gut sie konnte und faltete ihren Schal zu einer frischen Windel, die sie links und rechts verknotete. Aus einer sauberen Handtuchecke formte sie eine Art Schnuller, den sie aus der Wasserflasche nässte. Der kleine Mund schnappte gierig danach und für einen kurzen Augenblick war Ruhe. Aber sofort bemerkte der Junge den Betrug und sein Geschrei wurde nur noch zorniger.
Als Bernd in Mariakani den Wagen betankte, entdeckte sie eine kleine „Duka", einen typische afrikanischen, kleinen Kiosk. Sie klopfte an die Autoscheibe und deutete in die Richtung des Ladens. Bernd kam bald mit einer Tüte zurück, die er lächelnd neben Sarah abstellte. Eine Flasche Mineralwasser, eine Plastiktasse, eine Dose Trockenmilch und eine Babyflasche. Sofort vertiefte sich Sarah in die Beschreibung und hatte bald Milchpulver und Wasser richtig gemischt. Sie schüttelte die Flasche und als sie den Flaschenschnuller dem Kind in den geöffneten Mund schob, war nur noch leises Atmen und Schmatzen zu hören.
„Die Ruhe ist eine Wohltat. Lange hätte ich das nicht mehr ausgehalten", seufzte Bernd und rieb sich die Stirn.
„Was machen wir denn nun mit dem Kind?", wollte sie wissen und hoffte, dass er sagen würde, sie sollten es über den Urlaub behalten und erst dann in Nairobi nach der Familie forschen.
Bernd schwieg.
„Wir müssen es zur Polizei bringen, oder?", fragte sie nach.
„Ich habe die ganze Zeit mit meinem Fuß auf der Brieftasche gestanden, die wohl aus dem Auto geschleudert wurde. Ich wollte nicht, dass sie in falsche Hände gerät und habe sie dann der Polizei übergeben. Als sie sie öffneten und nach Dokumenten suchten, habe ich eine Buchungsbestätigung für die Diani Sea Lodge gesehen. Lass uns dorthin hinfahren, vielleicht bekommen wir eine Adresse oder einen Namen heraus."
Der Kleine war gesättigt und auf Sarahs Arm eingeschlafen. Sie sah ihn zärtlich an.

Es war schon fast dunkel, als sie die Fähre nach Diani Beach erreichten. Der Verkehr in Mombasa war wie immer dicht und langsam, und sie waren über die Klimaanlage im Auto froh. Die Stadt bestand aus Dieseldämpfen, und die Anzahl der Fahrzeuge schien sich von Mal zu

Mal zu verdoppeln. Die kurze Fahrt mit der Fähre war ein klaustrophobisches Erlebnis. Hunderte von Menschen drängten sich um die Stehplätze. Die Autos wurden so eingewiesen, dass man kaum die Türen öffnen konnte. Sarah war froh, als sie heil die andere Seite erreichten. Nach einer halben Stunde bogen sie in die Auffahrt der „Diani Sea Lodge" ein. Das Kind schlief immer noch und Sarah hob es vorsichtig aus dem Wagen. Bernd verschloss die Tür und sie folgten dem Schild „Rezeption" durch den üppigen Palmengarten. Die feuchtwarme und würzige Luft ließ das nahe Meer ahnen. Wehmut machte sich in Sarah breit. Würden sie etwas herausfinden? Musste sie bald schon dieses Kind wieder abgeben?

An der Rezeption stand ein junger Afrikaner, der aufgebracht auf den Rezeptionisten einredete: „Das kann doch nicht sein, dass man nicht herausfinden kann, ob es auf der Mombasa Road einen Unfall gegeben hat oder nicht. Das muss die Polizei doch wissen. Ich habe die Autonummer, den Namen der Fahrerin, das muss man doch über Funk heraus bekommen. Mein Gott!"
Er drehte sich um, sichtlich genervt, und fuhr sich mit der Hand durch seine dunklen Locken. Plötzlich fiel sein Blick auf Sarah und Bernd, dann auf das Kind in Sarahs Arm. Sarah sah Bernd an und erwiderte dann den Blick des Fremden. Sie wusste, dass sie alle drei im gleichen Moment die Situation begriffen hatten. Sie hielt ihm das schlafende Kind entgegen. Angst und Erleichterung lagen gleichzeitig in seinem Gesicht, als er das Baby vorsichtig an sich nahm.
„Was ist passiert?", flüsterte er kaum hörbar.

Sie blieben die ganze Nacht bei ihm, sprachen, schwiegen, ließen ihn weinen. Sein Kummer ließ Sarah ihren eigenen vergessen. Sie besorgte ein starkes Getränk und für später eine Schlaftablette. Sie mochte diesen Mann, und nach dieser gemeinsamen Nacht gingen sie als Freunde auseinander.
Für den restlichen Urlaub vertraute der Vater Sarah seinen Sohn an. Er musste nach Nairobi reisen und eine Menge Behördengänge erledigen, um seine tote Frau dorthin überführen zu können.
„Sam ist bei euch jetzt besser aufgehoben. Ich danke euch sehr."
Sie verabredeten sich in Nairobi für die Zeit nach ihrem Urlaub in sechs Wochen und Sarah kümmerte sich mit Hingabe um das Kind.
Als sie auf dem Rückweg die Unfallstelle passierten, griff Sarah Bernds Hand und drückte sie.
„Die arme Frau. Sie kann nicht erleben, wir ihr kleiner Sam aufwächst."
Sie strich dem Kleinen liebevoll über den Kopf.

144

„Mir tut sie auch leid, glaube mir. Und ihr Mann natürlich. Aber wie konnte sie nur so verantwortungslos fahren? Mindestens hundertvierzig Stundenkilometer, und das auf dieser gefährlichen Straße! So fährt man nicht, wenn man ein Kind im Auto hat." Bernd schüttelte verständnislos den Kopf. Sarah schwieg und sah in die von der späten Nachmittagssonne durchleuchtete Landschaft. Sams Mutter hatte diesen Leichtsinn teuer bezahlen müssen.

Trotz des Kleinen machten sie den geplanten Umweg über den Amboseli Park, wo sie einige Nächte in einer Lodge verbrachten. Am letzten Tag beobachteten sie aus dem Auto heraus einen Geparden bei der Jagd. In eleganten Sätzen verfolgte er eine Antilope. Als sie vorbeifuhren, sah Sarah die kleinen Ohren der Jungen im Gebüsch aufblitzen. Schlagartig kehrte die Erinnerung an den Moment zurück, als sie Sam im Gebüsch gefunden hatte. Das gleiche Bild. Mit Tränen in den Augen las sie Bernd aus dem Reiseführer vor: „Der Gepard kann im Spurt bis zu hundertvierzig Kilometer pro Stunde zurücklegen. Ihre Jungen lässt das Weibchen an einer sicheren Stelle zurück."

Einige Wochen später standen sie auf dem Parkplatz des Nairobi Hospital, wo Sams Vater als Arzt tätig war. Schweren Herzens gaben sie ihm den Kleinen zurück. Sie versprachen sich gegenseitig, in Kontakt zu bleiben und stellten fest, dass sie nicht weit voneinander in Nairobi, im Stadtteil Lavington wohnten. Der Abschied von dem kleinen Baby fiel schwer.

„Wenn wir hier schon im Hospital sind, lässt du jetzt noch einen Malariatest machen, bevor wir nach Hause fahren", forderte Bernd. Aber es schien ihr, als wollte er sie nur von ihrem Kummer ablenken, denn das bisschen Übelkeit und Brechen, das sie in den letzten Tagen verspürt hatte, war nicht der Rede wert. Wahrscheinlich war es nur die Aufregung über den bevorstehenden Abschied von dem Kleinen. Aber sie tat Bernd den Gefallen, denn auch er hatte Sam ins Herz geschlossen. Eine Stunde später verließ Sarah das Krankenhaus. Sie atmete die kühle Abendluft tief ein, legte den Kopf in den Nacken und sah zum klaren Sternenhimmel. Noch immer klangen ihr die Worte des Arztes im Ohr: "Herzlichen Glückwunsch! Sie sind im zweiten Monat schwanger!"

***

HEUTE

Johnson ist berührt. „Es gibt viele traurige Geschichten im Leben. Viele. Und trotzdem – immer bleibt etwas Gutes zurück. Ich weiß, dass du damals davon gesprochen hattest, von dem Unfall auf der Mombasa Road. Aber all das andere, das wusste ich nicht."

„Das war 1982, glaube ich. Ja, genau, denn Alex wurde 1983 geboren. Sollen wir woanders hingehen? Ich würde gerne den Rest des Nachmittags und den Abend an einem gemütlichen Platz verbringen. Es ist unser letzter Abend. Morgen fahre ich mit Freunden nach Mombasa. Hast du eine Idee?"

„Es ist noch früh und der Verkehr ist gerade ruhig. Ich fand es in diesem Karen Coffee Garden sehr schön. Die Geschichten, die dort erzählt werden, sind warm und klingen anders."

Inzwischen hat der Himmel sich bewölkt und Donner grollt bedrohlich in der Ferne. Wir beschließen, unseren alten Platz am Kamin wieder einzunehmen. Der Kellner erkennt uns wieder. Er bringt die Getränke und stellt geröstete Bananenscheiben und Nüsse dazu.

„Hast du noch eine Geschichte, die ich nicht kenne? Irgendetwas Spannendes?" Johnson ist in Zuhörerlaune und ich krame in meinem Gedächtnis.

„Habe ich dir mal von einer deutschen Frau, die mit zwei Männern auf Safari unterwegs war, erzählt? Nein? Sie kamen in mein Büro, um sich ein paar touristische Tipps zu holen. Rebecca von der Botschaft hatte sie geschickt, weil sie wusste, dass ich mich in Kenia gut auskenne. Sie wollten auf den Mount Kenia steigen, dann auf den Kilimandscharo und zum Schluss ins Ruwenzori Gebirge fahren. Wir haben uns lange unterhalten. Irgendwie waren sie mir nicht sympathisch, vor allem die beiden Männer nicht. Kurze Zeit nach ihrer Abreise, rief mich Rebecca an und erzählte mir eine unglaubliche Geschichte."

***

Ergebnisfehler
Der stolze Elefantenbulle im Kampf um die Vorherrschaft

Die Dämmerung brachte Kamau Gewissheit, dass etwas mit den drei Wanderern nicht stimmte. Sie müssten längst da sein. Er machte sich Vorwürfe, dass er es zugelassen hatte, dass sich Führer und Bergsteiger so weit voneinander entfernten. Jetzt musste er handeln. Rasch wählte er einige Männer aus. Mit Tragbahren und Decken machten sie sich auf den Weg zurück. Die Schneeflocken fielen dicht, und das letzte Licht des Tages war am Schwinden. Ein paar Stunden später kamen die Männer erschöpft zurück. Sie hatten die Suche wegen des stärker werdenden Schneesturms und der Dunkelheit abbrechen müssen. Am Morgen mit dem ersten Tageslicht wollten sie sich wieder auf den Weg machen. Kamau war bei der Hütte angekommen und warf seinen Rucksack in die Ecke.

Später lag er auf seiner Matratze im Schlafsaal der Träger. Irgendetwas stimmte überhaupt nicht mit den Fremden. Er hatte im Laufe der Jahre viele Menschen kennengelernt, meist Weiße, die er auf den großen Berg geführt hatte. Von seiner Mutter hatte er ein untrügliches Gefühl für Menschen geerbt. Diese beiden Männer hatten ihm von Anfang an nicht gefallen. Die Frau dagegen war ihm sanft und gut erschienen. Zudem fand er die Fremde schön und ihm gefiel ihre Art, die Natur in sich aufzunehmen. Er hatte sie beobachtet, als sie mit der Kamera im Wald unterwegs gewesen war. Ihr Gesichtsausdruck war gelöst und verträumt gewesen und ihm war es vorgekommen, als leuchte sie von innen heraus. Er spürte, dass sie in Gefahr war. Leise stand er auf und zog sich an. Draußen packte er seinen Rucksack, nahm heißen Tee mit, das Funkgerät, ein kleines Zelt, warme Sachen und mehrere Taschenlampen. Das Camp lag ruhig da. Erst um drei Uhr früh würde die Gruppe zum Gipfelaufstieg geweckt werden, damit man genau mit dem Sonnenaufgang den Point Lenana erreichte. Der Suchtrupp sollte nochmals bei Tagesanbruch die Wegstrecke nach unten nehmen. Kamau gab seinen Leuten entsprechende Anweisungen und machte sich auf den Weg bergab.

Er versuchte, sich zu erinnern, wo er die Frau das letzte Mal gesehen hatte. Das musste bei dem Waldrand gewesen sein. Da hatte er sich umgesehen und bemerkt, wie sie zurückgeblieben war. Die beiden Männer waren langsam weiter gestiegen. Seine starke Lampe warf gespenstische Schatten in den Schnee. Es schneite nicht mehr. Der Himmel war sternenklar und die Nacht eiskalt. Wenn sie verletzt waren, oder sich verlaufen hätten, gäbe es für sie keine Chance, den nächsten

Morgen zu erleben. Langsam lief Kamau, die Lampe links und rechts hin und her schwenkend, den Wanderweg weiter. Da – er hielt die Luft an. Hier war etwas, das nicht in die Natur passte. Im Lichtschein entdeckte er eine große Fläche niedergetretenen Schnee und eine Schleifspur, die direkt zum Abgrund führte. Kamau entfuhr ein Schrei. Etwas Schreckliches war hier passiert, und er ahnte in diesem Augenblick, dass es nichts mehr für ihn zu tun gab. Er blieb in der Hocke und stützte seinen Kopf verzweifelt in die Hände. Hätte er die drei nur nicht alleine gelassen.

„Ich werde sterben. Hier und in dieser Nacht. Ich bin verletzt und ich werde erfrieren. Sie werden mich finden – irgendwann. Aber dann ist es zu spät. Was ist mit Christian passiert? Warum hat er mir nicht geholfen? Erfrieren soll ein sanfter Tod sein. Ich spüre meinen Körper nicht mehr. Warum bin ich nur auf diese verdammte Reise gegangen? Es ist so still. Moment – war das ein Schrei?" Ihr Herz klopfte zum Zerspringen. Sie versuchte zu rufen, aber es kam nur ein schwaches Krächzen aus ihrem Mund.

Das Geräusch war schwach, ein Käuzchen, oder auch das Husten eines Schneeleoparden. Kamau hob den Kopf. Nichts. Da – wieder. Er konnte den Ton nicht einordnen. Das war kein Tier – das war – er sprang auf und rutschte vorsichtig auf den Abhang zu. Das Rufen war schwach, aber nun deutlich zu hören. Sollte es möglich sein, dass jemand den Fall überlebt hatte? Der Lichtkegel wanderte zitternd den Steilhang hinunter.

„Hier!", rief er. „Wo sind Sie?"

Wind kam auf und verschluckte die Antwort. Weiter fiel der Lichtstrahl hinunter und blieb an einem Baum hängen. Dort, tatsächlich, angelehnt am Stamm, saß die Frau. Ihr Kopf hing wie leblos nach unten.

„Ich komme!" Er machte sich an den gefährlichen Abstieg. Vorher rief er per Funk um Hilfe und gab die Position durch. Vor dem frühen Morgen würde keine Hilfe zu erwarten sein. Bis dahin musste er die Frau warm halten. Rutschend und sich an den niedrigen Büschen entlang hangelnd, versuchte Kamau mit der Stirnlampe einen sicheren Abstieg zu finden. Ein falscher Schritt, ein loser Ast, konnte das Ende bedeuten. Es dauerte fast eine Stunde, bis er schwer atmend auf dem kleinen Felsplateau angelangt war. Ein absolutes Wunder, beim Fallen dort gelandet zu sein, denn dahinter öffnete sich die Schlucht ins Unendliche. Viele Wanderer hatten hier schon ihr Leben gelassen. Kamau kannte die sogenannte „Todesschlucht" gut.

Die Frau schien bewusstlos zu sein. Das Bein lag unnatürlich verrenkt, als würde es nicht zu ihrem Körper gehören. Die Kopfwunde blutete. Ihr Gesicht war unter den Blutspuren trotz der Kälte grau, ihre Lippen rissig und ihre Augen geschlossen. Kamau suchte mit zitternden Händen nach der Thermodecke in seinem Rucksack, die er vorsichtig um sie wickelte. Mit kleinen Schlucken flößte er ihr heißen Tee ein und wärmte ihre Hände unter seinem Anorak. Viele Stunden lagen vor ihnen und er hoffte, dass sie bis zum Morgen durchhalten würde. Er rechnete damit, dass der Hilfstrupp gegen neun Uhr eintreffen würde. Das bedeutete, sie müssten noch mehr als sechs Stunden ausharren. Kamau baute das kleine Biwakzelt zusammen und half der Frau, die jetzt vor Schmerzen wimmerte, hineinzukriechen. Es war keine Minute zu früh, denn unvermittelt setzte erneut ein heftiger Schneesturm ein, den sie ohne Zelt nicht überleben würden. Er zog sie zu sich heran und wärmte sie mit seinem Körper. Seinen Arm hatte er unter ihren Kopf gelegt. Er konnte ihren warmen Atem an seinem Hals spüren. Er streichelte ihre Hände und bald fühlte er, wie ihr Körper schwer wurde und sie in einen Erschöpfungsschlaf fiel. Auch er verspürte eine bleierne Müdigkeit und schlief ein. Als er aufwachte, zeigte sich bereits eine schwache Dämmerung. Es hatte aufgehört zu schneien. Er zog seinen eingeschlafenen Arm vorsichtig unter dem Kopf der Frau hervor und langte nach seinem Rucksack. Als er sich umdrehte, hatte sie die Augen offen und lächelte ihn an.

„Danke", sagte sie kaum hörbar. „Ich heiße Diana."

Kamau schenkte ihr den noch warmen Tee ein und half ihr sich aufzurichten. Sie stöhnte laut. Einem Impuls folgend, streichelte er ihr Gesicht und wischte dann vorsichtig mit seinem Schal die Blutspuren ab. Ihre Blicke verfingen sich für einen kurzen Moment.

Kamau hörte die weit entfernten Stimmen zuerst und griff nach seinem Funkgerät. Er kroch aus dem Zelt und sah über ihm die Köpfe der Rettungsmannschaft. Er winkte und schrie und fühlte eine unendliche Erleichterung. Er konnte nicht glauben, dass er gestern im Dunkeln diesen gefährlichen Abstieg ohne Seil geschafft hatte. Jetzt am Tage sah man erst, welches Glück sie beide gehabt hatten.

„Sie sind da!", rief er ihr zu. „Es wird noch eine gute Stunde dauern, dann sind wir endgültig gerettet und du kommst sofort ins Krankenhaus."

Diana nickte und zog ihn zu sich ins Zelt.

„Ich erzähle dir jetzt besser alles und lasse nichts aus", sagte sie mit zitternder Stimme. „Er wollte mich umbringen, er hat versucht Christian zu töten, ich weiß nicht, wie das alles kommen konnte." Sie weinte heftig. „Wir hätten die Reise niemals antreten dürfen..." Sie verstummte. Auch er schwieg und wartete. Aber sie schien tief in Gedanken versunken zu sein.

Sie hätten die Reise niemals antreten dürfen. Von der Freundschaft war nichts mehr übriggeblieben. Im Prinzip konnten sie sich alle drei schon lange nicht mehr leiden. Vielleicht hatten sie es sich auch immer nur eingebildet, befreundet zu sein. Zwei Männer, die einmal dieselbe Frau geliebt hatten, oder noch liebten; die Frau, die einmal beide Männer geliebt hatte; die Männer, die sich anfangs gehasst hatten und heute vorgaben, befreundet zu sein; die Frau, die heute keinen der beiden mehr liebte – ein Kaleidoskop von Gefühlen. Dennoch hatten sie den lang geplanten gemeinsamen Urlaub nach Afrika angetreten. Sie waren Mitglieder eines Bergsteiger Vereins und hatten die Herausforderung gesucht, die drei Fünftausender in Ost Afrika zu besteigen. Dafür hatten sie ihre gesamten Urlaubstage eingeplant. Die Treffen, um dieses Abenteuer vorzubereiten, verliefen harmonisch und angeregt und täuschten eine nicht mehr vorhandene Nähe vor. Die erste Besteigung war auf den Mount Kenya geplant. Sie waren gut durchtrainiert und alles war perfekt vorbereitet.

Sie saß im Flugzeug zwischen den beiden Männern. Links Thomas, ihr Exmann, und rechts Christian, mit dem sie seit über fünf Jahren zusammen war. Beide waren bemüht, es ihr auf dem langen Flug so bequem wie möglich zu machen. Sie rutschten jeweils auf die äußerste Kante ihrer Sitze und überließen ihr Decken und Kissen, mit Hilfe derer sie sich ein halbwegs bequemes Nest baute. Im Dunkel der Nacht bemerkte sie im Halbschlaf, wie Thomas begann, sanft ihren Kopf zu massieren. Sie rückte weiter nach rechts, wo Christian sofort anfing, unter der Decke ihren Oberschenkel zu streicheln. Sie stand genervt auf und ging zur Toilette. Ihr Gesicht sah blass aus in dem grellen Neonlicht. Die dunklen Locken waren zerzaust, und sie band sie zu einem Pferdeschwanz zusammen. Sie betrachtete sich nachdenklich, während sie sich die Hände wusch. Sie mochte ihr Gesicht, ohne eitel zu sein. Es war ein offenes, schön proportioniertes Gesicht mit weit auseinanderstehenden grünen Augen, einer schmalen Nase und einem ausdrucksvollen Mund.

„Ein Gesicht auf den zweiten Blick, eines für Kenner. Dein Name Diana passt zu dir. Meine Jagdgöttin", hatte Thomas sie am Anfang ihrer Beziehung genannt. „Ich sehe dich hoch zu Pferde in vollem Galopp, mit vom Winde zerzausten Locken, Pfeil und Bogen geschultert."
Damals fand sie das romantisch, aber es war ihm nie etwas Neues

eingefallen und mit der Zeit hatte sich die „Jagdgöttin" abgenutzt. Sie seufzte. Die beiden Männer gingen ihr furchtbar auf die Nerven. Sie hoffte, dass sich während des Urlaubs eine Gelegenheit zu einem klärenden Gespräch ergeben würde. Am besten zum Ende hin, wo sie Christian klar machen wollte, dass sie nichts mehr für ihn empfand. Sie hatte den Fehler gemacht, den Teufel mit dem Beelzebub auszutreiben. Christian war wie ein Zwilling von Thomas – schwach, entscheidungsunfähig, ohne Ehrgeiz. Alles musste sie vorschlagen, entscheiden oder ausbügeln. Für ihn war sie die Göttin des Mondes, „die wie das Licht glänzende". Auch ihm waren keine weiteren Attribute eingefallen.

„Wenn ich auf einen Knopf drücken könnte", dachte sie, während sie sich die Hände trocknete, „dass beide Männer gleichzeitig aus meinem Leben verschwänden, so würde ich das ohne zu zögern sofort tun." Die hündische Liebe der beiden ertrug sie nur schwer, zumal sie in letzter Zeit immer mehr spürte, dass Thomas sie noch liebte und es offen zeigte. Damals, als sie ihm gesagt hatte, dass sie sich trennen wollte, hatte er sehr heftig reagiert. Seine Trauerphase hatte lange angehalten und er hatte danach nie wieder eine feste Beziehung gehabt. Als sie die Tür der Toilette aufschloss und in den schmalen Gang hinaustrat, stand er vor der Tür und wollte sie umarmen.

Sie schob ihn wortlos beiseite und ging zu ihrem Platz zurück.

Als sie nach der Landung in Nairobi am Kofferband auf ihr Gepäck warteten, scheuchte sie ihre dunklen Gedanken fort und beschloss sich auf den Urlaub zu freuen.

Die Fahrt zum Hotel verlief schweigend. Sie waren müde, freuten sich auf eine Dusche und darauf, den verpassten Schlaf nachzuholen. Die Sonne ging gerade auf und entblößte die Hässlichkeit des Stadtteiles, durch den sie gerade fuhren. Sie kamen nur langsam voran, der Verkehr war zu dieser frühen Stunde schon undurchdringlich. Bus-se, Lastwagen, Sammeltaxis, Mopeds, Eselskarren. Eingenebelt in schwarzen Dieselrauch, schob sich ihr Taxi schleichend voran. Unendliche viele Menschen drängten aus den Vororten in Richtung Stadt und ertrugen mit scheinbar stoischer Ruhe den Gestank und Lärm des Morgens.

Das Hotel war eine angenehme Überraschung, eine Oase inmitten der pulsierenden Großstadt. Die Zimmerreservierung war allerdings schiefgelaufen. Es gab nur noch ein Dreibett-Zimmer. Diana besetzte sofort das Einzelbett für sich, was ihr einen vorwurfsvollen Blick von Christian eintrug. Sie nahm ein heißes Bad und döste vor sich hin.

Sie schlug die Augen auf und sah Thomas am Türrahmen lehnen. Sie wusste nicht, wie lange er da bereits gestanden hatte.

„Die römische Jagdgöttin erholt sich von den Strapazen der Jagd. Wo hat sie denn gejagt, die Schöne?"

„Geh bitte raus, ich möchte alleine sein."

„Aber wieso denn, ich bin doch dein Ex, ich weiß doch, wie du aussiehst." Sie konnte an seinen rot unterlaufenen Augen sehen, dass er betrunken war, und seine Stimme klang so tief und schleppend, dass sie diesen Verdacht noch bestätigte.

„Geh!", schrie sie ihn an und warf die Seife nach ihm.

„Was ist denn hier los?" Christian trat dazu und zog Thomas am Arm aus dem Badezimmer.

„Du hast hier nichts zu suchen! Ich glaube du möchtest ein bisschen frische Luft schnappen." Christian drängte ihn vollständig heraus.

„Willst du die Schöne besteigen? Wie lange soll ich denn wegbleiben?", lallte Thomas. Ein sarkastischer Zug lag um seinen Mund. Christian ballte demonstrativ die Faust.

Diana stieg aus der Wanne, verriegelte die Tür und trocknete sich ab. Auf Christians Klopfen reagierte sie nicht. Sie stand vor dem Spiegel, hatte sich ein Handtuch um den Kopf gewickelt und starrte sich selbst in die Augen. Sie verspürte Hassgefühle den beiden gegenüber, die sie sich sofort verbot. Die Zeit würde sie auch noch überstehen und die bevorstehenden Abenteuer wollte sie sich nicht verderben lassen. Sie bog die Mundwinkel zu einem Lächeln nach oben, das ihre Augen nicht zu erreichen vermochte.

Den Abend verbrachten sie fast wortlos im Hotelrestaurant. Diana zog sich nach dem Essen früh zurück und ließ die beiden an der Bar sitzen. Sie nahm eine Schlaftablette und legte sich ins Bett. Sie hoffte, dass sie nicht wach würde, wenn die Männer ins Zimmer kamen.

Am nächsten Morgen wachte sie früh auf. Das Bett von Thomas war unberührt. Sie fand ihn betrunken in der Lobby, wo er sich auf dem eleganten Ledersofa zusammengerollt hatte. Sie holte Christian und gemeinsam brachten sie Thomas, der sich kaum auf den Beinen halten konnte, ins Zimmer.

„Du hast sie nie so geliebt wie ich!", schrie Thomas mit wutverzerrtem Gesicht. Er stand nur Zentimeter vor seinem Freund. Fluchtartig verließ Diana das Zimmer.

Das Bild der beiden wütenden Kontrahenten ging ihr noch nicht aus dem Kopf, als sie später im Bus in Richtung Mount Kenya unterwegs waren. Jetzt lag Thomas halb im Sitz neben ihr, die Arme vor der Brust verschränkt und schlief. Christian saß am Fenster und schaute starr hinaus in die vorbeiziehende Landschaft.

Bald konnte man auf der rechten Seite den zerklüfteten Gipfel des Mount Kenya erkennen. Zuerst war ein Mittagessen in der Naro Moru River Lodge geplant. Dann sollte es weiter zur Met Station gehen, mit einer weiteren Übernachtung, um den Körper langsam an die Höhe zu gewöhnen.

In der Eingangshalle der Lodge brannte in einem gewaltigen, mit Naturstein umrandeten Kamin ein Feuer. Gemütliche Sofas und Sessel waren einladend davor gerückt. Entspannt zurückgelehnt, konnte man von dort aus die Fotos unzähliger Gipfelbesteigungen studieren, oder sich das, wie ein Abenteuerroman anmutende Gästebuch, als Lektüre vornehmen. Christian, Thomas und Diana hatten sich so weit beruhigt, dass sie beschlossen, dort gemeinsam vor dem Lunch einen Drink zu nehmen. Inzwischen hatte sich das Wetter überraschend schnell geändert. Nichts mehr war von dem heißen Sommermorgen übrig. Ein leichter Landregen hatte eingesetzt und der Blick zum Berg war von Wolken verhangen. Als die Getränke gebracht wurden, prosteten sie sich etwas verlegen zu und nahmen sich vor, den Rest der Reise ohne Streit durchzustehen. Aber trotzdem war die Stimmung verdorben, es wollte keine rechte Unterhaltung aufkommen. Nach dem Mittagessen machte sich die Gruppe auf zur Met-Station, von wo die Wanderung am nächsten Morgen beginnen sollte.

Ihr Führer hieß Kamau. In seinem dunkelbraunen, kantigen Gesicht blickten kluge Augen zwischen den dreien hin und her. Sein Blick blieb kurz an Diana haften und wanderte weiter zu Christian und Thomas. Es war, als wollte er abschätzen, mit wem er es zu tun hatte. Man hatte den Eindruck, als wusste er es bereits in diesem Augenblick. Er war weder freundlich noch unfreundlich, er schien sachlich und neutral.

Sie übernachteten in der Met Station. Die Unterbringungen waren wie in einer Jugendherberge mit Stockbetten und Gemeinschaftsduschen ausgestattet. Diana war froh, dass abends keine Möglichkeit zu einem gemeinsamen Gespräch bestand. Früh kuschelte sie sich in ihren Daunenschlafsack und schlief sofort ein.

Morgens gab es ein kräftiges Frühstück, und sie freuten sich auf das bevorstehende Abenteuer. Als die Karawane sich in Bewegung setzte, kroch gerade die Sonne über die Ebene und beleuchtete fast schon dramatisch das weit entfernt gelegene Aberdare Gebirge. Das erste steile Stück führte durch einen märchenhaften tropischen Regenwald. Zedern, Olivenbäume, Bambus, Orchideen, dazwischen mannshohe Farne und Flechten, die wie spärliche Bärte alter Männer von den Bäumen herunterwuchsen. Diana konnte sich nicht sattsehen und fotografierte begeistert. Die Männer waren weit voraus. Sie war froh, alleine die Stille genießen zu können. Sie stiegen stetig und erreichten eine weite Hochebene, die es zu überqueren galt. Das Landschaftsbild änderte sich. Der letzte Bambuswald lag hinter ihnen und jetzt wanderten sie durch hüfthohes Johannisund Heidekraut. Diana spürte die Höhe und wie ihr Atem kürzer wurde. Sie musste tief einatmen, um ihre Lungen mit genügend Sauerstoff zu füllen. Sie fühlte sich trotzdem stark und gut. Oben auf dem Grat konnte sie den Rest der Gruppe sehen, die nach ihr Ausschau hielten. Jetzt winkten sie, als sie Diana auf dem Wanderweg entdeckten. Sie winkte zurück und hatte sie bald eingeholt. Die erste Rast. Thomas und Christian saßen, ihr den Rücken zugewendet, auf einem Felsen und schienen sich entspannt zu unterhalten. Diana sah sich suchend nach Kamau um. Er war nirgends zu sehen. Wahrscheinlich war er mit den anderen bereits vorausgegangen. Die restlichen Führer drängten jetzt auch zum Aufbruch und beobachteten besorgt den Himmel, der zwar noch blau war, aber weiße, zerrissene Federwolken aufzeigte.

Diana wanderte mit den beiden Männern langsam weiter. Sie blieben mit der Zeit immer weiter hinter den Führern zurück. Schwer atmend stiegen sie das letzte steile Stück hinauf. Diana bedeutete den Männern, ohne sie weiter zu wandern, da sie austreten wollte.

Es war wunderbar still und sie beobachtete zuerst fasziniert, dann besorgt, wie sich eine gigantische Wolkenwand aus dem Tal nach oben genau auf sie zu bewegte. Fröstelnd zog sie sich ihren Anorak über. Binnen kürzester Zeit befand sie sich inmitten einer eisig feuchten, weiß-grauen Wolkenmasse, von wirbelnden Schneeflocken umgeben. Sie atmete durch, zog sich die Kapuze über den Kopf und lief langsam den Pfad weiter.

Das Schneegestöber war inzwischen so dicht geworden, dass sie die Augen zusammenkneifen musste, um etwas zu sehen. Gedämpft hörte sie ein Schreien und Keuchen. Endlich war die Wolkenwand soweit aufgestiegen, dass sie erkennen konnte, wie Thomas und Christian kämpfend auf dem Boden rollten. Sie hielten sich umklammert, wälzten sich fluchend und aufeinander einschlagend auf dem verschneiten Geröllhang. Dabei bewegten sie sich gefährlich auf einen Abhang zu, der mehrere hundert Meter in die Tiefe fiel. Im Bruchteil einer Sekunde nahm Diana wahr, in welcher Gefahr sich die Männer befanden. Ein böser Gedanke schoss ihr durch den Kopf, den sie sich sofort, erschrocken über ihren Hass, verbat. Sie warf ihren Rucksack ab und rutschte auf dem Hosenboden den beiden entgegen.

„Seid ihr wahnsinnig? Hört sofort auf! Ihr rutscht ab!", schrie sie und schlug mit den Fäusten auf die beiden ein. „Wenn es wegen mir ist, prügelt ihr euch umsonst, ich will keinen von euch beiden. Habt ihr das kapiert! Ihr seid beide verdammte Idioten!"
Sie hämmerte weiter auf die Körper ein. Thomas war der erste, der reagierte. Plötzlich entwand er sich geschickt Christians Griff, sprang auf und trat ihm mit voller Kraft in den Unterleib. Der nächste Tritt traf Christian am Kopf. Wie im Gewaltrausch trat Thomas wieder und wieder auf den wehrlosen Körper ein. Diana schrie wie von Sinnen und versuchte, ihn von seinem Opfer wegzuzerren. Jetzt hielt er ein und wand sich nach Diana um.
„Du dumme Kuh!" Er brüllte sie an und sie sah kurz seinen Atem wie eine Wolke seinem Mund entfliehen, seinen Hass in den Augen, bevor sie den Schmerz in ihrem Gesicht fühlte. Der Schlag zwang sie in die Knie. Blut strömte aus ihrer Nase und sprenkelte den frischen Schnee. Er packte ihren Kopf und drückte ihr Gesicht in den Boden. Ihr Mund, zum Schrei geöffnet, füllte sich mit Schnee und Erde. Er ließ nicht ab und in letzter Panik erkannte sie, dass sie keine Chance hatte, wenn sie nicht schnell Luft bekam. Mit aller verbleibenden Kraft versuchte sie, frei zu kommen, aber sie wurde schwächer, es wurde schwarz vor ihren Augen. Das letzte, was sie fühlte, war, wie starke Hände ihren Körper fortzogen.

Diana war vom Erzählen völlig erschöpft und lehnte sich dankbar an Kamau, der ihr die ganze Zeit aufmerksam zugehört hatte. Endlich hatten sich die Retter auf den Felsvorsprung abgeseilt und brachten Diana und Kamau in Sicherheit.

Am nächsten Tag war das Gelände um die Met Station von Polizei umstellt. Schaulustige drängten sich hinter der Absperrung.
Diana, die die Nacht im Krankenhaus verbracht hatte, saß mit Kopfverband und Fuß-Gips im Rollstuhl. Kamau, eine Hand auf ihrer Schulter, wartete mit ihr auf die zurückkehrende Rettungsmannschaft, die bisher erfolglos nach Christian und Thomas gesucht hatte.
Die Männer des Suchtrupps trafen am Nachmittag ein. Von Christian und Thomas jedoch keine Spur. Im Wald hatten sie nur Thomas Rucksack gefunden. Der Führer sagte noch etwas zu Kamau in seinem Stammesdialekt, was Diana nicht verstand.
„Was hat er gesagt?", fragte sie, aber Kamau schwieg.
„Wenn ich auf einen Knopf drücken könnte, dass beide Männer gleichzeitig aus meinem Leben verschwinden könnten, so würde ich das

ohne zu zögern sofort tun." Ihr Wunsch von vor ein paar Stunden kam ihr wieder in den Sinn. Wenn sie jetzt noch einmal auf einen Knopf drücken könnte, wünschte sie sich einen starken Mann an ihrer Seite, der ihr half, diesen Albtraum durchzustehen. In diesem Augenblick spürte sie den verstärkten Druck von Kamaus Hand auf ihrer Schulter.

***

HEUTE

„Und, hat man die Männer jemals gefunden?" Johnson scheint völlig gefesselt von der Geschichte zu sein.
Ich schüttele den Kopf und erzähle weiter, wie ich mir die Geschichte wohl schon hunderte Male vorgestellt habe.

***

Schwer atmend stand Thomas am Abhang. Trotz der Kälte schwitzte er. Er sah auf den scheinbar leblosen Freund herab und fühlte nichts. Absolut nichts. Noch nicht einmal Hass. Falls Christian noch einen Funken Leben in sich haben sollte, würde er die Nacht nicht überstehen. Besser ihn hinterher zu schicken, seiner feinen Freundin hinter-her. Er zerrte an dem Körper und schob ihn über den Abhang. Er wandte sich ab, um den grausamen Sturz in die Tiefe nicht sehen zu müssen. Weg. Nichts wie weg.
Er versuchte, seine Gedanken zu ordnen. Zum Camp konnte er nicht gehen. Man würde ihm nicht glauben, wenn er behauptete, nicht zu wissen, wo seine Freunde waren. Schon gar nicht Kamau. Der hatte ihm schon anfangs einen finsteren Blick zugeworfen und Thomas hatte das Gefühl nicht loswerden können, dass er ihn nicht leiden konnte. Wann würde er einen Suchtrupp losschicken? Thomas rechnete sich aus, dass er noch vor völliger Dunkelheit zurück an der Met Station sein könnte. Hier wollte er sagen, dass ihm die Höhe zu schaffen gemacht habe und seine Freunde weiter gegangen wären. Morgen in aller Frühe würde er nach Nairobi zurückfahren und den nächsten Flug nachhause nehmen. Er konnte immer sagen, dass sie sich gestritten hätten. Niemand würde ihm etwas beweisen können. Es gab keine Zeugen.
Erneut zogen dichte Wolken auf und Thomas hatte mit den Sicht-verhältnissen und der Kälte zu kämpfen. Seine Gipfelausrüstung mit

den warmen Sachen und der Taschenlampe war mit den Trägern nach oben transportiert worden. Er verließ sich auf sein Glück und versuchte den Pfad durch den Wald zu finden. Der Schnee hatte die Fußstapfen der Gruppe bereits zugedeckt und er bewegte sich am Wald-rand entlang nach unten. Es wurde schneller dunkel, als er gedacht hatte. Panik stieg in ihm auf. Bald konnte er sich nur noch an den Baumstämmen entlang vorwärts tasten. Mehrere Male rutschte er aus und fiel. Seine Kleidung war nass und er fror erbärmlich. Er blieb schwer atmend unter einem Baum stehen. All seine Sinne waren darauf konzentriert zu überleben. Plötzlich nahm er einen Geruch wahr, den er nicht einordnen konnte. Scharf, fremdartig. Die Wucht des Aufpralls warf ihn nieder, scharfe Zähne gruben sich in sein Fleisch und er hatte keine Zeit mehr, darüber nachzudenken, was ihn gerade tötete.

***

HEUTE

„Erst viel später hatte Kamuau Diana verraten, was seine Männer bei ihrer Rückkehr erzählt hatten: Sie hätten frische Leopardenspuren entdeckt, und da wäre ihnen klar gewesen, dass sie nicht weitersuchen mussten", erkläre ich Johnson. Aber der hat längst verstanden. Er schnalzt mit der Zunge. Das war schon früher typisch für ihn damit auszudrücken, dass ihm irgendetwas nicht gefiel.

„Die Frau hätte nicht mit zwei Männern auf Safari gehen dürfen. Heirate ein schönes Weib – und du heiratest Verdruss! Das ist ein afrikanischer Spruch. Besser man hat eine hässliche Frau!"

„Aber deine ist doch schön!"

„Na ja, ich habe ja auch Verdruss mit ihr. Aber ich bin ein weiser Mann. Ich bin meist nicht zuhause."

Schon wieder lachen wir, bis uns die Tränen kommen.

Blitze zucken, der Donner kommt näher. Der Kellner schürt das Feuer nach und fragt nach unseren Wünschen. Wir bestellen Chai und Kekse.

Wind kommt auf und peitscht die Äste des Eukalyptusbaumes gegen die Scheiben. Türen schlagen, Fenster werden hastig geschlossen. Wir dagegen genießen den heißen Tee.

„Weißt du, wen ich neulich in Westlands getroffen habe?", fragt mich Johnson. „Deinen alten Freund Hans, der immer die Autos repariert hat. Ich dachte früher, er ist eine „Nyoka", eine Schlange, falsch und verschlagen. Aber das stimmte nicht. Ich dachte das, weil er immer unsere Frauen so angesehen hat. So auf eine Art, die mir nicht gefallen hat."

„Warum hast du deine Meinung über ihn geändert?"

„Weil er schließlich eine geheiratet hat!"

„Eine Schöne oder eine Hässliche?"

„Eine Schöne!"

***

Leichte Beute

Die bunte Tierwelt fasziniert den Besucher immer wieder. Selten zu sehen: Selbst das junge Gnu ist trotz seiner Hörner leichte Beute für die Pythonschlange

Die Mädchen waren alle hübsch und jung. Auf den ersten Blick muteten sie an wie eine Gruppe Studentinnen, die sich nach den Vorlesungen in einem Café verabredet hatten. Der aufmerksame Beobachter entdeckte jedoch sofort, dass diese bunte Meute anderes im Sinn hatte als akademische Konversation. Dazu waren die Schuhe zu hoch, die Lippen zu rot, der Schmuck zu billig und die Röcke zu kurz. Hinter den großen Sonnenbrillen versteckten sie ihre traurigen, erloschenen Augen. Nur die Münder schwatzten und beim Lachen bleckten sie weiße Zähne. Rosa Zungen benässten glänzende Lippen; lange rote Krallen fuhren sich durch aufgetürmtes, künstliches Haar. Frauen zogen ihre Männer auf die andere Straßenseite; Kinder wurden abgelenkt und schnell vorbei geschoben. Weiße männliche Touristen schlenderten scheinbar gelangweilt vorbei, fixierten und suchten sich im Geiste eine aus, die ihre Lust befriedigen würde. Die Mädchen setzten sich in Pose, lachten, zwinkerten, winkten und schäkerten eifrig um die Wette.

Miriam war eine von ihnen. Vor fast einem Jahr war sie mit ihrer Mutter nach Mombasa gekommen und hatte sich gleich auf Arbeitssuche begeben. Sie hatte keine abgeschlossene Schulausbildung und noch nie gearbeitet. Die Mutter verließ in einer Nacht- und Nebelaktion ihren Mann und Miriams Brüder. Seine Gewalt und Alkoholexzesse hatte sie nicht mehr ertragen. Als sie dann noch beobachtete, wie er sich eines Tages an seine eigene Tochter heranmachte, stand ihr Entschluss fest. Nur mit einer Tasche stiegen sie nachmittags in den Bus ein, der die ganze Nacht fuhr, bis sie im Morgengrauen in Mombasa am Busbahnhof ankamen. Sie kamen bei einer entfernten Verwandten unter, die ihren Unmut über den Besuch nicht einmal zu verbergen versuchte. Sie zwängten sich in der winzigen Wohnung zusammen und schliefen auf Matten auf der Erde. Die ungewohnte feuchte Hitze machte ihnen zu schaffen und morgens waren sie von Moskitos zerfressen. Bald gab es Streit. Das Geld der Mutter ging zu Ende und sie verließ schweigend das Haus, kam abends wieder und legte wortlos ein Bündel Scheine auf den Tisch. Miriam sah sie an und begriff nichts.

Irgendwann nahm die Mutter sie beiseite und erklärte ihr, dass sie nun auch Geld verdienen müsse. Miriam verstand erst, als ihr die Mutter in aller Deutlichkeit erklärte, dass sie sich an Männer, am besten Weiße, heranmachen sollte. Als sie ihrem ersten Freier folgte, war Miriam sechzehn Jahre alt. Es war ein älterer Italiener mit einem dicken Bauch und einer Glatze, der bereits im Auto seine Hand abwechselnd in ihren Ausschnitt und unter ihren Rock wandern ließ. Er keuchte und konnte nicht warten, bis sie in der billigen Absteige ankamen. Im dunklen Hausflur drückte er sie bereits an die Wand, öffnete seine Hose und verschaffte sich in wenigen Stößen Erleichterung. Dann steckte er ihr einen Geldschein in den Ausschnitt und ließ sie einfach stehen. Miriam ekelte sich und fühlte sich beschmutzt. Weinend lief sie nach Hause, wo die Mutter sie sofort wieder grob auf die Straße zurückschickte. Heute war Miriam eine gefragte Sexarbeiterin mit einer ansehnlichen Stammkundschaft. Meist waren es weiße Geschäftsleute, die sie anriefen, wenn sie nach Mombasa reisten. Ihren Traum von einem normalen Leben, einer Ausbildung und einer eigenen Familie, hatte sie längst begraben. So ganz im Geheimen meldete er sich noch das eine oder andere Mal, aber sie konnte ihn meistens schnell wieder verdrängen. Sie verdiente gut und war somit unabhängig von ihrer Mutter. Sie hatte eine kleine Wohnung mitten in der Stadt, die kein Freier je gesehen hatte. Wenn sie hierher kam, war sie eine andere Person. Die Nachbarn achteten sie. Sie hatte ihnen erzählt, dass sie in einem Hotel arbeitete und dort auch zu Nachtschichten eingeteilt wurde. Die Leute mochten sie, weil sie still und bescheiden war. Ihre Hilfsbereitschaft wurde geschätzt und so manche Frau hatte sich schon an ihrer Schulter ausgeweint.

Ihre Freier nahm sie in ein kleines, schäbiges Hotel in der Stadt mit, wo sie ein permanentes Zimmer gemietet hatte. Auch hier war sie geachtet, denn sie bezahlte pünktlich, war sauber und diskret. Hier war sie die Verruchte, die geile Nutte, die laszive Verführerin, das Kind, die Frau. Sie hatte gelernt, den Männern ihre Wünsche von den Augen abzulesen. Sie spielte die Rolle, die gerade von ihr verlangt wurde und sie spielte sie perfekt. So war sie auch bei ihren Freiern beliebt und gefragt.

Gegen Abend brach Miriam mit ihren Freundinnen aus dem Café auf. Sie wollten einen Zug durch die Discos machen. Entweder der Florida-Night-Club sollte es sein, oder aber die Tembo-Disco. Sie kauften sich noch ein Eis und schlenderten schwatzend durch die Straßen der Altstadt. Manchmal hatten sie Glück und fanden schon auf dem Weg in die Disco einen Freier. Inzwischen war es dunkel. Die Hitze des Tages hing noch in den Häuserschluchten, es bewegte sich kein Lüftchen. Die Mädchen fächelten sich mit ihren Taschen oder Schals etwas kühle Luft zu. Miriam bemerkte als erste, dass ihnen ein Mann folgte, als sie sich bückte, um das Band ihrer Sandalette festzuziehen. Es war ein Europäer, der ebenfalls stehen blieb und die Gruppe beobachtete. Sein Blick blieb an Miriam haften. Sie nickte ihm aufmunternd zu.

Ernst war bereits den ganzen Tag auf der Suche nach einer Frau gewesen. Die letzten Monate hatte er in einem Bush Camp im Tsavo-Park als Mechaniker gearbeitet und immer nur an nackte Frauen gedacht. Es war wie eine Besessenheit. Morgens, wenn er aufwachte und die Sonne das Schattenspiel der Blätter des Akazienbaums an die Wand malte, sah er in den auf und ab wogenden Bildern verheißungsvolle Brüste und Pobacken. Das Hausmädchen, das morgens das Frühstück servierte, verursachte - obwohl sie nicht besonders hübsch war - die wildesten Fantasien in ihm. Alles was weich und rund war, erinnerte ihn an weibliche Geschlechtsmerkmale. So verleitete ihn bereits die sanfte Rundung des Kotflügels von einem Auto, an dem er arbeitete, dazu, lustvoll mit der Hand darüberzustreichen und sich in seiner Fantasie statt des kühlen Blechs weiche Haut unter seinen Fingerspitzen vorzustellen. Wenn er Schrauben drehte, dachte er an Brustwarzen, zwei kopulierende Hunde ließen sein Geschlecht hart werden. Er war unkonzentriert und konnte nur an Frauen denken. Der alte abgegriffene Kalender mit halbnackten Pin-Up Girls war die Vorlage für seine nächtlichen Spielereien. Sein Lieblingsbild war der November, eine afrikanische Schönheit in höchst erotischer Pose. Er konnte sich nicht satt sehen an ihrem Körper. Sie lehnte nackt an einer Wand, die Scham rasiert, die langen Beine leicht gespreizt. Ihre Füße zeigten hohe schwarze Sandaletten, die mit vielen Riemchen um die Fesseln gehalten wurden. Ihre Brüste waren voll und rund und wurden von ihren schlanken Händen wie zwei reife Früchte feilgeboten. Ihr Gesicht war ebenmäßig, ihre Augen halb geschlossen, ihr Mund lachte verführerisch. Die Haare waren traditionell geflochten, künstlich verlängert und fielen zum Teil vorne über die Schultern. Er hatte noch nie mit einer Afrikanerin geschlafen. Staunend hörte er zu, wenn seine Kollegen sich lautstark über die Qualitäten und Praktiken unterhielten. Dann nahm er nachts sein Kalenderblatt mit unter die Decke und träumte davon, wie er diesen Körper berührte und mit der Frau schlief. Irgendwann wurde die Besessenheit so groß, dass er um Urlaub bat. Er lief den ganzen Tag in Mombasa herum und sah viele schöne schwarze Frauen. Aber keine war so, wie die auf dem Kalenderblatt, bis zu dem Augenblick, wo er sie in einem Café in der Innenstadt entdeckte. Sie hatte ihre schönen glatten Beine, die in schwarzen Sandaletten steckten, übereinandergeschlagen. Ihr Fuß wippte auf und ab und sie spielte selbstvergessen mit ihrem Mobiltelefon. Er setzte sich an einen Tisch in der Nähe und beobachtete sie. Sie kam dem Foto sehr nahe, die Hautfarbe, die langen Gliedmaßen, selbst die Frisur. Die Augen konnte er nicht sehen, da sie hinter einer großen Sonnenbrille versteckt waren. Ihre Kleidung schien modisch, aber nicht billig, das unterschied sie von den anderen jungen Mädchen. Als sie aufstanden und das Café verließen, warf er ein paar Münzen auf den Tisch und folgte ihnen.

Miriam fühlte seinen Blick in ihrem Rücken und blieb an einer Ampel stehen. Die anderen waren noch schnell bei Rot hinübergelaufen. Sie konnte seinen Atem in ihrem Genick spüren und bekam eine Gänsehaut. Betont lässig lief sie los, als es grün wurde. Ihren Freundinnen, die sich suchend nach ihr umsahen, gab sie ein unauffälliges Zeichen, ohne sie weiterzulaufen. Jetzt war er auf gleicher Höhe mit ihr und sprach sie an, gerade wie Miriam ihm den Kopf zuwendete.
„Darf ich Sie zu einem Drink einladen?", fragte er höflich mit leiser Stimme und lachte sie an. Sie musterte ihn kurz, legte den Kopf ein wenig schief und versuchte, ihn einzuschätzen. Nicht mehr ganz jung, so um die vierzig, vermutete sie. Dunkelblonde, nach hinten frisierte Haare, im Nacken etwas länger. Jeans, sportliche Schuhe, keine Socken, ein dunkelblaues Polohemd. Soweit ganz gepflegt. Seine Haut war von der Sonne gebräunt, er trug einen Zweitagebart und beim Lachen zeigte er ebenmäßige Zähne. Seine Augen waren von einem tiefen Blau oder Grau, das konnte sie nicht genau ausmachen. Ein sympathisches Gesicht. Sie beschloss, erst einmal die Rolle des anständigen Mädchens zu spielen, und zögerte.
„Ich würde mich freuen", fügte er mit heiserer Stimme hinzu.
„Na schön, ich kenne hier in der Nähe eine nette kleine Bar. Aber viel Zeit habe ich nicht." Sie genoss es, eine andere Person zu sein. Sie überquerten mehrere kleine Gassen und standen bald vor einem alten Holztor. Miriam betätigte den Türklopfer in Form eines Löwenkopfes. Ein kleines, in der Tür eingelassenes Fenster öffnet sich. Die beiden wurden kurz betrachtet und hineingelassen.

Ernst folgte ihr durch die bunte Menschenmenge und behielt sie ständig im Auge. Ihr Gazellengang erregte ihn zutiefst, der runde, feste Hintern unter dem weißen, kurzen Rock machte ihn wahnsinnig. Statt in eine Bar würde er mit ihr viel lieber in irgendein Stundenhotel und das am besten die ganze Nacht.
Seine Erfahrung mit Frauen war sehr beschränkt. Irgendwie hatte er es nie geschafft, eine länger anhaltende Freundschaft mit einer aufzu-

bauen. Nach kurzer Zeit interessierten sie ihn nicht mehr und er suchte nach neuen Bekanntschaften. Vielleicht lag es auch daran, dass er immer auf der Suche nach dem ultimativen Sexerlebnis war, das er bis jetzt noch nicht gefunden hatte. Tief in seinem Inneren verspürte er eine Sehnsucht, die sich nur in seinen Träumen offenbarte. Er suchte eine Frau, die er lieben konnte, mit der er eine Familie haben wollte, und die gleichzeitig seine sexuelle Gier sättigte.

Er hatte noch nie geliebt.

Er roch ihren frischen Seifenduft und blies seinen Atem an ihren Hals. Er sah die Gänsehaut auf ihren nackten Armen. Sie wählte einen Tisch im hinteren Bereich der Bar und sie setzten sich gegenüber. Mit schräg gelegtem Kopf sah sie ihn forschend an. Auch er musterte sie unverhohlen. Über ihrem weißen Rock trug sie ein schwarzes, tief ausgeschnittenes Hemd, das ihren Brustansatz sehen ließ. Der einzige Schmuck war eine schmale Goldkette mit einem Anhänger, der sich zwischen ihren Brüsten verlor. Sie war sehr schön und sein Mund wurde trocken. Er wollte eigentlich nur eine Prostituierte haben. Dieses Mädchen hatte zwar mit den anderen Prostituierten zusammengesessen, und sie waren auch gemeinsam ein Stück des Weges gegangen, aber irgendwie war sie anders. Aber was wollte sie dann von ihm? Seine sexuelle Not hatte sich inzwischen so gesteigert, dass er kaum noch wusste, wie er sich setzen sollte. Manchmal hasste er seinen Körper dafür, dass seine Triebe ihn so beherrschten.

Miriam schüttelte leicht den Kopf in Richtung des Barkeepers und presste die Lippen zusammen.

Bis der Ober an ihren Tisch kam, waren sie verlegen, fingen gleichzeitig an zu reden und mussten darüber lachen. Sie trank ein Glas Wein und war gelöst und fröhlich, als sie aus ihrem Leben erzählte. Das Leben einer Rezeptionistin in einem Hotel. Geschichten von einer glücklichen Familie und vielen netten Freunden. Sie glaubte es fast selbst und war glücklich in ihrem Traum. Sie prosteten sich zu und etwas lag in der Luft, von dem Miriam nicht geglaubt hatte, es jemals zu erleben. Sie bestellten etwas zu essen, sie lauschte gebannt seinen Erzählungen und sah an seinen Augen, dass er sie nicht nur schön fand, sondern sich auch ernsthaft für sie interessierte. Er sagte ihr seinen Namen, Ernst. Sie sprach ihn nach, sah ihn dabei an, und er legte für einen Moment seine Hand auf ihre. Die Stunden vergingen, sie wollten nicht aufbrechen. Miriam hatte keine Erfahrung mit „normalen" Männern. Wie trennte man sich nach solch einem Abend? Wie ging es weiter? Er sah die bewundernden Blicke der Männer um sie herum. Er hatte das Gefühl, Miriam schon immer gekannt zu haben. Sie erzählte kurzweilig aus ihrem Leben und er stellte fest, dass es ihn interessierte, was sie sagte. Wenn sie sprach und lachte, zeigten sich zwei Grübchen direkt neben ihren Mundwinkeln, was er sehr anziehend fand. Er verstand sich selbst nicht. Seine körperliche Erregung war längst unter ihrem Lächeln verschwunden. Das erste Mal in seinem Leben wollte er alles über eine Frau wissen. Er fühlte sich leicht, beschwingt und frei von obsessiven Gedanken. Als er seine Hand kurz auf ihre legte, weil sie seinen Namen so niedlich ausgesprochen hatte, rieselte ein angenehmer Schauer durch seinen Körper; kein Begehren, keine Lust. Dieses Gefühl war etwas anderes.

Irgendwann mussten sie aufbrechen, aber er wusste nicht, wie es weiter gehen sollte. Er wollte die zarten Bande nicht zerreißen lassen, indem er ihr ein unsittliches Angebot machte. Sie sollte wissen, dass er sie wiedersehen mochte. Sie sah wunderschön aus im Kerzenlicht.

Sie spielte verlegen mit ihrer Kette. Noch nie hatte sie bei einem Mann irgendwelche Gefühle entwickelt. Sie war die Beute – Männer die Jäger. Aber bei diesem war es anders. Sie wusste seine Blicke nicht zu deuten. Er sah sie unentwegt an und sie dachte für einen Moment, dass er sie fragen würde, ob er mit ihr nach Hause gehen konnte. Wenn er das fragt, dachte sie, will ich ihn nie mehr sehen. Die Tür öffnete sich und eine Gruppe weißer Männer betrat die Bar. Immer noch hielten sich Miriams und Ernsts Blicke umschlungen, als einer der Männer an den Tisch trat.

„Na, unser bestes Pferd im Stall in den Fängen eines neuen Freiers! Er fixiert dich wie eine Schlange ihr Opfer!" Er schlug sich auf die Schenkel und die Männer grölten.

„Sie ist nicht billig die Stute", sagte er Ernst. „Aber du wirst es nicht bereuen!" Vertraulich zwinkernd schlug er ihm auf die Schulter und wendete sich wieder seinen Freunden zu.

Miriam sprang auf und rannte aus der Bar. Ernst lief ihr nach, wurde aber von dem Türsteher aufgehalten. Er deutete stumm auf den Ober, der mit der Rechnung am Tisch stand. Ernst warf ihm ein paar Geldscheine zu und rannte auf die Straße. Es war still um diese Stunde. Die feuchte Luft wickelte sich wie ein Tuch um ihn. Er rief nach ihr. Es dauerte lange, bis er sie entdeckte. Sie hatte sich hinter einem riesigen alten Mangobaum versteckt und weinte. Er zog sie grob am Arm auf die Straße. Sollte das alles Lüge sein, die Geschichten von vorhin? Sie war eine billige Nutte wie all die anderen. Eine maßlose Wut machte sich in ihm breit.

164

Er drückte sie gegen eine Mauer.

„Ist es wahr?", fragte er und hielt ihr Kinn fest und drückte ihr Gesicht nach oben, sodass sie ihn ansehen musste. Sie nickte stumm.

„Du kleine Nutte!" schrie er und seine Augen schwammen in Tränen. Gleichzeitig zerrte er an ihren Kleidern, zog ihren Rock über ihre Taille, zerriss ihren Schlüpfer, öffnete seinen Gürtel, seine Hose und stieß brutal in sie hinein. Dann nahm er ein paar Geldscheine, schob sie ihr in den Ausschnitt, und lief davon.

Sie ließ sich stumm an der Mauer ins Gras gleiten und starrte in die Dunkelheit. Sie konnte nicht weinen und schloss die Augen.

Miriam hörte wie aus weiter Ferne ihren Namen rufen. Sie wusste nicht, wie lange sie da an der Mauer gelegen hatte. Sie öffnete die Augen und sah ihre Freundin Mimi, die sich besorgt über sie beugte.

„Um Gottes Willen, was ist passiert, Miriam?", fragte sie erschrocken, und streichelte Miriam über das verweinte Gesicht.

 Die schüttelte nur den Kopf. „Nichts, ich habe nur heute Abend einen Traum verloren."

Sie setzte sich auf und brachte ihre Kleidung in Ordnung.

„Träume dürfen unsereins nicht haben", sagte Mimi traurig. Ihr Gesicht hellte sich jedoch gleich wieder auf und sie zog Miriam auf die Beine.

„Komm", versuchte sie sie aufzumuntern, „lass uns noch einen trinken gehen!"

Miriam wollte nur nach Hause, in ihre andere, die heile Welt. Selbst Mimi kannte diese Wohnung nicht. Heute würde Miriam eine Ausnahme machen und sie mitnehmen, aus Dankbarkeit und weil sie nicht alleine bleiben wollte. Aber Mimi lehnte ab, sie hatte „einen irren Typen" kennengelernt, den sie später noch treffen würde. Er wollte es mit ihr auf einem Boot machen und fürstlich dafür bezahlen, so erklärte sie. Miriam nahm sich ein Taxi. Erschöpft ließ sie sich in das Polster zurückfallen. Es wäre so schön gewesen, so schön aus diesem Leben auszusteigen. Dieser Mann wäre es gewesen, sie wusste es. Sie konnte seine Reaktion verstehen. Sie hatte ihn schließlich den ganzen Abend über belogen. Sie ließ sich bis zur Ecke ihrer Straße fahren und lief das letzte Stück.

Ernst rannte wie um sein Leben. Er wollte nur weg von diesem Ort, an dem es ihm gelungen war, für einen Abend glücklich zu sein. Sein Hotel lag am anderen Ende der Altstadt und erst als er schwer atmend auf seinem Bett lag, gelang es ihm seine Gedanken zu ordnen. Was hatte ihn so wütend gemacht? Er hatte schon viele käufliche Frauen gehabt, und sie waren ihm alle gleichgültig gewesen. Das war ihr Job. Er bezahlte und das war es. Warum verletzte es ihn dann so, dass Miriam eine Prostituierte war? Er ließ den Abend nochmals an sich vorüber ziehen, dachte an ihren sanften Blick, ihre warme Hand, die Verbundenheit, die er zu ihr gefühlt hatte. Als er später unter der Dusche stand beschloss er, am nächsten Tag ins Camp zurückzureisen und die ganze Sache zu vergessen. Pech gehabt, dachte er wehmütig und er spürte wie die Tränen in ihm aufstiegen. Er schaltete den Fernseher an, sah, ohne den Inhalt zu registrieren, mehrere Filme und fiel spät in einen traumlosen Schlaf, aus dem er früh morgens plötzlich hochschreckte. Unten im Restaurant holte er sich einen Kaffee und bestellte Frühstück. Sein Blick fiel auf die Überschrift der Mombasa Tageszeitung: „Stadtbekannte Prostituierte tot aufgefunden". Mit zitternden Händen glättete er die Seite und las:

„In den frühen Morgenstunden fanden Passanten in der Nähe des Fort Jesus am Strand die Leiche einer jungen Frau, die durch unzählige Messerstiche zu Tode gekommen war. Dies ist der fünfte Mord an Prostituierten innerhalb von einem halben Jahr. Bei der Toten handelt es sich um das 26 jährige Stadtbekannte Freudenmädchen Mimi N. Kurz vor ihrem gewaltsamen Tod wurde sie mit einem europäischen Freier gesehen. Sachdienliche Hinweise nimmt jede Polizeistation entgegen."

Nach einem traumlosen Schlaf wachte Miriam früh auf und lief hinunter, um sich Brot und Milch zu besorgen. Sie passierte einen Zeitungskiosk und ihr Blick fiel auf die Überschrift, die ihr Herz stocken lässt: „Stadtbekannte Prostituierte tot aufgefunden". Rasch kaufte sie die Zeitung. Wieder und wieder las sie den Artikel. Es gab keinen Zweifel. Es war ihre Freundin Mimi – die lustige, liebe Mimi, mit der sie noch vor ein paar Stunden gesprochen hatte. Sie weinte bitterlich um diese Frau, mit der sie über die Jahre eine tiefe Freundschaft verbunden hatte. Sie wusste wenig von ihr, nur dass ihre Familie aus dem Norden Kenias kam. Mimi hatte nie viel aus ihrer Vergangenheit preisgegeben. Hoffentlich konnte die Polizei ihre Angehörigen ermitteln, denn das Schlimmste wäre für Mimi gewesen, in fremder Erde bestattet zu werden. Miriam zog sich an um zur Polizei zu gehen. Dort wollte sie Näheres herausfinden. Sie trat hinaus in die Hitze des Tages und schlug den Weg zur Central Police Station ein.

Sein Herz klopfte wild. Ernst versuchte auf dem verschwommenen Foto etwas zu erkennen. Vielleicht war der Name Miriam ja auch erlogen wie alles andere und sie hieß ihn Wirklichkeit Mimi, dachte er bitter. In der Nähe des Fort Jesus? Dann musste sie nachher noch ein ganzes Stück gelaufen sein, oder der Mörder hatte sie dann dort abgelegt. Was, wenn sie an der Mauer ermordet worden war, wo er sie zurückgelassen hatte? Von Schuldgefühlen geplagt vergrub er den Kopf in den Händen und versuchte, einen klaren Gedanken zu fassen. Unmöglich konnte er jetzt abreisen. Es ließe ihm keine Ruhe, bis er Gewissheit haben würde. Die einzige Stelle, die ihm Auskunft geben konnte, war sicherlich die Polizei. Er musste sich eine gute Geschichte zurechtlegen, sonst käme er womöglich noch in den Verdacht, der Mörder zu sein. Er verließ das Hotel und trat hinaus in die Hitze des Tages.

Die Straßen Mombasas waren um diese Tageszeit belebt. Die Händler öffneten ihre kleinen Kioske für die Touristen und dekorierten ihre Speckstein- und Holztiere, Ketten und Masken auf dem Tresen. Eine dicke Afrikanerin in einem grellen bunten Kittel baute eine Küche auf, wo es später dann Samosas geben würde. Ein halbwüchsiger Junge sortierte Flaschen in eine Kühltasche, die er mit Eiswürfeln auffüllte. Ein Schuhputzer baute sein Podest auf und stellte Cremes und Bürsten bereit. Jeder erhoffte sich, am Abend ein paar Schillinge nach Hause zu bringen.

Miriam sah das alles nicht. Sie war ganz in Gedanken versunken. Sie stand an der gleichen Ampel wie am Abend zuvor. Sie musste an Ernst denken und wie sie seinen Atem in ihrem Nacken gespürt hatte. Sie beschloss, dem Gewerbe ein für alle Mal den Rücken zu kehren und jede andere Arbeit anzunehmen, nur um sich nie wieder von Männern kaufen lassen zu müssen. Gleich morgen wollte sie eine Zeitung holen und Stellenangebote studieren. Sie dachte an den Verlauf des gestrigen Abends, und ein Gefühl des Verlustes fraß sich in ihr Herz. Die Tränen stiegen ihr in die Augen und sie setzte ihre Sonnenbrille auf. Die Menschen hinter ihr drängten, und sie musste aufpassen, nicht auf die Straße geschoben zu werden. Sie hielt ihre Tasche fest, denn in solch einem Gedränge hatten es Taschendiebe leicht.

Sie spürte einen Luftzug im Genick und wollte schon nach hinten mit dem Ellenbogen stoßen, um sich Raum zu verschaffen, als sie eine bekannte Stimme an ihrem Ohr hörte: „Ich bin so unbeschreiblich froh, dass ich dich gefunden habe. Ich hatte furchtbare Angst, als ich heute Morgen die Zeitung gelesen habe."

Er zog sie zu sich heran und streichelte sanft ihren Rücken.

„Sie war meine Freundin." Miriam weinte, ohne sich die Tränen wegzuwischen. „Sie war meine einzige Freundin."

„Mein Gott, das tut mir so leid, kann ich irgendetwas für dich tun? Komm, lass uns erst einmal von hier weg. Darf ich dich zu einem Drink einladen?"

Miriam lächelte unter Tränen und sah ihn liebevoll an. „Ja, und heute habe ich Zeit."

***

HEUTE

„Ich bin froh, dass er glücklich ist", sage ich zu Johnson. „Bitte gib ihm meine Karte, wenn du ihn mal wieder triffst."

Ich krame in meiner Tasche und gebe ihm ein paar meiner Visitenkarten. „Falls du noch mehr Freunde oder Bekannte von früher triffst!"

„Das ist ein Zeichen des Alters, wenn man alte Freunde wieder sehen möchte, bevor sie zu den Ahnen gehen."

„Na ja, ganz so weit ist es ja noch nicht!"

Ich sehe aus dem Fenster, denn harter Regen prasselt an die Scheibe. Oder ist es sogar Hagel?

***

Kettenreaktion
Während der Trockenperiode ist Wasser das höchste Gut

Wenn die Regenzeit das Land gesättigt und Fauna und Flora wieder zum Leben erweckt hat, beginnt der Winter in Kenia. Das Hochland ist mit einem grauen Schleier überzogen, und die Sonne lässt sich nur stundenweise sehen. Manchmal ziehen zusätzlich tiefe Wolkenbänke langsam vorbei und versprühen tagelang wie aus fein eingestellten Düsen Feuchtigkeit. Abends wird es kalt in den Natursteinhäusern, die außer einem Kamin keine Heizvorrichtungen haben. Dann wird Holz organisiert und von morgens an brennt ein gemütliches Feuer. Anfangs findet man das als Europäer noch schön; erinnert es einen doch an die wechselnden Jahreszeiten zu Hause. Wenn aber dann der Juni vorbei ist, der Juli immer noch keine Besserung zeigt, dann wird es Zeit für eine Safari in wärmere Gebiete. Am Wochenende bietet sich da ein Ausflug zum Lake Magadi an. Hier sollen angeblich die durchschnittlich höchsten Temperaturen von Kenia herrschen.

Sie waren früh aufgestanden an diesem Samstag. Der Jeep war so gepackt, dass für alle Eventualitäten gesorgt war. Der an der Autobatterie angeschlossene Kühlschrank war voll mit Getränken und einem ausgiebigen Mittag- und Abendessen. Safaristühle, ein Klapptisch und das faltbare Waschbecken auf dem Holzständer durften nicht fehlen. Zelte und das Vorzelt für das Auto, Kochtöpfe und Geschirr - es war alles ordentlich im Kofferraum verstaut. Der Gärtner hatte den im Auto eingebauten Wassertank gefüllt, und noch zusätzlich vier große Kanister mit Wasser auf dem Dachgepäckträger befestigt. Decken und Kissen für die Rast und die Nacht, Handtücher und Badesachen für die heißen Quellen, Verbandskasten, Fotoausrüstung, es war an alles gedacht. Als sie einstiegen, mussten sie lachen.
„Als wollten wir wochenlang unterwegs sein", sagte Bernd und schüttelte staunend den Kopf. „Immer wieder ein Erlebnis, wenn du packst!" Er gab seiner Frau einen liebevollen Kuss auf die Wange, bevor er ihr die Tür zum Einsteigen öffnete. Sie erinnerte ihn wie immer bei solchen Gesprächen an ihre erste Safari, wo sie noch nicht einmal etwas zu trinken mit gehabt hatten, geschweige denn Wasser oder einen Verbandskasten.
Sie fuhren bei ihren Freunden Brigitte und Christian vor, die schon startbereit, gerade noch die Gurte der auf dem Dach befestigten Wasserkanister festzurrten. Dann ging es los, hinaus aus dem unfreundlichen Wetter in Nairobi Richtung Ngong Berge und weiter nach Ma-

gadi. Der unschöne Ort Ngong, den sie passieren mussten, sah bei diesem Wetter noch hässlicher aus als sonst. Müllberge türmten sich am Straßenrand, auf denen zottelige, schmutzige Ziegen nach Essensresten suchten. Ein nasser Hund trottete mit hängendem Kopf und eingekniffenem Schwanz zwischen den kleinen Verkaufsständen durch. Ehemals weiße Kühe, jetzt mit Kot und Straßenschmutz bespritzt, liefen träge mitten auf der Straße und hielten trotzig dem Verkehr stand. Die kleine Kirche öffnete gerade ihre Tür und die Menschen drängten hinein. Es machte den Eindruck, als wollten sie sich vor dem Nieselregen ins Trockene retten. Masais mit ihren roten Tüchern bildeten die einzigen auffälligen Farbflecken in den Grau- und Brauntönen. Sie sahen nicht wie stolze Krieger aus, sondern wie willkürlich an diesen Ort platzierte Figuren, die man sich eher in der unendlichen Savanne mit ihren Herden vorstellen mochte.

Bernd lenkte den Jeep in die Abfahrt zum Parkplatz an der Kante des großen Grabenbruchs. Die Ngong Berge lagen jetzt direkt hinter ihnen. Unter ihnen breitete sich die unendliche Weite Afrikas aus, an deren Anblick sie sich immer wieder aufs Neue erfreuten.

Zeit für eine kurze Kaffeepause. Rechts in der Ferne sahen sie den Kegel des erloschenen Vulkans Suswa, links die Ebene Richtung Tanzania, in die sie jetzt hinunter fahren würden. Die Hänge waren weich und noch grün, und wenn man gute Augen hatte, war so einiges an Wild zu entdecken. Sarah sah sie als erste: Eine große Masai Giraffe. Trotz ihres auffälligen Musters war, sie eins mit der Natur und kaum zu sehen. Sie stand unter einer Schirmakazie und riss, die langen Dornen nicht beachtend, ganze Zweige ab und verspeiste sie.

Der Weg führte steil hinunter, von den fast zweitausend Metern der Hochebene, bis beinahe zu Meeresspiegelhöhe. Mit jedem Kilometer wurde es wärmer, und bald hatten sie das graue Zelt über sich verlassen, und ein neues blaues spannte sich über ihnen. Sie spürten die Sonne und zogen sich die dicken Pullover aus.

„Herrlich, wieder Wärme am Körper zu spüren!", sagte Sarah, drehte die Scheibe herunter und hielt ihre Hand in den Fahrtwind. Für das Picknick hatten sie sich den schattigen Platz an der Ausgrabungsstätte Olorgesailie ausgesucht. Hier fanden Mary und Louis Leakey in den vierziger Jahren fast Millionen Jahre alte Werkzeuge, Äxte und Fossilien. Später wurden dann neben Knochen von Hippos, Zebras, Elefanten und anderen Tieren, auch menschliche Knochen des „Homo Erectus" gefunden. Lange wurde dieser Platz als „Wiege der Menschheit" bezeichnet, bis irgendwo in Südafrika noch ältere Knochenfunde nachgewiesen wurden.

Damals musste ein gigantischer See die heutige Ebene bedeckt haben. Die Freunde witzelten über die mannigfaltigen Möglichkeiten von Wassersportarten, die man heute nutzen würde. Sarah schaute sich um. „Hier hat es kaum geregnet", stellte sie fest und deutete auf die braunen Hügel und das trockene Flussbett in der Ferne. „Und wir sind fast abgesoffen in Nairobi!" Die Freunde unterhielten sich noch eine Weile darüber, während sie den heißen Kaffee aus der Thermoskanne tranken und dazu ein Stück selbst gebackenen Apfelkuchen aßen.

„Das Lob geht wie immer an Sarah!", prostete Christian ihr mit der Kaffeetasse zu.

„Für hervorragende Organisation und Planung", fügte Bernd hinzu und hob ebenfalls seine Tasse. Sie lachten und packten zusammen. Sie wollten zu den heißen Quellen des Lake Magadi und hatten noch ein gutes Stück Weg vor sich.

Es ging weiter bergab, bis sie durch die Bäume die schneeweiße Salzoberfläche des Sees leuchten sahen. Das Thermometer für die Außentemperatur zeigte neununddreißig Grad an. Sämtliche Fenster waren geöffnet, und sie hatten den unangenehmen Geruch der Salzlake, vermischt mit den Exkrementen der tausenden von Flamingos, in der Nase. Sie überquerten den ersten Teil des Salzsees, und trugen sich an der Schranke in das Besucherbuch ein. Jetzt ging es links ab zu den heißen Quellen. Das Wasser war gesund und gut für die Haut und für Knochenerkrankungen. Bernd hatte schon eine Weile Rückenprobleme und erhoffte sich Linderung.

„Wir müssen nur die richtigen Quellen finden, es gibt nämlich wirklich fast kochende, da kommst du dann raus, wie ein Hummer, und dann gibt es noch welche, die so um die vierzig Grad haben!", wusste Sarah zu berichten. Die Teerstraße hatte zu einer Sandpiste gewechselt, und das hintere Fahrzeug hielt großen Abstand, denn der Staub folgte ihnen in einer undurchdringlichen Wolke wie graues Mehl. Es war kaum Wild zu sehen, nur ein paar vereinzelte Zebras standen müde in dem bisschen Schatten, den die Dornbäume boten. Ein kleiner Masaijunge hütete einige Ziegen, die auf ihren Hinterbeinen stehend versuchten, das letzte Grün aus den Büschen zu zupfen.

„Das ist ja grauenhaft." Sarah war schockiert. „Die armen Tiere hier! Sieh mal die Zebras, die sind doch sonst so dick und rund, selbst die sind mager!"

Der Weg bog jetzt nach rechts ab und führte in einem großen Bogen auf die blau flimmernde Bergkette der fernen Masai Mara zu. Hier in der Nähe wollten sie sich unter einer Baumgruppe ein schattiges Plätzchen für die Zelte suchen. Die heißen Quellen hatten sie gefunden, und sie wollten gegen Abend dort ihr Bad nehmen. Ihr Platz für die Nacht würde auf der Kuppe einer kleinen Anhöhe sein, wo man bequem mit den Autos hinauffahren konnte. Von hier hatte man einen atemberaubenden Blick zurück auf den riesigen See, dessen Oberfläche aus weißen und rosafarbenen Salzschlieren bestand. Direkt am Fuße des Hügels konnte man eine kleine Lagune aus klarem Wasser sehen, gespeist aus der unterirdischen heißen Quelle. Wie ein Spiegel lag das Wasser bewegungslos da, und die umliegenden Berge betrachteten eitel darin ihre stumme Schönheit. Eine Gruppe Dornakazien spendete genügend Schutz vor der glühenden Sonne. Sie beschlossen erst einmal eine ausgiebige Rast einzulegen und die Zelte gegen Abend aufzubauen. Liegen wurden aufgefaltet, und sogar zwei Hängematten waren dabei, die, zwischen den Bäumen befestigt, einen herrlich einladenden Ruheplatz boten. Bald war es still, nur das Gezirpe von Zikaden war zu hören.

Als sie aufwachten, stand die Sonne schon weit im Westen. Am Äquator fiel die Nacht schnell und jetzt war Eile geboten. Sie arbeiteten stumm, ein eingespieltes Team. Nach kurzer Zeit war das Lager fertig. Die Männer hatten Feuerholz zusammengetragen und die Zelte aufgebaut, die Frauen die provisorische Außenküche im Kofferraum des Jeeps installiert, Tisch und Stühle ans Feuer gestellt und die Petroleumlampen und kalten Getränke bereitgestellt. Als es dämmerig wurde, nahmen sie die Laternen und ihre Drinks und liefen hinunter zur heißen Quelle. Vorsichtig suchte sich jeder sein Plätzchen im Wasser und genüsslich lagen sie wie in einer großen Badewanne, während sich über ihnen ein funkelndes Tuch aus Sternen ausbreitete. Sie deuteten die Sternbilder, fanden das Kreuz des Südens, den Orion, die verschiedenen Sternzeichen. Sarah schlug vor, denjenigen vom Abwasch zu befreien, der als erstes eine Sternschnuppe sah. Christians Frau Brigitte gewann, und sie durfte sich zusätzlich noch etwas wünschen, was sie für sich behielt.

Später, als sie satt und zufrieden um das Lagerfeuer saßen, und sie der afrikanischen Nachtmusik lauschten, waren sie voller Dankbarkeit für das Erlebte.

Sarah zog sich zurück, um ihre „Sternendusche" vorzubereiten. Dafür öffnete sie beide Fahrzeugtüren als Seitenwände, legte eine Isomatte dazwischen auf den Boden, stellte eine Schüssel darauf und sich hinein, und öffnete den Duschkopf, den sie vorher auf den Kanister auf dem Dachgepäckträger geschraubt hatte. Sie legte den Kopf in den Nacken, schaute in die Sterne, während ihr das von der Sonne gewärmte

Wasser über Gesicht und Körper lief. Sie liebte dieses Ritual und es durfte auf keiner Safari fehlen.

Sie wachten von der Hitze auf, die sich schon morgens im Zelt breitmachte. Der Platz bot zwar Schatten am Nachmittag, jedoch morgens hatte die Sonne ein paar Stunden Zeit, ihre sengenden Strahlen auf diese Seite der Baumgruppe zu richten. Sie waren schweißgebadet und holten sich erst einmal ein kühles Getränk aus dem Autokühlschrank, bevor sie das Frühstück vorbereiteten. Eigentlich hatten sie geplant, ein wenig zu Fuß in der Gegend herumzustreifen, aber keiner zeigte bei dieser Hitze große Lust. Sie befestigten das Vorzelt am Jeep und stellten Tisch und Stühle darunter. So richtig Hunger hatte keiner von ihnen, deswegen bereitete Sarah lediglich einen Obstsalat und eine Kanne mit eiskaltem Saft zu. Sie blickten in die Ebene hinein und sahen in weiter Ferne Menschen laufen. Auf die Entfernung erschienen sie, als ob sie über den Boden schwebten oder auf dem Wasser liefen.

Sie beschlossen, das Camp abzubauen und in den Ort Magadi zu fahren. Dort gab es für die Arbeiter der Salzfabrik einen Sport Club, der auch ein Schwimmbad hatte. Plötzlich hatten sie alle Lust, in die kühlen Fluten zu springen. Die körperliche Arbeit in der Hitze trieb ihnen noch mehr Schweiß aus dem Körper. Christian wusch sich Gesicht und Hände in der Plastikschüssel und kippte sich den Rest Wasser über den Kopf. Im Nu hatten sie alle Gefäße in den Händen, füllten aus den Kanistern Wasser hinein und schütteten sich gegenseitig den Inhalt über die Köpfe, spritzten und planschten und tollten herum, ausgelassen wie Kinder, bis sie alle über und über nass waren.
Sarah sah sie zuerst.
Sie mussten lautlos herangekommen sein. Einige standen in einem Halbkreis und beobachten ausdruckslos das wilde Treiben. Andere hatten sich in den grauen Sand gesetzt, mit geradem Rücken, die Beine ausgestreckt. Ihre Kalebassen hatten sie abgelegt und es sah aus, als ob sie in einen unsichtbaren Fernsehapparat schauten, in dem ge-rade eine interessante Dokumentation lief. Es waren sieben Masai Frauen, junge und alte. Die schwarzen Gesichter glänzten vor Schweiß, Arme und Beine waren mit grauen Staub bedeckt. Sie trugen die typischen, aus alten Reifen geschnittenen Sandalen, die ihre Füße vor Dornen und Skorpionen schützen sollten. Die Köpfe waren geschoren, durch ihre übergroßen Ohrlöcher waren mehrere Ringe aus bunten Perlen und Eisen gezogen, die teilweise bis auf die Schultern hingen. Geschmückt waren sie mit Lagen bunter Perlenreife, die wie ein Kragen Hals und

Schlüsselbein bedeckten. Sie hatten sich mehrheitlich rote, entweder karierte oder gemusterte Tücher umgelegt, die vor der Brust oder über der Schulter verknotet waren. Die beiden Gruppen standen sich für einen Augenblick stumm gegenüber. Sarah und Brigitte machten den Anfang und hielten ihre Hände zum Gruß hin. Jetzt gab es kein Halten mehr, die Frauen rissen sich darum, die weißen Hände in ihre eigenen zu nehmen, und dabei lachten und schnatterten sie und fuhren mit ihren Fingern durch das weiche Haar der Fremden. Die Männer sahen etwas hilflos zu. Irgendwie schienen sie in diesem Szenario keine Rolle zu spielen. Die älteste der Masaifrauen fuhr sich mit der Hand den Hals entlang und bedeutete damit, dass sie Durst hatte. Brigitte holte aus dem Auto die Kühltasche mit Fanta und Cola, weil sie wusste, dass dies eine Kostbarkeit für die Frauen bedeutete. Sarahs Blick fiel auf das junge Mädchen, das jetzt ihr Schultertuch aufknotete und einen Säugling ablegte, der darunter in einer Schlinge getragen worden war. Er lag merkwürdig apathisch da und Nina glaubte einen Augenblick, er sei tot. Aber sie sah, wie sich der kleine gewölbte Brustkorb hob und senkte und hörte ihn röchelnd atmen. Das Köpfchen des Kindes erschien geschrumpft, und das kleine Gesicht mit den tiefliegenden Augen glich dem eines alten Menschen. Die vier Freunde ahnten, dass dieses kleine Menschenwesen nicht mehr lange leben würde, sollte es nicht bald ärztliche Hilfe bekommen. Sie sahen sich an und brauchten sich nicht abzusprechen. Dieses Kind sollte nicht sterben, sie würden es mitnehmen. Sarah versuchte, auf Kisuaheli mit der Frau zu sprechen und ihr verständlich zu machen, dass der Säugling dringend Hilfe brauchte. Sie schien zu verstehen und beriet sich mit den anderen Frauen in ihrer Sprache. Diese schüttelten ablehnend den Kopf und schauten nun gar nicht mehr freundlich in die Richtung der Fremden. Nur die Alte blickte mit ihren weiß umflorten Augen in die Ferne und beteiligte sich nicht am Gespräch. Als sie endlich das Wort ergriff, trat ehrfurchtsvolle Stille ein. Sie sprach lange und am Ende deutete sie auf die junge Frau mit dem Kind und dann auf das Auto.

Die Freunde beratschlagten kurz und bedeuteten den Frauen, ihnen ihre Kalebassen zu geben, die sie aus dem Wasserhahn ihres Wassertanks füllten. Das Foto, das Christian, heimlich hinter dem Auto versteckt, von den Gesichtern der Frauen vor dem laufenden Wasser machte, sollte ihm später den ersten Preis in einer Fotoausstellung einbringen.

Der Weg zur Wasserstelle wäre noch über acht Kilometer weit entfernt gewesen, wie sie auf dem Weg nach Magadi feststellten.

Dann zeigte Bernd ihnen, wie sie am besten von hinten über den Reservereifen auf das Autodach klettern konnten. Die Alte hob er auf den Beifahrersitz, sie war leicht wie eine Feder. Die Campsite war sauber, alles war verstaut, und sie fuhren langsam, den Fingerzeigen der Alten folgend, zur Hauptstraße. Die Frauen klopften auf das Dach und stiegen schwatzend ab, als das Auto hielt. Die alte Masai wurde wieder aus dem Wagen gehoben, und die Gruppe wanderte mit den vollen Kalebassen in den Busch, ohne sich nochmals umzudrehen. Die junge Frau mit dem Kind saß hinten im Auto.

Später im Krankenhaus, als alle Formalitäten erledigt und die Kosten beglichen waren, saßen sie im Vorraum und warteten auf den Bericht des Arztes.
Es war ein kleiner Junge, wie sie erfuhren, und er hatte schwer Typhus. Die Masai haben in der Trockenzeit keine andere Möglichkeit, als aus der Viehtränke Wasser zu schöpfen. Sarah dachte an ihre verschwenderischen Wasserspiele von vorhin, und was wohl die Frauen darüber gedacht hatten. Sie erzählte dem Arzt die Geschichte und fragte ihn.
„Nichts", antwortete er. „Sie haben nichts gedacht. Sie sind ganz ohne Arg und verknüpfen diese Verschwendung nicht mit ihrem eigenen Leben. Das eine ist so, und das andere eben anders. So sind sie. Leider eben auch mit ihren kranken Kindern. Es ist eben so. Der Kleine bleibt ein paar Tage hier. Die Mutter kann mit im Zimmer schlafen, vielleicht lassen Sie ihr ein bisschen Geld da, damit sie sich was zum Essen kaufen kann."
Er verabschiedete sich und sie ließen ihre Adresse da, damit er ihnen Bescheid geben konnte, was aus dem Kleinen geworden war. Die junge Frau reichte ihnen wortlos die Hand, nahm auch den Geldschein ohne Dank an. Es ist so, wie es ist. Das stimmte, was der Arzt erzählte, dachte Sarah. Sie würde wohl nie etwas aus dem Krankenhaus hier hören, das war schon alles Vergangenheit.

Viele Wochen später kam ein wattierter Umschlag mit dem Krankenhausstempel als Absender bei Sarah an. Mit zitternden Händen riss sie ihn auf und hoffte nur, dass mit dem kleinen Jungen alles in Ordnung war. Eine zarte Masaikette aus einem Strang bunter Perlen gefädelt fiel ihr entgegen. Auf einem Zettel stand mit der Unterschrift des Arztes: Ole Bernd Lengai lässt grüßen!

Anm.: Ole bedeutet in der Masai Sprache Sohn.

***

HEUTE

„Die Kette habe ich übrigens noch, habe sie immer in meinem Geldbeutel." Ich hole sie hervor und zeige sie Johnson, der sie ehrfürchtig betrachtet.

„Die Geschichte kannte ich auch noch nicht. Also gibt es im Masai Land einen jungen Mann, der so heißt wie mein Bwana. Ich würde ihn gerne finden!"

Wir schweigen. Meine Gedanken sind noch bei den Masais. Sie haben ihren Lebensraum verloren. Es ist nicht gelungen, sie sesshaft zu machen, denn sie sind nun einmal Nomaden, die mit ihren Rinderherden durchs Land ziehen. Doch die vielen Nationalparks, die es inzwischen in Kenia gibt, sind für Rinderherden gesperrt. Die Masais verloren nicht nur ihr Vieh, sondern auch einen Großteil ihrer Identität.

„Waren das nicht auch Masais, die euch damals überfallen haben?", reißt mich Johnson aus meinen Gedanken.

„Ich weiß es nicht. Ich träume noch manchmal davon."

Wieder sehe ich zum Fenster. Der Regen hat nachgelassen, der Donner grollt nur noch in der Ferne. Glitzernde Himmelfenster haben sich aufgetan und werfen lange Sonnenstrahlen auf den Boden. Bald wird es dunkel sein.

***

Gestörte Vision – die letzte Safari

Die Löwenfamilie ruht im Schatten, aber Vorsicht, hier steigt man besser nicht aus dem Auto!

Die sechs Männer hockten im dichten Unterholz eng beieinander, einen Kreis bildend.

Flüsternd reichten sie die Flasche mit dem starken, selbst gebrauten Fusel weiter. Die afrikanische Nacht war schwer und schwül. Außer einem weiter entfernten Lagerfeuer durchdrang kein Lichtstrahl die Dunkelheit. Der Sternenhimmel war so nah und reich, wie er nur in Äquatornähe zu beobachten ist. Ab und zu zogen Sternschnuppen ihre Bahn. Die Stille wurde gelegentlich von dem entfernten Lachen einer Hyäne unterbrochen, oder dem trockenen Husten eines Leoparden, der jetzt im Schutz der Finsternis seine Jagd begann.

Die Männer bemerkten von all diesen Schönheiten der Natur nichts. Nganga, der Jüngste unter ihnen, zog sich nervös den Rauch eines Joints in die Lungen, gab sie weiter nach rechts, und wie ein Glühwürmchen flackerte der Schein der Glut zum Nebenmann. Der süßliche, würzige Geruch erfüllte die Nacht, während die Flasche zwischen ihnen ihre Runden machte. Die Männer nahmen tiefe Schlucke. Olwai, ein schlanker Masai, spielte mit seinem Rungu, einer schweren Keule, die er immer wieder in seine hohle Hand schlug. Auch er war unruhig, und sein Blick schweifte hinüber zu dem Feuerschein am Waldrand. Die beiden Tanzanier waren scheinbar ruhig, sie strichen mit den Händen die Rundung ihrer Holzwaffe nach. Sie waren erst heute zu der Gruppe gestoßen und hatten einen langen Fußmarsch über die grüne Grenze nach Kenia hinter sich. Der fünfte in der Runde war Ngecha, ein kleiner drahtiger Kerl, bei seinen Freunden für seine Kraft und Brutalität bekannt. Der Führer der Bande war der Älteste und wurde von den anderen nur Mzee genannt, eine Ehrerbietung an sein Alter und seine Erfahrung. Mit wenigen Worten gab er seine Anweisungen, teilte die Männer für ihren Einsatz ein. Er war der einzige, der ein Gewehr hatte, das er geübt in der Dunkelheit überprüfte. Alle Männer waren barfuß und trugen die verschlissenen Reste einer ehemaligen Ranger-Khaki-Uniform.

Der Alkohol und die Drogen zeigten ihre Wirkung. Wie flüssiges Feuer strömten Kraft und Mut durch ihre Adern. Sie waren bereit, zu töten. Auf ein Zeichen von Mzee standen sie auf und bahnten sich geschickt ihren Weg durch das Dickicht in Richtung des Lagerfeuers. Wie Raubtiere beobachteten sie aus geringer Entfernung ihre Opfer, und traten nach einer Weile lautlos in den Schein des Lichts.

Wir sitzen um das Lagerfeuer herum, prosten uns lachend zu, der Rotwein in unseren Gläsern funkelt im Feuerschein; unsere Gesichter, von den Flammen erhellt, sind glücklich und entspannt. Der Tag war gelungen, die Safari ein Erfolg. Das im letzten Dämmerlicht errichtete Camp bietet Schatten für den kommenden Tag und einen atemberaubenden Blick über die Weite des Wildparks. Männer treten lautlos aus der schwarzen Nacht ins Licht. Ich begrüße sie, denke an Wildhüter, die die Campsites kontrollieren. Ich sehe die schweren Wurzelholzkeulen in ihren Händen und begreife in diesem Augenblick die Situation. Wie in Zeitlupe nehme ich wahr, wie die Waffen zum Schlag erhoben werden. Ich sehe, wie diese auf den Kopf des Freundes niederschmettert. Die Szene wiederholt sich. Ein Mann hebt die Waffe, schlägt zu, nochmals und nochmals. Ich sitze wie gelähmt, unfähig zu helfen. Ich starre auf den sich auf und ab bewegenden Arm, der jetzt nicht mehr in Zeitlupe, sondern schneller und schneller zuschlägt.

Ich fahre hoch, höre noch meinen Schrei wie ein Echo verebben, und taste zitternd nach dem Schalter der Lampe. Mein Herz rast. Das schweißnasse Nachthemd klebt an meinem Körper. Im matten Lichtschein beruhige ich mich, trinke ein Glas Wasser, schließe die Augen und warte, bis die Wirklichkeit wieder vollständig von mir Besitz ergreift. Aber die Bilder sind noch immer so nah und ich sehe noch den ausholenden Arm, die Kopfbewegung, ich nehme den Geruch des Lagerfeuers wahr, erinnere mich an das Geräusch des auf dem Gaskocher sprudelnden Kaffeewassers.
Der Schlaf will nicht kommen. Ich bin froh darüber, denn ich weiß, der Traum lässt sich nicht verscheuchen und würde mir keine Ruhe mehr lassen. So war es auch in den unzähligen Nächten vorher, in denen ich diese Szene des Überfalls wieder und wieder geträumt habe. Ich lasse meine Gedanken zu dem Tag im September zurücklaufen, an dem wir von Nairobi aufgebrochen waren, um die jährliche Gnuwanderung in der Masai Mara zu erleben. Helmut und Kordula mit ihrer kleinen Tochter, Dirk, Sabine und ich. Mit drei voll bepackten Geländewagen wollten wir dieses Naturschauspiel erleben, voller Lust auf die atemberaubende Schönheit, die uns erwartete.
Ich stehe auf und suche das Fotoalbum heraus. Viele Bilder sind es nicht geworden, denke ich. Im Album liegen Zeitungsausschnitte: „Überfall auf deutsche Touristen in Kenia" und „Mit erschreckender Brutalität ausgeführter Anschlag".
Ich kenne die Artikel auswendig und hole eine Verbalnote der Deut-

schen Botschaft an das Außenministerium hervor. Unter Einhaltung aller diplomatischen Höflichkeitsfloskeln, wird um baldige Aufklärung gebeten und die Hoffnung ausgesprochen, die Täter bald zu finden und ihrer gerechten Strafe zuzuführen.

Ich betrachte die Fotos. Sabine, die lachend am Auto lehnt, die Hosen hochgekrempelt, die langen Locken wehen ihr ins Gesicht. Das war am zweiten Tag bei einer Rast, kurz bevor wir die „Crocodile Campsite" gefunden haben. Eine Elefantenherde im roten Gegenlicht der untergehenden Sonne, der aufgewirbelte Staub, ein Elefant vor der orangefarbenen Scheibe, wie ein Scherenschnitt. Ich blättere weiter. Das aufgestellte Safari Waschbecken, ich daneben auf dem Stuhl, mit den Füßen in einer Plastikschüssel, die Karte auf meinem Schoß. Das war am ersten Abend, wo wir spät abends im strömenden Regen das „Sandriver Camp" erreicht hatten. Wir hatten den Schauer abgewartet und dann die Zelte im nassen Gras aufgebaut. Ich erinnere mich an das plötzlich einsetzende Froschkonzert und wie wir alle darüber lachten. Später dann das gar nicht so weit entfernte, heisere Bellen der Löwen und das hohe Kichern der Hyänen. Das Lagerfeuer war bei dem nassen Holz nicht einfach zu entfachen, und wir tauschten so manche Pfadfinderweisheit aus, bis es dann endlich brannte. Eine wunderschöne Nacht war das. Jegliche Gerüche und Geräusche sind für ewig in meinem Kopf gespeichert.

Mit Schuldgefühl denke ich an Helmut, den ich zu dieser seiner ersten Safari überredet hatte. Trotz vieler Jahre in Afrika, hatte er nie die Muße gefunden, das Land einmal in dieser Form zu erkunden. Der Abend hatte ihn davon überzeugt, was er in dieser Zeit an Abenteuern vermisst hatte. Wenn wir es nur bei diesem Zeltplatz gelassen hätten. Aber wir wollten weiter auf die andere Seite der Mara, um die Gnuwanderung zu beobachten. Doch der Tag wurde zum Ende des Traumes von unserem Afrika.

Wie in einem Film laufen die Geschehnisse des nächsten Tages in meinem Kopf ab: Der Aufbruch des Lagers nach einem reichhaltigen Frühstück mit Blick in die Serengeti und auf den Fluss, der über Nacht Wasser angesammelt hatte und sich nun braunrot und reißend seinen Weg nach Süden suchte. In einiger Entfernung Antilopen, Zebras und Büffel. Die Fahrt durch die unendlich erscheinende Weite auf der Suche nach den wandernden Gnus, die man endlich am Mara Fluss entdeckte. Das Picknick auf den Autodächern am Flussufer, von wo aus wir Tausende von Tieren die steile Uferböschung wie in Panik hinunterlaufen sahen, wie sie sich dann blind ins Wasser warfen, schwimmend versuchten, das andere Ufer zu erreichen. Ein nicht endend wollender Zug von Gnus, rennend, strauchelnd, fallend, schwimmend, kletternd und auch sterbend, erschöpft oder zertreten von den Artgenossen. Die Geier, Schakale und Hyänen wartend auf leichte Beute, ergänzten die faszinierende und traurige Szene.

Dann, schon in der Dämmerung, eine etwas wilde Fahrt zur Campsite, die nicht gleich gefunden wurde. Es eilte, denn die Nacht bricht in Afrika ohne Übergang an, und die Zelte wollten noch aufgebaut werden. Unterwegs fanden wir noch einen trockenen Baumstamm, der mit dem Abschleppseil hinterher gezogen wurde, denn der versprach ein sicheres Feuerholz für die ganze Nacht zu werden.

Ich baute mein kleines Iglu-Zelt auf. Es bedeutete für mich Schutz und Geborgenheit. Dieses Gefühl, das ich in diesem Zelt kurz vor dem Einschlafen immer empfand, wird mir immer in Erinnerung bleiben.

Und für immer wird auch dieses Bild in mir sein: Die fröhlichen Gesichter, die erhobenen Gläser in der letzten kurzen Abenddämmerung. Wir prosteten uns mit dem traditionellen Sundowner zu, und der Schein des inzwischen entfachten Feuers erhellte unsere Gesichter.

Dann das Abendessen am Lagerfeuer mit einer Flasche Rotwein, angenehme Müdigkeit machte sich bemerkbar. Die Rücktür zu meinem Geländewagen war weit geöffnet, hier stand der Gaskocher, auf dem schon das Wasser für Abwasch und Kaffee brodelte.

Eine Gruppe Männer trat in den Lichtschein des Feuers und ich höre mich „Jambo" sagen, die landesübliche Begrüßung, sah, wie der erste Mann zum Schlag ausholte, sah, wie sich Helmut herumdrehte und die Keule direkt auf sein Auge niederschlug. Dann war nur noch Chaos. Die Männer nahmen sich jeder ein Opfer vor und schlugen blindlings auf uns ein.

Ich könnte heute noch die Szene malen, jedes Detail ist in Farbe und Stimmung, mit Gerüchen und Geräuschen eingeprägt. Niemals werde ich das Gesicht des Mannes vergessen, die blutunterlaufenen Augen, den verzerrten Mund mit den verfaulten Zähnen, den Schweißgeruch, die durchlöcherten Ohrläppchen. Ich erinnere mich, wie ich die Arme zum Schutz des Kopfes hochriss, mir dabei Ring und Uhr abstreifte und sie ins Dunkel schleuderte. Wie durch Watte hörte ich die anderen schreien und weinen, hörte Keuchen und wildes Atmen, stolperte über jemanden, der am Boden lag, ließ mich an das Auto zurückdrängen und dachte: „Gut, dass Alex nicht dabei ist."

Wo ich die Kraft hernahm, weiß ich nicht mehr, aber ich packte meinen Angreifer am Kragen und schrie ihn an: „Was willst du von mir?" „Money, money", keuchte er. Ich rannte zum Auto. Tatsächlich hielt er inne, sodass ich Zeit hatte, hinein zu springen, in die Handtasche zu greifen und ein loses Bündel Banknoten in die Dunkelheit zu werfen. Er stürzte hinterher. Das gab mir kostbare Sekunden, um die Tür zuzumachen und die Zentralverriegelung zu betätigen. Schon war der Mann wieder auf den Beinen, und warf sich in die noch immer offene Rücktür auf die Reisetasche. Er bemerkte nicht die noch immer lodernde Gasflamme, verbrannte sich und sprang zurück. Ich weiß nicht, wie ich es schaffte, vom Vordersitz in den Kofferraum schier zu fliegen und die Tür zuzuziehen. Jetzt war ich gefangen. Der Mann rüttelte an allen Türen, schlug mit dem Rungu auf alle Fenster ein. Die anderen Männer kamen und leuchteten ins Wageninnere, schlugen auch wie besessen auf die Scheiben ein. Ich hörte einen Schuss, Sabine schrie Dirk zu, er solle den bereits überwältigten Angreifer loslassen, Kordula weinte laut, Helmut wimmerte vor Schmerzen. Ich sah, wie jemand mit einer Machete mein Zelt aufschlitzte, und auf der Suche nach Wertgegenständen alles herausriss. Ich kauerte im Kofferraum, die Arme um die Knie geschlungen, den Kopf tief unten, mich möglichst klein, am besten unsichtbar zu machen.

Plötzlich war Ruhe. Ich schaute hoch und beobachtete, wie die Männer sich, beladen mit Fototaschen, Rucksäcken und Schulranzen der Kleinen zurückzogen. Meine Hand schon am Türgriff, sah ich sie stehen bleiben, gestikulieren wie im Streit und wieder zurückkommen. Mit drohend erhobenen Waffen begann der Angriff aufs Neue. Ich erwog, nach vorne zu springen. Der Schlüssel steckte noch im Anlasser. Ich wollte losbrausen und versuchen, Hilfe zu holen. Aber nach vorne konnte ich nicht wegfahren, da ich direkt mit dem Vorderteil des Wagens an einer steil abfallenden Böschung stand. Im Rückwärtsgang durchzurasen war auch nicht möglich, da Helmut hinter dem Auto auf dem Boden lag. Ich konnte nur sitzen und hoffen, dass dieser Albtraum ein Ende haben würde. Meine Augen waren auf die Uhr des Autos geheftet, ich konnte den Blick nicht von dem schleichenden Minutenanzeiger lösen. 23.07 Uhr. Das Wasser neben mir kochte, ich kam nicht auf den Gedanken, das Gas abzustellen. Mit einer Hand umklammerte ich die schwere Stabtaschenlampe und dachte ganz klar: „Was mache ich zuerst, wenn einer es doch noch schafft, die Fenster einzuschlagen und seinen Kopf ins Auto steckt? Zuerst heißes Wasser und dann eins mit der Lampe auf den Schädel, oder umgekehrt?"

Wie geschärft alle Sinne in dieser Nacht waren! Der Schock und die Schmerzen kamen erst viel später.

Am schlimmsten war es, dass ich nicht helfen konnte.

Plötzlich war es wieder still. Ich wusste nicht, was aus meinen Freunden geworden war. Ich kauerte immer noch in der gleichen Stellung und wartete. Vielleicht kamen die Banditen ja noch einmal zurück. Ich sah den Zeiger weiterlaufen – 23:28 Uhr. Ich hörte, wie mein Name gerufen wurde, und schaute hinaus. Da waren sie alle, auch Helmut, gestützt von seiner Frau, sich mit der einen Hand das Auge zuhaltend, darunter strömte das Blut heraus. Die kleine Anna stand zitternd und leise weinend neben ihren Eltern, Sabine weinte, Dirk hielt sich den Kopf. Später erfuhren wir, dass er einen Streifschuss aus dem Hinterhalt am Kopf abbekommen hatte, wohl weil er seinen Angreifer zu Boden geworfen hatte. Ich öffnete die Rücktür und fing wild an, alles Mögliche ins Auto zu werfen.

Die anderen schrien: „Komm! Nichts wie weg hier!" Sie sprangen in ihre Autos, ließen alles stehen und liegen. Ich folgte als letzte. Wir rasten durch die Nacht, ohne Ziel, nur weg von diesem Horror. Das am Auto befestigte Außenzelt flatterte hinterher, die Gasflamme brannte weiter, das heiße Wasser ergoss sich in den Kofferraum.

Ich schaltete die Innenbeleuchtung ein und schaute in den Spiegel. Was ich sah, war Blut und meine weit aufgerissenen Augen, mein blasses Gesicht. Ich wusste nicht, wo das Blut herkam, verspürte keine Schmerzen, fuhr einfach durch die Nacht, mechanisch den Rücklichtern der anderen folgend. Nach einer Weile leuchteten die Bremslichter vor mir auf, wir waren an einer Lodge angekommen. Mit quietschenden Reifen hielten wir an, stürzten in die Rezeption am Flussufer, wo man die Situation sofort erfasste. Das Luxus-Camp befand sich auf einer kleinen Insel und man musste mit dem Boot übersetzen. Alles Notwendige wurde veranlasst. Man wies uns große, voll eingerichtete Zelte zu. Ein Flug wurde für den nächsten Morgen organisiert, für Helmut und Familie. Er musste so schnell wie möglich in ein Krankenhaus. Irgendwoher kam noch ein Arzt und später auch Polizei. Dirk musste mitten in der Nacht mit dem Polizisten und Rangern nochmals zum Tatort zurück. Sabine und ich lagen rauchend und Cola trinkend im Zelt und versicherten uns gegenseitig immer wieder, wie gut wir davongekommen waren. Wir fühlten uns beinahe gut gelaunt und waren hellwach. Ganz plötzlich kam dann der Schock. Schüttelfrost, so stark, dass die Zähne aufeinanderschlugen, bis der Arzt uns ein Beruhigungsmittel gab und unsere Wunden an Kopf, Armen und Schulter versorgte.

Ich schlief traumlos bis zum Morgen, Sabine war schon wach und rauchte. Helmut und Kordula waren bereits ganz früh morgens mit einem kleinen Privatflugzeug nach Nairobi geflogen worden, so waren wir nur noch zu dritt am Frühstückstisch.

Unwirklich war das – wie ein böser Traum. Wir saßen im Freien, zwei zahme Warzenschweine bettelten um Toast. Das Frühstücksbuffet war wegen der unzähligen Webervögel mit einem Moskitonetz abgedeckt. Unser Tisch war etwas abseits gestellt worden, damit die Touristen nicht die mit Blut bespritze Kleidung und die diversen Verbände wahrnehmen konnten. Ich hatte das Auto am vergangenen Abend nicht einmal mehr abgeschlossen, keine sauberen Kleider oder Waschzeug mitgenommen, sondern lediglich meine Zigaretten und einen Lippenstift. Ich wollte die Reisetasche auch niemals mehr berühren und schenkte sie später mitsamt dem Inhalt dem Nachtwächter.

Wir mussten den Tatort gemeinsam mit der Polizei und einigen Rangern nochmals begehen, und packten die restlichen zurückgelassenen Sachen ein. Ich fand meinen Ring und die Armbanduhr. Die Polizisten suchten nach der Patronenhülse. Bei Tag sah alles strahlend und unwirklich aus. Eine Gruppe Antilopen betrachtete uns aus der Ferne neugierig, ihre kleinen Schwänze wedelten unaufhörlich. Zebras grasten friedlich da, wo in der Nacht zuvor brutale Gewalt geherrscht hatte. Per Funk wurde der Vorfall nach Nairobi gemeldet, Freunde und Verwandte wurden benachrichtigt.

Bei der Rückfahrt saß ich alleine im Auto, die Fenster weit geöffnet, bei lauter klassischer Musik, Vivaldi. Der rechte Arm und die Schulter schmerzten jetzt stark, ich fuhr mit einer Hand. Die Sonne tauchte die Landschaft in ein warmes Licht, die entfernten Berge erschienen dunkelblau, die trockene Steppe war löwenfarben. Tatsächlich entdeckten wir unter einer einsamen Dornakazie ein Löwenpaar, das sich farblich kaum vom Untergrund abhob. Die Gnus zogen in der Ferne wie eine riesige Ameisenstraße über die Hügel, Büffelherden galoppierten, aufgeschreckt von dem Motorenlärm vorbei, Herden von Zebras und Antilopen standen grasend oder dösend in der Mittagshitze. Abschied von einem Paradies, wie es schöner nicht sein konnte.

Vorneweg fuhren Sabine und Dirk. Unterwegs hielten wir nochmals Rast. Wir waren schweigsam, bedrückt und müde. Am Ausgang des Parks schob ein Masai seinen Kopf durch das Fenster, er wollte seinen Speer verkaufen, ich reagierte voller Panik, Angst kroch meinen Rücken hoch, ich drehte das Fenster viel zu schnell hoch, klemmte dem Mann die Hand ein, schämte mich im gleichen Augenblick.

Fast fünf Monate später erreichte die Antwortnote des kenianischen Außenministeriums die Deutsche Botschaft. Der Spieß wurde umgedreht, die Opfer wurden zu Tätern abgestempelt. Wir wurden belehrt, dass wir uns selbst in Gefahr begeben hätten, indem wir uns auf einer (offiziellen!) Campsite aufgehalten hätten, wo es von wilden Tieren nur so wimmelte. Dann wurden Hippos, Elefanten, Löwen und Leoparden genannt. Was hatten diese unschuldigen Wesen mit einem von Menschen ausgeführten Überfall zu tun? Eine Festnahme war selbstverständlich nicht erfolgt.

***

HEUTE

„So war das, Johnson. So ausführlich habe ich das noch niemandem erzählt. Für mich war damals mein Afrikatraum zu Ende."
Die Sonne ist bereits im Begriff, hinter den Ngong Bergen zu verschwinden. Wir wärmen uns am Kaminfeuer. Ich lehne mich wieder in dem weichen Sessel zurück und schließe die Augen. Afrika. Johnson schweigt. Auch er scheint in Erinnerungen versunken. Nach einer Weile sieht er mich an:
„Jetzt kommt eine Frage, die meine Seele bewegt: Bist du deswegen von Afrika fort gegangen? Wegen des Überfalls?"
„Nein, das war ja einige Jahre später. Um ehrlich zu sein, ich weiß es nicht, warum ich Kenia verlassen habe", sage ich und merke gleichzeitig, dass es nicht die ganze Wahrheit ist.
Aber was die Wahrheit ist, weiß ich tatsächlich nicht. Vielleicht war es doch das Ende meines Afrikatraumes?
„Aber ich bin wieder gekommen. Vom Flughafen auf den Weg in die Stadt sieht man im Westen die Ngong Berge liegen. „In edlem Schwung erhob sich das Gebirge luftig-blau über das umliegende Flachland, doch es war so fern, dass die vielen Gipfel ganz klein erschienen,...der Umriss des Gebirges war von der sänftigenden Hand der Ferne geglättet ...", heißt es in „Jenseits von Afrika" von Karen Blixen. Das habe ich auswendig gelernt mir hat ihre schöne Sprache immer so gefallen."
„Kannst du dir vorstellen, wieder in Afrika zu leben?" Johnson sieht mich gespannt an. Es ist schwer, darauf zu antworten.
„Ach Johnson", sage ich deswegen, „wenn die Antwort darauf so leicht wäre! Ich habe Wunderbares erlebt, aber auch die Realität des heutigen Afrikas. Kein böser Gedanke ist deswegen in mir, ich bin in totalem Frieden mit Afrika. Es ist gut so, wie es ist. Es gibt Bewegung, kleine Fortschritte, winzige Anzeichen dafür, dass Afrika auf dem richtigen Weg ist. Hoffnung ist der Anker der Welt, sagt man in Südafrika. Und in Kenia sagt man: Das Gras wächst nicht schneller, wenn man daran

184

zieht."

Johnson lächelt und hebt sein Glas: „Ich trinke darauf, dass du bald wiederkommst!"

„Darauf kannst du dich verlassen, Johnson. Kenia ist ein großes Stück Heimat für mich geworden und wird es immer bleiben. Und die Menschen, die ich hier getroffen habe und die mich auf einem Teil meines Lebensweges begleitet haben - das alles wird für immer in meinem Herzen sein."

Ich nehme Johnsons Hände in meine.

„Johnson, egal wo ich bin, es ist immer eine Verbindung zwischen uns, zwischen mir und Afrika. Also ist es letztlich gleichgültig, wo wir sind, oder?"

„Zwar hat der Mensch zwei Beine, doch kann er nur einen Weg gehen", erwidert Johnson ernst und schaut mir in die Augen. „Altes Swahili Sprichwort."

„Du bist ein weiser Mann, Johnson. Also jetzt kennst du meine „Bilder" bis zum Ende."

„Es fehlt eine Geschichte, Memsahib Sarah." Johnson hält meinen Blick fest.

Ich schweige und greife, wie um Schutz zu suchen, an meine Herzkette.

„Siehst du, genau das. Du greifst immer, wenn du verlegen bist, an die Kette. Ich habe dich noch nie ohne diese Kette gesehen. Erzähle mir davon. Ich glaube, das ist dann die letzte Geschichte?"

Ich zögere. Das geht mir nah. Ich weiß nicht. Ich will nicht. Wieder drehe ich das kleine Diamantherz nervös zwischen meinen Fingern.

„Erzähl, bitte. Es fehlt dieses Stück in meinem Kopf."

***

Traumfischen

Missionsschwestern im Norden Kenias

Ich renne wie gehetzt den langen dunklen Flur hinunter, mein Herz klopft zum Zerspringen, Schweiß läuft über mein erhitztes Gesicht. Mit einer Hand stütze ich meinen vorgewölbten Leib, um das Kind darin zu schützen und den Druck der Bewegung abzufangen, der mir Schmerzen bereitet. Am Ende des Ganges kann ich bereits das Ziel erkennen: Ein großes, erleuchtetes Fenster, vor dem ich eine weiß gekleidete, winkende Gestalt erkennen kann. Mit aller Kraft, die meinem schweren Körper zur Verfügung steht, versuche ich, noch schneller zu laufen. Mein Atem kommt keuchend und stoßweise, Tränen laufen über mein Gesicht. Diesmal muss ich es schaffen. Ich muss, ich muss. Meinem Empfinden nach dauert es eine Ewigkeit. Es erscheint mir, als liefe ich so schon den ganzen Tag, und ich sehe mich selbst aus der Vogelperspektive, wie ich verzweifelt versuche, mein Ziel zu erreichen. Die Scheibe kommt näher, und man kann erkennen, dass es sich um ein beleuchtetes Aquarium handelt, gefüllt mit sprudelndem, klarem Wasser, in dem sich Algengewächse leise wiegen. Dazwischen schwimmen schwerelos niedliche, neugeborene Kinder, die sich in ihrem Urelement sichtlich wohlfühlen. Sie rudern mit ihren Ärmchen, drehen sich auf den Rücken und wieder zurück auf den Bauch und scheinen nicht atmen zu müssen. Bläschen steigen aus ihren leicht geöffneten Mündern und ihre Augen sind weit geöffnet.

Ich habe jetzt das Ende des Ganges erreicht und stehe schwer atmend dicht vor der Scheibe. Fasziniert sehe ich diesem Schauspiel zu. Ich fühle mich leicht und glücklich. Endlich bin ich so weit, endlich habe ich es geschafft. Ich ahne, dass der Mann im weißen Kittel der Arzt ist, der zur Eile antreibt: „Sie müssen schnell machen, gleich geht das Licht aus, dann wird es zu spät sein!"

„Ja", antworte ich fröhlich. „Ich weiß. Wie einfach das doch heutzutage alles ist! Ich weiß auch schon, welches ich nehme, den kleinen Jungen, sehen Sie, diesen!"

Ich zeige immer noch lachend auf ein blondes Kerlchen, das gerade vorbeischwimmt und steige die kleine Leiter, die zu der Aquariumoberfläche führt, hinauf, krempele die Ärmel zurück, tauche beide Arme ins Wasser und beginne suchend, um mich zu greifen. Aber immer, wenn ich meine, ein Ärmchen oder Beinchen erwischt zu haben, glitscht mir der kleine Körper wieder aus den Händen. Meine Arme tauchen tiefer in das Becken ein, meine Hände tasten durch das trüber werdende Wasser. Immer wieder meine ich, ein Körperteil erwischt zu haben, immer wieder hoffe ich, und immer wieder schwindet die Hoffnung. Ich merke, wie mein Bauch langsam schwindet, und verzweifelt mache ich einen letzten Versuch, im Wettlauf mit der Zeit, einen kleinen Körper zu greifen. Ich kann gar nichts mehr erkennen. Das Licht ist nur noch ein matter Schein, bevor es ganz erlischt.

„Helfen Sie mir, so helfen Sie mir doch!“, höre ich mich schreien, bis die Dunkelheit mich umschließt.

Schweißnass fuhr ich aus meinem Traum hoch. Im ersten Augenblick fand ich mich nicht zurecht, hatte keine Erinnerung daran, wo ich mich befand. Nur der Traum war noch da, drohend und böse, und ließ sich nicht vertreiben. Im Zimmer war es so dunkel, dass man noch nicht einmal Umrisse erkennen konnte, kein Lichtstrahl gab Hinweis auf eine Tür oder ein Fenster. Ich versuchte, mich an die letzten Stunden zu erinnern, aber in meinem Kopf war nur ein Gefühl von Leere und leichtem Schwindel. Ich schloss die Augen. Ich war so müde und erschöpft und sehnte mich nach Schlaf. Aber wieder holte der Traum mich ein, ich sah mich den langen, dunklen Gang entlang laufen, wollte wieder aufwachen. Ich will nicht, dachte ich, aber ich kann mich nicht wehren. Dieses Mal erlebte ich die Szenen bewusst, wie im Wachzustand, und kam von meinen eigenen Schreien zu mir. In meiner Brust hämmerte wild das Herz. Ich wollte nur Licht und Luft und tastete, Orientierung suchend, mit der Hand um mich. Selbst diese schwache Bewegung ermüdete mich, und mein Arm hing nun wie leblos über die Bettkante.

Verzweifelt versuchte ich, meine Gedanken zu ordnen. Ich war mit Freunden und meinem Mann unterwegs gewesen, aber wohin? Eine Safari, aber Einzelheiten wollten mir nicht in den Sinn kommen. Und wo waren sie alle? Und vor allem, wo war ich? Jetzt sah ich einen schwachen Lichtstrahl aus der Ferne auf mich zukommen. Oder war das wieder dieser verdammte Traum? Aber das Licht kam näher und nun hörte ich auch flüsternde Stimmen. Ich schloss die Augen, wollte etwas sagen, aber merkwürdigerweise kam kein Ton über meine Lippen. Der Strahl der Taschenlampe wanderte über die Bettdecke und traf mich mitten im Gesicht. Ich blinzelte und hielt die Hand vor die Augen. Der Strahl wurde zurückgenommen und richtete sich auf den Boden. Für einen Augenblick nur konnte ich die schwarzen Gesichter erkennen, die sich neugierig über das Bett beugten.

„Mzungu“, hörte ich jemanden wispern. Eine Hand berührte meinen Arm und wieder blendete mich das Licht. Jetzt hörte ich lautere Stimmen, sie kamen von weiter her, verebbten wieder, ein Mann lachte.

Die unheimlichen Besucher entfernten sich schnell und lautlos. Der Lichtkegel verlor sich in der Ferne, eine Tür wurde geöffnet und der Spuk war vorbei. Ich dämmerte vor mich hin, versuchte, den Faden zu meinem Leben aufzunehmen, da, wo ich ihn verloren hatte. Ich schlief wieder ein und wachte im ersten Morgengrauen wieder auf.

Mein erster Blick fiel auf das Fenster, durch das jetzt das erste morgendliche Dämmerlicht zu sehen war. Schnell färbte sich der Horizont rosa, und der eben noch graue Himmel nahm eine zart blaue Färbung an. Ich sah über den Garten hinaus auf eine in der Ferne liegende Bergkette, hinter der jetzt langsam die Sonne hochkam. Sonst war nur Buschland zu sehen. Direkt hinter der Gartenmauer verlief eine rote Staubstraße, auf der gerade bunt gekleidete Frauen mit Tongefäßen auf den Köpfen entlang schritten. Ich sah mich im Zimmer um. Ich musste im Krankenhaus sein. Mein Bett war hochgestellt und mit Seitenklappen versehen. Über mir hing ein Gestell, und ich konnte einen Klingelknopf entdecken. Auf dem Nachttisch standen ein Glas und eine Wasserflasche und als ich die Schublade aufzog, entdeckte ich meine Armbanduhr und den Ehering. Mein Blick wanderte im Raum umher. Die Wände waren in einem hellen Grün gestrichen, ein Waschbecken, ein Schrank, ein hölzernes Kreuz als einziger Wandschmuck. Ich versuchte, aufzustehen, aber ein stechender Schmerz im Unterleib ließ mich wieder zurücksinken. Ich tastete meinen Unterleib ab. Man hatte mir Binden zwischen die Beine gebunden, die sich unangenehm feucht und klebrig anfühlten.

Mit einem Schlag kehrte die Erinnerung zurück. Der Schock schnürte mir die Kehle zu. Sofort war der Traum der vergangenen Nacht wieder ganz nah. Ich dachte an den vergangenen Nachmittag, wo Bernd und ich in bester Stimmung, nach über siebenstündiger, anstrengender Fahrt, endlich in Wamba angekommen waren. Wir wollten die Weihnachtstage und Silvester mit unseren Freunden, die dort in einem Entwicklungshilfe-Projekt arbeiteten, verbringen. Ich erinnerte mich an den plötzlichen Schmerz im Unterleib, der wie ein Dolchstoß durch mich gefahren war, als ich aussteigen wollte, an das warme Blut, das nicht aufhören wollte zu fließen, und an Bernds angsterfülltes Gesicht, als er mich vorsichtig aus dem Wagen hob. Da musste ich ohnmächtig geworden sein, denn das war das letzte, was mein Gedächtnis hergab. Ich weinte lautlos.

Als die Tür aufging und eine junge afrikanische Schwester das Zimmer betrat, befand ich mich bereits wieder in einem Dämmerschlaf. Ich wurde wach, als mir ein Fieberthermometer in den Mund geschoben wurde und die Krankenschwester meinen Arm unter der Decke hervorholte, um den Blutdruck zu messen.

„Guten Morgen", sagte sie freundlich. „Wie geht es Ihnen? Hatten Sie eine gute Nacht?"

Ich nickte vage und fragte: „Können Sie mir sagen, was mit mir los ist? Ich habe gar nicht mitbekommen, was eigentlich passiert ist. Das letzte, was ich weiß, ist, dass mein Mann mich aus dem Auto gehoben hat, danach muss ich bewusstlos geworden sein."

Die Schwester vertiefte sich in die Krankenakte und machte ihre Eintragungen.

„Sie hatten eine Fehlgeburt und sehr viel Blut verloren. Wir mussten unter Narkose Ihre Gebärmutter ausschaben und die Blutung stillen. Ihr Mann hat Ihnen Blut gespendet, Gott sei Dank hat er die gleiche Blutgruppe." Sie lächelte mich freundlich an, und ich meinte, eine Spur Mitleid in ihrer Miene zu entdecken. „Sie können nachher nach Hause gehen. Ihr Mann kommt gegen zehn Uhr, um Sie abzuholen." Und als sie mein tränennasses Gesicht sah, fügte sie hinzu: „Machen Sie sich keine Sorgen, Sie sind noch jung und bald werden Sie wieder schwanger sein! Ich lege Ihnen hier frische Binden hin. Die Schwester wird Ihnen gleich Ihr Frühstück bringen." Damit verließ sie den Raum und schloss die Tür leise hinter sich.

Ich sah auf die Uhr, es war noch nicht einmal halb sieben. Ich hatte genügend Zeit, um mich zu waschen und anzuziehen. Vorsichtig stand ich auf und ging zum Waschbecken, über dem ein kleiner Spiegel hing. Lange betrachtete ich mein Gesicht, sah die feinen Linien um die Augen, unter denen ein hellgrauer Schatten lag. Trotz der Sonnenbräune sah ich krank aus. Ich kramte in meinen Taschen nach einem Lippenstift. Der heiße, süße Tee, den eine andere Schwester auf den Nachttisch gestellt hatte, tat gut, und ich verspürte sogar Appetit auf das vertrocknete Croissant, das daneben lag. Ich zog mich an und verließ das Zimmer und wanderte den Flur auf und ab. Ich öffnete die Eingangstür und trat hinaus in den kleinen Park, der um das Krankenhaus herum angelegt war. Es war still und die Morgenfrische tat mir gut. Ich ging langsam an den Beeten entlang und setzte mich schließlich auf eine Bank. Die Sonne wärmte schon ein wenig und ich schloss die Augen, um dem wilden, jubelnden Vogelgezwitscher zu lauschen. Ich fühlte mich unendlich müde und leer. Die Tränen brannten in meinen Augen und ich sehnte mich nach meinem Mann. Der Rücken schmerzte auf der harten Bank und ich legte mich auf die Wiese und schlief sofort ein.

„Sarah, Liebes, da bist Du ja! Ich habe dich in Deinem Zimmer gesucht."

Ich spürte die warme vertraute Hand, die mir jetzt über den Kopf und den Rücken streichelte. Er hatte sich neben mich gesetzt. Ich konnte die Tränen nicht mehr zurückhalten. Ich legte den Kopf in seinen Schoß und weinte, wie ich nie geweint hatte. Bernd ließ mich gewähren und fuhr fort mich zu streicheln und beruhigende Worte zu flüstern. Nach einer Weile setzte ich mich auf und wir sahen uns an. „Komm", sagte er. „Heute ist Weihnachten, lass uns das einfach vergessen, es wird alles gut." Er zog mich hoch und wir gingen Arm in Arm zum Auto.

Unsere Freunde hatten sich große Mühe gegeben, das Weihnachtsfest so feierlich wie nur möglich zu gestalten. Im afrikanischen Busch ist das nicht so einfach; ohne Schnee, ohne Tannenbaum und bei sengender Hitze. Aber die vielen Kerzen, der geschmückte Ast einer Dornakazie und der Geruch des Truthahns verhalfen zu einer festlichen Atmosphäre. Dennoch war es für mich eine Qual, das kleine juchzende Mädchen zu sehen, und vor allem der kleine blonde Tim, noch im Krabbelalter, zerrte an meinen Nerven. Wir wünschten uns so sehnlich ein Kind, und das war nun schon die vierte Fehlgeburt. Die Ärzte hatten nichts finden können, es gab eigentlich keinen Grund, warum wir kein Kind haben konnten. Dieses Mal war ich mir so sicher gewesen, es zu behalten. Ich war müde und schweigsam während des Essens und entschuldigte mich dafür. Aber jeder hatte Verständnis und so fand es auch niemand merkwürdig, als ich nach dem Dessert aufstand und nach draußen ging.

Die Nacht war heiß und der Himmel spannte sich wie ein edles glitzerndes Tuch über die Weite Afrikas. Ich setzte mich auf die leise schwingende Schaukel und schaute nach oben. Es ging mir jetzt viel besser, nur sprechen wollte ich nicht, wollte alleine sein mit mir und meinen Gedanken. Unten im Dorf begannen die Glocken zu läuten, und ich sah Menschen mit Laternen den Weg in die Richtung der kleinen Kirche laufen. Ich stand auf, ging durch das Gartentor hinaus und schloss mich dem Menschenstrom an, ließ mich mittreiben, bis ich vor dem Eingang der einfachen Missionskirche stand. Ich war die einzige Weiße, die zur Mitternachtsmesse die Stufen hinauf schritt. Ich wurde angestarrt und Kinder versuchten, mich im Vorbeigehen zu berühren. Ich wollte mich ganz hinten hinsetzen, wurde aber von einer Frau am Ärmel gezogen und nach links gedrängt. Jetzt sah ich, dass die Sitzplätze streng nach Geschlechtern geteilt waren, links die Frauen, rechts die Männer. Ich betrachtete lächelnd die vielen Menschen, die sich für diesen Kirchenbesuch mit allem, was eine europäische Kleidersammlung hergab, herausgeputzt hatten. Da gab es einen kleinen Jungen in einem hellblauen Skianzug. Die mehrere Nummern zu großen Schuhe waren mit einer Schnur an seinen Füßchen befestigt. Sein Gesicht war feucht von Schweiß und er hing apathisch in den Armen seiner Mutter, die sich mit einer Webpelzjacke über ihrem traditionellen Tuch geschmückt hatte. Fast alle waren barfüßig, einige wenige hatten sich in entweder zu kleine Schuhe gezwängt, oder schlappten in viel zu großen Modellen den Mittelgang entlang. Die Männer trugen Sakkos oder Sportjacken über ihren gewickelten Hüfttüchern, manche hatten sich irgendwo eine Hose organisiert. Auch Hüte und Mützen jeder Form und Farbe gab es, Glitzergürtel, Sonnenbrillen, schrille Handtaschen und Handschuhe. Das Ganze mutete wie ein Maskenball an. Ich konnte mich nicht sattsehen an der bunten Menge.

Vorne auf einer Bühne war die Weihnachtsgeschichte in Lebensgröße aufgebaut. Ein weißer Jesus streckte seine dicken Ärmchen in die Luft und Maria und Joseph schauten mit verklärter Miene in die Krippe. Der europäische Priester kam aus einer Seitentür und stand mit weit ausgebreiteten Armen vorne, um seine Schäfchen willkommen zu heißen. Es war stickig in der Kirche. Der Geruch von Holzkohle und Schweiß, der von den Menschen ausging, verursachte mir Übelkeit. Hinter mir hörte ich Gekicher, und ich fühlte, wie eine Hand durch mein langes blondes Haar fuhr. Jeder wollte mal das Gefühl haben, eine Weiße berührt zu haben, die seidige Weichheit der Haare zu spüren, das kannte ich von anderen Begegnungen mit afrikanischen Dorfbewohnern. Bald hatte ich ein Dutzend Hände um mich, bis eine alte Frau neben mir dem ganzen Einhalt gebot, indem sie sich umdrehte und ein paar kurze Worte zischte. Inzwischen war die Predigt auf Kisuaheli in vollem Gange und die Menschen starrten gebannt nach vorne. Die alte Frau neben mir griff unvermittelt nach meiner Hand, drehte den Handteller nach oben, und strich sanft mit ihrem schmutzigen runzligen Finger über die Innenfläche, dabei Unverständliches murmelnd. Ich ließ es geschehen. Ich fühlte mich elend, der Rücken schmerzte, die Hitze setzte mir zu. In einem plötzlichen Schwindelanfall, in dem mir schwarz vor Augen wurde, rutschte ich wie in Zeitlupe von meinem Sitz.

Irgendwann wachte ich auf. Mein Mund fühlte sich trocken an, die Zunge klebte wie ein übergroßer Fremdkörper am Gaumen. Ich hatte nur den Wunsch nach sofortiger Stillung meines übermäßigen Durstes. Es war stockdunkel im Raum. Ich tastete um mich. Ein Fell oder ähnliches war unter mir ausgebreitet. Meine Hand fand keinen Lichtschalter in der näheren Umgebung. Das ist ein Albtraum, dachte ich, ich weiß schon wieder nicht, wo ich bin. Gleich würde ich nochmals den Flur entlang rennen müssen, gleich das weit entfernte Aquarium vor Augen haben und die Gewissheit, dass auch diesmal das Ende des Traums keine Erlösung bringen würde. Ich versuchte, mich zu konzentrieren und wach zu bleiben, als ich eine sanfte Hand auf meinen Kopf fühlte.

„Bernd", flüsterte ich und schloss erleichtert die Augen. Aber irgendetwas stimmte nicht, der Geruch, ja, der Geruch, es konnte nicht er sein. Ich würde ihn immer an seinem Geruch erkennen. Frisch und sauber rochen seine Hände immer, wogegen diese streichelnde Hand nach Holzkohle und Erde roch. Jetzt hörte ich, wie ein Streichholz entflammt wurde und sah im Schein das Gesicht der alten Frau aus der Kirche. Diese stellte nun die Laterne auf den Boden und ich sah, dass ich mich in einer kleinen, rauchigen Eingeborenenhütte befand, deren Eingang mit einem Tuch verhängt war. In der Ecke auf dem Boden köchelte etwas nach Kräutern Duftendes in einem irdenen Topf auf einem kleinen Feuer.

Ich versuchte, mich aufzusetzen, aber die warme, trockene Hand der alten Frau drückte mich sanft zurück. Sie sah mir tief in die Augen und fing nun an auf Kisuaheli zu sprechen. Ich hatte lange genug im Lande gelebt, um sie zu verstehen und die Frau strahlte so viel Ruhe aus, dass ich gehorsam liegen blieb und zuhörte.

„Die Geister haben mir gesagt, dass deine Seele traurig und krank ist und du Hilfe brauchst. Sie haben mir auch gesagt, dass es dein Wunsch ist ein Kind zu haben. Sie haben mir befohlen, dir zu helfen. Ich bin die Medizinfrau hier im Dorf und ich habe die Macht dazu. Du musst nur glauben und mir vertrauen. Willst du, dass ich dir helfe?" Die Frau war jetzt mit ihrem Gesicht ganz nahe an meinem.

„Willst du?", wiederholte sie eindringlich und ihr fast zahnloser Mund blieb auf Antwort wartend halb offen-stehen.

Ich erkannte augenblicklich die Hoffnungslosigkeit meiner Lage. Was hatte ich schon zu verlieren? So viele Ärzte hatte ich aufgesucht, Vitamine und Hormone geschluckt, Spritzen bekommen, Spülungen und Spiegelungen über mich ergehen lassen, und es hatte nichts geholfen. Jetzt lag ich hier bei einer mir völlig unbekannten, alten Frau, der ich, aus welchem Grund auch immer, vertraute. Ich nickte und flüsterte: „Ja, ich will, dass du mir hilfst."

Und ich fügte noch leiser hinzu: „Bitte."

„Du wirst einen kleinen, blonden Sohn haben, ich kann ihn schon sehen. Du wirst aber auch etwas Kostbares verlieren", sagte die Alte und ihre trüben Augen blickten ins Leere.

Dann wandte sie sich der Feuerstelle zu, hantierte herum, murmelte dabei unverständliche Worte in ihrer Stammessprache, warf immer wieder beschwörend die Arme gen Himmel und sank schließlich in sich zusammen. Ich sah wie gebannt zu. Die Alte rührte sich nicht, lag wie ein knochenloses Bündel neben dem jetzt herunter gebrannten Feuer auf dem Lehmboden. Ich schloss die Augen und wartete einfach. Ich wusste, dass das alles so seine Richtigkeit hatte und ein wunderbares Gefühl der Schwerelosigkeit hielt mich umfangen. Es war ruhig im Dorf, nur ein fernes Donnergrollen und das monotone Konzert der Zikaden brach die Stille. Ich wusste nicht, wie lange ich so gelegen hatte, als ich wieder die warme, trockene Hand auf der Stirn fühlte. Ich setzte mich auf und eine Tasse wurde mir an die Lippen gehalten. Die Flüssigkeit roch widerlich und schmeckte wie bitterste Galle. Ich befürchtete einen Augenblick, dass ich nicht in der Lage sein könnte, dies zu schlucken, aber die drängende Hand der Alten ließ keinen Widerspruch zu. Ich leerte die Tasse, immer noch mit der Übelkeit kämpfend, die sich meiner bemächtigt hatte. Die Alte zog mich jetzt langsam von meinem Lager hoch und schob mich sanft in Richtung Ausgang. Wir hatten kein Wort mehr gewechselt. Wir standen uns gegenüber und ich nahm stumm meine Goldkette mit dem kleinen Diamantherz ab, die ich von Bernd zum Hochzeitstag bekommen hatte, und legte sie der kleinen alten Medizinfrau um den Hals. Ich verliere etwas Kostbares, dachte ich, aber das ist nichts im Vergleich zu dem, was ich gewinne. Bernd wird das verstehen. Ich strich der Alten über das vertrocknete Gesicht, nahm ihre Hand und hauchte einen Kuss darauf. Dann schob ich die Decke beiseite und stand in der vollmondhellen Nacht. Ich sog die unverdorbene frische Luft tief in die Lungen und machte mich auf den Heimweg.

Es war genauso eingetroffen, wie es die Medizinfrau vorausgesagt hatte. Im folgenden Jahr war ich wieder schwanger geworden. Die Zeit bis zur Geburt meines Sohnes war ohne Komplikationen verlaufen. Ich war überglücklich und dankbar gewesen und als Alexander gerade ein Jahr alt war, fuhren wir wieder nach Wamba, um die alte Frau zu besuchen und ihr zu danken. Ich war voller Vorfreude losgefahren, den Wagen mit Geschenken und Lebensmitteln gepackt. Wie traurig war ich dann gewesen, als ich im Dorf nach ihr gefragt hatte und erfuhr, dass die alte Frau vor ein paar Monaten gestorben war. Die Tochter hatte uns erwartet. Irgendwann wird sie wiederkommen, hatte ihre Mutter gesagt, dann gibst Du ihr dieses Päckchen, und mit diesen Worten hatte sie es mir überreicht. Die goldene Kette mit dem Herz war darin gewesen und ich hatte geweint und die Frau umarmt. Danach war ich nie wieder in Wamba, die alte Frau war jedoch für immer in meinem Herzen.

Ich hatte auch etwas Kostbares verloren, wie mir vorausgesagt worden war, nämlich meinen Mann, der im darauf folgenden Jahr tödlich verunglückte. Umso dankbarer war ich gewesen, die Kette von ihm wieder zu haben, die mich an glückliche Zeiten erinnerte. Ich fasse sie oft an und lege sie nie ab. Wie hatte ich damals nur annehmen können, dass das Kostbare etwas Materielles sein könnte!

***

HEUTE

Die Tränen laufen mir über das Gesicht. Johnson reicht mir eine Serviette. Auch seine Augen sind nass.

„Das war, was mir noch gefehlt hat von dir, es hat mir keine Ruhe gelassen. Ich danke dir." Er legt seine Hand auf meine.

„Ich reise morgen ab", sage ich. „Aber ich komme wieder."

„Ich weiß", antwortet er.

Eine Ewigkeit schweigen wir. Miteinander, denn schon lange brauchen wir nicht mehr viele Worte, um uns zu verstehen.

„Ich habe auch eine Geschichte zu erzählen", sagt er plötzlich und ich schaue überrascht auf.

„Willst du sie hören?"

„Ja", sage ich.

„Jetzt?" fragt er.

„Ja, jetzt", antworte ich.

***

Die 20. + 1. Geschichte – Johnsons Wunschtraum

Du sitzt in eine Decke gehüllt am Fenster und deine Gedanken gehen auf Safari. Viel Wasser fällt vom Himmel. Der See ist dunkel und hat kein Ende, weil der Himmel genauso dunkel ist. Du siehst auf die Uhr, ich merke, dass du ungeduldig bist. Etwas mühsam erhebst du dich aus dem Sessel. Deine alten Knochen lieben die Kälte nicht. Den Kamin habe ich schon morgens angezündet, weil ich weiß, dass du die Wärme und das sanfte Licht des Feuers liebst.

Deine Augen überprüfen den gedeckten Tisch. Hier am Kopfende wird Master Alex sitzen, am anderen Ende du, das war schon immer so. Links neben dir willst du immer deine Enkelkinder haben und rechts deine Tochter Birgit. Auf jedem Teller hast du ein kleines Überraschungsgeschenk verpackt. Ich habe frische Blüten aus dem Garten gebracht. Die schönen alten Kristallgläser funkeln im Kerzenschein. Ich erinnere mich, dass ich vor langer Zeit einmal eines zerbrochen habe und du sehr böse mit mir warst. Weißt du das noch? Da war ich noch nicht lange bei dir und dachte, was macht sie für eine Shauri wegen eines Trinkgefäßes? Du schaust wieder ungeduldig auf die Uhr. Sie müssen nun wirklich jeden Moment eintreffen.

Ich gehe in die Küche und überprüfe, ob alles in Ordnung ist. Du hast es mir überlassen, ein Menü zusammenzustellen. Es gibt „Sukuma Wiki", Kartoffeln und Filet, und vorher eine frische Tomatensuppe. Zum Nachtisch habe ich Eis gemacht und Banana Muffins. Alles, was die Kinder lieben. Ich weiß genau, was Master Alex gerne isst. Ich weiß du magst es nicht, wenn ich Master sage, aber mein Kopf kann das nicht loslassen. Ich lächle dich an, als wir die Hupe hören.

Ich trete hinaus, der Regen trommelt auf den Schirm und du bleibst in der Nähe der Eingangstür stehen. Für einen Augenblick denke ich, Bwana Bernd ist zurückgekommen, aber es ist dein Sohn, der da durch den Regen auf dich zuläuft. Dann spuckt der Minibus die ganze Familie aus, die jetzt alle auf das Haus zu rennen. Du stehst im Eingang und hältst deine Familie umfangen und ich stehe mit dem Schirm daneben und beschütze euch.

E N D E

Übersetzung der Kisuaheli Wörter:

Mzungu:	Weiße, Weißer
sukuma wiki:	Mangold, traditionelles Gericht
shauri:	Geschichte
chakula:	Essen
Mbwa kali:	Bissiger Hund
Dudu:	Insekten
Jiko:	Kleiner Holzkohleofen
Chai:	Tee
Nyoka:	Schlange
Jambo	Begrüßung